HAYMON taschenbuch 250

MIX
Papier aus verantwortungsvollen Quellen
FSC® C083411

Auflage:
4 3 2 1
2021 2020 2019 2018

HAYMON tb 250

Originalausgabe

www.haymonverlag.at

ISBN 978-3-7099-7888-7

Umschlag- und Buchgestaltung nach Entwürfen von hœretzeder grafische gestaltung, Scheffau/Tirol
Umschlag: Eisele Grafik · Design, München
Umschlagbild: StockImages_AT
Satz: Da-TeX Gerd Blumenstein, Leipzig
Autorenfoto: Privat

Gedruckt auf umweltfreundlichem,
chlor- und säurefrei gebleichtem Papier.

Thomas Baum

Tödliche Fälschung

Kriminalroman

Thomas Baum

Tödliche Fälschung

Für Anja und Sarah

ALLEGRO

1

Gestern hatte sie so richtig schwere, müde Füße. Dabei lief sie gar nicht schnell. Dennoch wurde ihr jeder Schritt zu einer solchen Mühe, dass sie sich zwingen musste, bis zum Ende durchzuhalten. Heute hingegen flogen ihre Beine wie von selbst über den Asphalt.

Wäre das Ausüben sportlicher Tätigkeiten ausschließlich von mechanischen Abläufen bestimmt, müsste sich ein zweistündiger Lauf jeden Tag in exakt der gleichen Stimmung und mit genau derselben Kraft absolvieren lassen. Aber wir Menschen sind nun einmal auch von unseren Stimmungen beeinflusst, dachte sich Nina, während sie leichtfüßig in die Papaveri-Kurve einbog.

Schon beim Aufstehen in der Früh hatte sie gewusst, dass ihr das Trainieren heute keine Probleme bereiten würde. Keine Ahnung warum, aber kaum klappte sie die Augen auf, war sie auch schon guter Laune. Vielleicht, weil sie kurz davor vom Geruch der Farben in der Druckerwerkstätte ihres Großvaters geträumt hatte.

Dieses Beißen in der Nase. Der von den Lösungsmitteln verursachte Schwindel beim Einatmen. Ihr „Eau de Nonno", wie sie es nannte, weil es so ganz und gar nach Opa roch. Das war sein Reich, sein Universum, mit dem die 22-jährige Nina Bertini aus unzähligen guten Gründen das Gefühl von Geborgenheit verband.

Geborgen durfte sich an diesem Morgen auch Haku fühlen, dem sie wegen ihrer fabelhaften Laune ausnahmsweise erlaubte, zu ihr ins Bett zu springen und mit ihr ausgiebig zu kuscheln. Ein Erziehungsfehler, den sie ihnen beiden manchmal ganz bewusst vergönnte. Musste sie ihm morgen eben erneut beibringen, dass ihr Bett für ihn tabu war.

„Hei, Haku, alles okay?"

Als Bestätigung kam ein Bellen. Darüber hinaus ließ sich der Golden Retriever weder irritieren noch aus der Ruhe bringen. Mit dem Anlegen des Geschirrs stieg er jedes Mal ganz und gar in seine Arbeitsrolle ein. Sie bestand unter anderem darin, Nina in diesem Augenblick verlässlich und sicher aus der Papaveri-Kurve zu führen.

Am kleinen Mohnfeld vorbei. An prächtigen orangeroten Blüten, grazil und im Wind etwas flattrig, hatte Großvater erklärt. Genauso, wie er ihr bei den gemeinsamen Spaziergängen auch alle anderen Pflanzen und Sträucher beschrieben hatte, die ihren täglichen Laufweg säumten. Nach ihnen hatte Nina die einzelnen Streckenabschnitte benannt.

So standen links und rechts der vor ihr liegenden Cipresso-Steigung schlanke und stramme Säulenzypressen Spalier, und über die darauf folgende, etwas längere Pino-Passage wachten die majestätischen Kronen ausladender Pinien.

Von dort aus war dann laut Ninas Großvater die Fattoria Bertini für ein paar Minuten nicht zu sehen, bis sie nach der Überwindung des Oliva-Hügels jenen Weg erreichte, den sie Papaveri Secondo nannte. Dort, so ließ sie sich beschreiben, tauchte man, wenn der Mohn in Blüte stand, in ein feuerrotes Meer aus züngelnden Flammen ein.

Haku passte sich wie immer exakt ihrem Tempo an. Trabte unbeirrbar vor ihr her. Der mit Leder umwickelte Griff des Führbügels lag angenehm in ihrer Hand. Ihr Laufrhythmus und der von Haku folgten einer perfekt eingespielten Metrik. Einem genau abgestimmten Trainingsplan. Nina hatte sich die bevorstehenden Laufeinheiten mathematisch eingeteilt. Genauso die damit verbundene Steigerung der zu bewältigenden Kilometer. Kam es zu Unregelmäßigkeiten, war sie mit sich höchst unzufrieden.

Jedes Ziel verursacht Kosten. Man bekommt im Leben nichts geschenkt. Sätze ihres Großvaters, die sich Nina zu Herzen nahm. Mantras, die sie sich in verzweifelten oder kraftlosen Momenten immer wieder ins Bewusstsein rief, um nicht aus den Augen zu verlieren, worauf sie sich vorbereitete, was sie sich vorgenommen hatte, welchen Traum sie sich erfüllen wollte.

Die Anmeldung hatte sie schon weggeschickt. In genau sechs Wochen und zwei Tagen, exakt um neun Uhr früh, würde sie auf einer Anhöhe über dem linken Arno-Ufer, am Piazzale Michelangelo, beim Marathon in Firenze starten. Als eine unter Hunderten. Aber Nina dachte keinesfalls daran, im hinteren Feld durchs Ziel zu laufen und mit dem Mitleidspokal abgespeist zu werden. Nein, sie wollte ganz vorne mitmischen und am Ende, ganz ohne Behinderten-Bonus, vielleicht sogar unter die ersten zwanzig kommen.

Dabei hatte sie erst vor sechs Jahren mit dem Laufen angefangen. Bis dahin hatte sie sich nur mit dem Stock voranbewegt. Weil sie damit ihrer Meinung nach ein weitaus unauffälligeres Bild abgab als mit einem Blindenhund. Wer hinter einem Vierbeiner mit diesem auffälligen Geschirr dahintrottet, wird ganz automatisch als behindert eingestuft. Dem drücken die anderen augenblicklich einen Stempel auf, den halten sie sich ganz automatisch auf Distanz. Womit sich die Chance auf ganz normale Begegnungen verringert.

Aber Nina war ein junges, attraktives Mädchen, das Freundinnen haben, Burschen kennen lernen, Spaß haben wollte. All das kam ihr mit Hund weitaus komplizierter vor als mit ihrem weißen Stock.

Dabei war genau das Gegenteil der Fall. Seit Großvater ihren Widerstand ignoriert hatte und eines Tages mit Haku in der Tür stand, hatte sich ihr Leben zum Besseren verändert. Weil sie mit dem süßen Hund nun weitaus mobiler war. Weil sie sich viel sicherer und schneller von A nach B bewegen konnte. Weil sie mit Haku einen Begleiter hatte, dem sie tatsächlich blind vertrauen konnte.

Ausgeprägtes Selbstbewusstsein. Das war nach Ninas Einschätzung Hakus hervorstechendste Eigenschaft. Ihr inzwischen nicht mehr ganz so neuer Freund ließ sich weder vom dichtesten Verkehr noch von der belebtesten Fußgängerzone oder der schlimmsten Hektik in einer U-Bahn-Station irritieren. Unbeeindruckt und sicher schlängelte er sich durch jedes Bein- und Füßedickicht, zeigte alle Hindernisse und Bordsteinkanten an, spürte Treppen, Lifte und Türen auf, steuerte Ausgänge, Haltestellen und Parkbänke an und brachte Nina verlässlich über jede *Passagio Pedonale*.

Ihre vier Kilometer lange verkehrsfreie Hausstrecke, ein ehemaliger Feldweg, der rund um die Fattoria Bertini durch die toskanische Landschaft führte, und den ihr Großvater extra für Nina asphaltieren ließ, war für Haku ein Kinderspiel. Für diese leichte Übung mussten sie keinen jener Sportler engagieren, von denen sich Nina bei ihren Überlandläufen mittels eines von Hand zu Hand gespannten Schnürsenkels begleiten und lenken ließ.

Aber jetzt, beim Überwinden der Cipressi-Steigung, reichte Hakus Führung völlig aus. Hätte Nina ihn sehen können, hätte sie ihn alleine wegen seines entzückenden Aussehens ins Herz geschlossen: helles Fell mit dunklen Flecken, freundlich spitzbübischer Blick, die Schnauze keck nach vorn gereckt oder schnüffelnd dicht am Boden.

Während sich Nina anspornte, auch bergauf ihr Tempo zu halten, bemerkte sie plötzlich eine Veränderung. Nein, keinen Fehltritt, nicht einmal ein kleines Stolpern. Vielmehr ein Rucken, ein kaum spürbares Ziehen nach rechts, das gleich darauf stärker wurde.

Hakus zunehmende Anspannung war über den Führbügel zu spüren. Vielleicht flogen Vögel hoch, womöglich flüchtete eine Katze in die Äste eines Baumes oder ein Marder duckte sich ins Gras. Natürlich konnten es auch Menschen sein, gute Bekannte oder Fremde, die Haku hier schon oft oder eben noch nie gesehen hatte. Aber Nina vermochte neben ihrem heftigem Atmen und dem Aufschlagen ihrer Schuhe nichts Außergewöhnliches zu vernehmen. Keine Stimmen, kein Lachen, nichts. Ihrer Einschätzung nach waren sie beide ganz allein.

Oder auch nicht. Denn jetzt schien das Neue, Ungewöhnliche, Befremdliche auch Hakus Beschützerinstinkt zu wecken. Plötzlich wurde er langsamer, hielt sogar inne und stieß ein leises Knurren aus. Ein klares, unmissverständliches Zeichen: Haku witterte Gefahr.

Auch Nina machte keuchend halt, trabte am Stand.

„He, Haku, was ist los? Ist da jemand? Siehst du etwas?"

In Momenten wie diesen verfluchte Nina die völlige Abwesenheit ihres Augenlichts. Wer nicht weiß, was ihn erwartet, hat keine Ahnung, wie er am besten darauf reagieren soll. Sich ducken, ins Gras werfen, verstecken, losrennen, brüllen oder mit dem Handy Hilfe herbeirufen? War irgendeine dieser Reaktionen jetzt überhaupt angebracht?

Hätte ihr Haku doch nur irgendwie erklären können, was ihn derart alarmierte. Hätte ihr diese Kulisse aus verschiedensten Geräuschen doch nur einen Hinweis darauf gegeben, was ihr Hund sah und sie eben nicht. Akustisch deutete nach wie vor absolut nichts auf etwas Besonderes hin. Da war nur dieses Duett aus warnendem Knurren und dem Sirren von Zikaden, untermalt vom leisen Rauschen eines sanften, warmen Windes.

Der Knall kam plötzlich. Wie aus dem Nichts. Trocken, mit kleinen Echowellen. Haku jaulte auf, wehklagend, schmerzvoll und erbärmlich.

Nina zuckte zusammen, als hätte der Schuss nicht Haku, sondern sie selbst getroffen. Sie sank auf die Knie, griff mit den Händen zuerst in Leere, konnte Hakus Wimmern kaum ertragen, spürte endlich sein weiches Fell, seine Schnauze, seine Ohren, und dann, an der Seite gleich hinter dem rechten Vorderlauf, die warme, klebrige Flüssigkeit. Blut, dachte sie noch, als sie hochgerissen wurde. Ihr eine Hand brutal den Mund verschloss. Und dann wurde sie, wild um sich strampelnd, davongezerrt. Fort von Haku, dessen hilfloses Winseln schwächer und schwächer wurde.

2

Es muss nicht immer so schnell gehen, wie die anderen es haben wollen. Ein Wunsch, ein Anliegen oder auch eine Anweisung braucht nicht sofort erledigt zu werden. Um die Überbringer der Botschaft dennoch zufriedenzustellen, kann es nicht schaden, eine gewisse Geschäftigkeit an den Tag zu legen und dabei einigermaßen entspannt zu bleiben.

Diese Balance zwischen umtriebigem Außenverhältnis bei gleichzeitig gemächlichem Innenverhältnis war für Saalmeisterin Tanja Lindinger das wichtigste Handwerkszeug, um in einer Irrenanstalt wie dem Linzer Konzerthaus mit heiler Haut davonzukommen.

Ihrer Meinung nach war ihr unmittelbarer Chef, der Leiter des Facility-Managements, ein versteckter ADHSler. Wirklich! Der Wahnsinnige stand ständig unter Strom und verlangte das auch von seinen Mitarbeitern. Wäre es nach ihm gegangen, hätte Tanja den großen Saal vor einer Stunde im Laufschritt inspizieren müssen. Und das gebrauchte und zerknüllte Papiertaschentuch, das die unfähige Truppe der externen Putzfirma in der achten Stuhlreihe liegen gelassen hatte, hätte sie nach seinem Arbeitsverständnis am besten mit einem Hechtsprung aufgehoben.

Und dann diese Künstler. Lauter Diven, für die jeder kleine Pups gleich eine riesige Katastrophe war. Je nach Tageslaune konnten die aus einer noch so winzigen Mücke im Handumdrehen einen riesigen Elefanten machen und erwarteten dann selbstverständlich, dass sich die ganze Welt ausschließlich damit beschäftigte.

Wie ewig lange die darüber diskutieren konnten, ob die Fermate der Oboen im dritten Satz irgendeiner Wischi-Waschi-Symphonie nicht um einen Hauch zu lange gehalten wurde. Oder ob ein junger Gastdirigent durch sein ungestümes Vorantreiben der jeweiligen Tempi nicht den ursprünglichen Intentionen des Komponisten fahrlässig in den Rücken fiel. Echt unglaublich, über welche Kinkerlitzchen sich die Gedanken machten.

Da hatte es Tanja Lindinger schon mit handfesteren Problemen zu tun. Angefangen bei einem kaputten Notenpult über ein verstopftes Garderobenklo bis zu knarrenden Bühnenelementen landeten so ziemlich alle Störfälle zuerst bei ihr. Sie legte entweder selbst Hand an oder leitete die Fragestellung an eine entsprechende Fachkraft weiter.

Heute war die Lüftung dran. Weil die Cellistin Clarissa Bianchi beim Fiedeln etwas seltsam Kühles auf ihrer linken Schulter spürte. So exzellent sie ihr Cello beherrschte, so penetrant konnte die gute Dame auf Tanjas Nerven sägen. Das eine Mal fühlte sie sich vom Licht eines Scheinwerfers um die Spur zu sehr geblendet, das andere Mal klagte sie über ein beeinträchtigtes Sitzgefühl und verlangte unverzüglich einen neuen Stuhl, und heute spürte sich ihre linke Schulter um einiges luftiger als gestern an, was ihrer Meinung nach nur an der Zugluft liegen konnte.

Tanjas Erklärung, dass die Lüftung des gesamten Hauses und somit auch des großen Konzertsaals digital gesteuert wurde und dass die heutige Temperatur exakt der gestrigen und der vorgestrigen entsprach, wies die Bianchi harsch zurück. Wenn sie einen persönlichen, subjektiven Eindruck schilderte, musste ihr nicht irgendein Hausmeistertrampel mit irgendwelchen Zahlen kommen! Als ob die noch so hoch entwickelte Elektronik eines Computers das Feingefühl einer Künstlerin ersetzen könnte.

Auf so eine beschissene Antwort hätte Tanja in jüngeren Jahren noch sehr heftig reagiert. Wahrscheinlich hätte sie der Bianchi das Cello aus der Hand gerissen, es auf den Boden gedroschen und so lange darauf eingetreten, bis es nur noch als Brennholz taugte. Oder sie hätte dieser Cellistin mit solcher Wucht eine gescheuert, dass sich die nie wieder im Leben über Zugluft beschwert hätte. Im besten Fall hätte sie das arrogante Weib angebrüllt und wüst beschimpft, wäre dann ohne jede Erklärung zur Tür hinaus und hätte sich mit einem Schuss Heroin wieder halbwegs eingekriegt.

Leider waren das alles Strategien, die für Tanja zu keinem glücklichen Ergebnis führten. Zum Beispiel, als sie knapp vor der Matura den Mathematikprofessor ein verficktes Arschloch nannte und deshalb von der Schule flog. Oder als sie sich beim Trampen in Südfrankreich mit einem notgeilen Polizisten anlegte und deswegen zwei Monate in einer französischen Zelle saß.

Der Knopf ging ihr erst auf, als ihre Eltern wieder einmal Tanjas Zimmer durchsuchten und dort schon wieder Drogen fanden. Da zuckte Tanja so richtig aus. Angefeuert von einer tüchtigen Portion Crystal Meth lieferte sie sich einen knallharten Fight mit ihrer Mutter und bedrohte ihren Vater mit einem Küchenmesser.

Daraufhin landete sie nicht nur in der geschlossenen Abteilung des hiesigen psychiatrischen Krankenhauses, sondern auch fett und prominent auf den regionalen Zeitungs-Titelseiten und in den Fernsehnachrichten. Inklusive Namensnennung und den Fotos ihrer Eltern.

Als sie diesen Wahnsinn realisierte, war sie so geschockt, dass sie beschloss, sich niemals wieder so sehr über sich selbst zu schämen. Mit einem Glücksfall von Psychotherapeutin arbeitete sie hart am Zähmen ihrer Aggressionen.

Die Therapeutin empfahl ihr außerdem, anstelle der Drogen mit dem Klettern anzufangen, weil dieser Sport nur mit bestmöglicher Selbstbeherrschung funktioniert. Wenn man an einer Wand mit Schwierigkeitsgrad 6 nicht mehr weiterweiß, macht ein Wut- oder Verzweiflungsanfall nicht den geringsten Sinn. Da gilt es, das Problem als Herausforderung zu betrachten, es von mehreren Seiten zu beleuchten, kühlen Kopf zu bewahren, nachzudenken, zu entscheiden und dann den nächsten Schritt zu setzen.

Tanja folgte diesem Rat, schrieb sich in einen Verein ein, trainierte zweimal die Woche in der Halle, bezwang immer schwierigere Wände und damit auch sich selbst, schloss ihre Therapie ab, absolvierte eine Lehre zur Elektrotechnikerin und schaffte es schließlich mit Hilfe ihrer Eltern, als technische Assistentin im Konzerthaus anzuheuern.

Die Arbeit machte ihr vorwiegend Spaß, ihre Aufgaben erledigte sie im Großen und Ganzen tadellos. Allerdings gab es eben auch ihren Chef. Und dieses Arschloch triggerte ihre alten Wutpotentiale dermaßen an, dass sie sehr schnell an ihre Grenze kam. Kein Wunder, dass sie in diesen Fällen hin und wieder zu ihren bewährten Methoden griff und sich zwischendurch einen Joint vergönnte.

Wenn der Chef ihr so richtig saublöd kam, atmete sie durch, verzog sich bei nächster Gelegenheit aufs Klo und drehte sich einen flotten Ofen. Das ging zwar ins Geld, half ihr aber, die Balance zu halten.

Genau so hatte Tanja heute auch das Zugluftproblem der Clarissa Bianchi gemanagt. Sie schluckte ihren Zorn hinunter, flüchtete in eine Kabine des Damenklos, sperrte ab, setzte sich auf den Klodeckel, zog sich das Gras möglichst tief in ihre Lunge, ließ sich dafür extra

Zeit, verschwendete keine Sekunde mit der Lüftung, kehrte zurück auf die Bühne, entschuldigte sich hochoffiziell bei der Bianchi und erklärte ihr, dass sie völlig Recht gehabt hatte, weil die Lüftung tatsächlich anders als gestern eingestellt gewesen war. Aber sie hätte das jetzt wieder korrigiert, und eigentlich sollte keine kühle Zugluft mehr zu spüren sein.

Worauf Clarissa Bianchi von einer Welle aus Genugtuung und Erleichterung erfasst wurde, die in der Bemerkung gipfelte, dass es nun eindeutig besser als vorher sei und dass Tanja solche Angelegenheiten in Zukunft hoffentlich ohne Widerspruch in Angriff nehmen würde.

Na eben! Du musst Künstlern nur vermitteln, dass ihr aktuelles Problem auf deiner Prioritätenliste an oberster Stelle steht, dann kehrt sofort Friede ein, dachte sich Tanja, als sie den Gang mit den Garderoben entlangschritt.

Gerade vorhin hatte man hier noch den einen oder anderen Flöten- oder Geigenton gehört, aber jetzt war es ruhig, weil alle zum letzten Einspielen in den Konzertsaal gegangen waren. Nur einer dürfte sich verspätet haben, weil sich über die Lautsprecher auf dem Gang eine gepresst klingende Stimme meldete, die Herrn Holl ganz dringend auf die Bühne bat.

Eigenartig. Als stimmführender Bratschist hatte Holl doch Vorbildfunktion und sollte als einer der Ersten hinter dem Notenpult sitzen. Immerhin war es halb sieben, in 40 Minuten würde Einlass sein, und dann war bis zum Auftritt nur noch eine halbe Stunde Zeit.

Außerdem war Unpünktlichkeit etwas, das die junge Gastdirigentin aus Saarbrücken flippig machte. Wobei sie sich ganz schnell abgewöhnte, einzelne Musiker oder gar das ganze Orchester dafür schulmeisterlich zu schelten.

Den Widerstand, den ein Orchester einer jungen und noch dazu weiblichen Dirigentin entgegenzubringen vermag, darf man keinesfalls unterschätzen. Selbst die berühmtesten Klangkörper können ihre Dirigenten bei zu autoritärem Gehabe jämmerlich verhungern lassen. Die junge Saarbrückerin kratzte nach erheblichen Anfangsschwierigkeiten gerade noch rechtzeitig die Kurve und passte sich den Gepflogenheiten des Linzer Kammerorchesters beinahe etwas zu ergeben an. Aber wer den Taktstock schwingen will, muss sich dafür erst einmal die Erlaubnis und das Mandat erwerben.

Schwer vorstellbar, dass sich Holl tatsächlich noch in seiner kleinen Einzelgarderobe am Ende des Ganges befand. Hierher zog er sich gern zurück, um sich optimal einzustimmen.

Tanja klopfte an die Tür, horchte, klopfte noch einmal, drückte dann die Klinke hinunter und trat vorsichtig ein. Noch nicht über der Schwelle, blieb sie wie angewurzelt stehen. So etwas wie hier hatte sie schon öfter gesehen. In Fernseh- oder Kinofilmen.

Nur jetzt, im realen Leben, führte der Anblick des stimmführenden Bratschisten dazu, dass sie ein noch nie gekanntes Grauen überfiel.

3

Schwarzrote Färbung. Fest und prall. Glatte Haut.

Giuseppe Bertini pflückte eine Beere von der Traube und schob sie in seinen Mund. Schmeckte noch etwas sauer, zugleich voluminös und vielversprechend. Hinterließ am Gaumen die Kraft eines selten heißen Sommers.

Maledetto! Scheiß Zahnlücke! Da verfängt sich wieder alles. Alterserscheinung. Ohne Zahnseide ging gar nichts mehr. Aber Hauptsache, der Sangiovese wurde perfekt.

Giuseppe fischte mit dem Zeigefinger den größeren Teil der Schalenreste aus seinem Mund und schritt weiter die Rebzeile entlang. Wenn das Wetter mitspielte, konnte sein Wein endlich jene Qualität erreichen, mit der er als Quereinsteiger auch alteingesessenen Winzern Paroli bieten würde.

Dabei hatte er mit seinem „Bertini Reserva" bei regionalen Wettbewerben bereits mehrere Auszeichnungen eingeheimst. Zum ersten Mal exakt zweiundzwanzig Monate, nachdem er mit fünfundsechzig Jahren das Weingut in einem beinahe verwahrlosten Zustand gekauft und übernommen hatte. Noch vor der Renovierung des Hauses widmete er sich der Pflege und Kultivierung der Weingärten, die sich über zwölf Hektar erstreckten. Wie in seinem früheren Beruf strebte der noch immer drahtige Giuseppe auch im Ruhestand nach höchster Qualität und absoluter Perfektion.

Auch wenn er sich mit seinen Weinen an Wettbewerben beteiligte, zog es ihn nicht ins Rampenlicht. Ganz im Gegenteil. Er bevorzugte den Hintergrund. Ein solides und nettes Plätzchen in einer Seitengasse war ihm weitaus lieber als der Rummel einer belebten

Einkaufsstraße. Seit jeher gehörte er zu jenen Künstlern, die den Applaus des Publikums als angenehmen, aber nicht notwendigen Effekt betrachteten. Weil sie ihren Selbstwert fast ausschließlich aus der Vollkommenheit des von ihnen geschaffenen Produkts bezogen.

Im Falle des Weins ging es um das brillante Zusammenspiel zwischen mediterranem Klima, feuchter Meeresluft und einer trockengelegten Sumpflandschaft mit kalkhaltigen Böden. Und um das unverwechselbare Aroma der Beeren und eine möglichst körperreiche, kernige Textur. Giuseppes charakterlichen Eigenschaften kam es sehr entgegen, dass am Ende einer intensiven Reise von der Traube bis zum ausgereiften Destillat nicht er selbst im Mittelpunkt stand, sondern sein tiefroter, ausgewogener, gehaltvoller Sangiovese.

Der Winzer blieb stehen und zog seine Hose hoch, die ihm beinahe über die Hüften rutschte. Nina ermahnte ihn immer wieder, doch bitte mehr zu essen, aber solange sich ihr Großvater jeden Tag draußen aufhielt, durch die Weingärten streifte und nach wie vor selbst Hand anlegte, nahm er kein einziges Gramm zu.

Seine magere und zugleich zähe Statur hatte auch keine Fettpolster angelegt, als er noch seine kleine Druckerei am Stadtrand von Florenz betrieb. Unscheinbares Stadthaus. Hinterhof. Dabei bewegte er sich dort höchstens zwischen den Regalen mit den unzähligen Farbtiegeln und der Offsetdruckmaschine hin und her. Das aufwändige Reproduzieren edler Kunstdrucke und das Herstellen möglichst origineller Visitenkarten verlangte weniger nach körperlichem Einsatz als nach erstklassigem Handwerk, klugem Köpfchen und enormer Kreativität.

Darüber hinaus stellte Bertini auch Produkte her, die ein noch höheres Maß an professioneller Qualität verlangten. Damit waren nicht die Werbeprospekte gemeint, die er für bestimmte Firmen und ihre Produkte druckte. Dafür reichten die üblichen Fachkenntnisse über die Arbeitsschritte am neu erworbenen, hochqualitativen Scanner und der Fotosatzmaschine völlig aus. Ging es jedoch ums Anfertigen eines Kunstkalenders oder die möglichst originalgetreue Wiedergabe eines Ölgemäldes, verlangte das hochgradiges Fingerspitzengefühl und einen versierten, äußerst präzisen Umgang mit den jeweiligen Farben.

Der Kunstdruck war schon immer Giuseppes Leidenschaft gewesen. Nur konnte er sich die mit dem allgemeinen Niedergang des grafischen Gewerbes nicht mehr leisten. Computer und Digitalisierung hatten aus jedem halbwegs cleveren Staatsbürger kleine Schriftsetzer gemacht. Für unzählige Drucksorten lieferten die verschiedenen Textverarbeitungsprogramme durchaus brauchbare Vorlagen. Der Weg zum Spezialisten erschien vielen also nicht mehr nötig, womit sich die Auftragslage dramatisch verschlechterte. Mit dem Ausbruch der Finanzkrise im Jahr 2008 gingen etliche Betriebe einfach sang- und klanglos unter.

Nicht so die „Stampa Bertini“. Ihr Betreiber schien sogar über einige Rücklagen zu verfügen, weil er hundert Kilometer südlich von Florenz ein Weingut erwerben, seine wichtigsten Maschinen dorthin übersiedeln und sich nur mehr ausgesuchten Aufträgen und dem Weinbau widmen konnte.

Fragte ihn jemand, wie er das trotz der misslichen Wirtschaftslage deichselte, gab er jene Antwort, die er auch Nina gegenüber gern gebrauchte: „Der Giuseppe hat eben ein glückliches Händchen fürs Geld gehabt.“ Das entsprach zwar nicht der ganzen, aber immerhin der halben Wahrheit. Hin und wieder erwähnte er auch eine Art Alleinstellungsmerkmal in Marktnischen, in denen ihm fachlich kaum jemand das Wasser reichen konnte.

Um welche Nischen es sich handelte, konnte ihm Nina bislang nicht entlocken. Inzwischen spielte das aber keine Rolle mehr, weil Giuseppe diese Geschäfte nur mehr fallweise betrieben und vor wenigen Monaten vollkommen eingestellt hatte. Sehr zum Leidwesen seiner Auftraggeber, die ihn förmlich beknieten, die Zusammenarbeit fortzusetzen.

Aber das wollte Giuseppe schon wegen Nina nicht. Wer es so lange geschafft hatte, seine nicht ganz legalen Geschäfte im Verborgenen zu halten, sollte nicht mit dem Feuer spielen. Und er wollte seiner Enkelin die Erkenntnis ersparen, dass sich ihr Großvater, um sich, seine Familie und seinen Betrieb zu retten, mit äußerst zweifelhaften Personen eingelassen hatte.

Die junge und wissbegierige Frau würde nach dem ersten Schock sicher von ihm wissen wollen, ob es das wirklich wert gewesen war. Könnte sein, dass sie sein eindeutiges Ja enttäuschen würde. Womöglich würde sie dann an seiner Lauterkeit zweifeln. An seiner Fähigkeit, über zurückliegende Schurkenstücke nachzudenken und mit sich selbst darüber ins Gericht zu gehen. Nur müsste er sie dann an den fatalen Autounfall ihrer Eltern erinnern, der ihren Vater ins Grab und ihre Mutter in ein betreutes Wohnheim für Schwerstbehinderte befördert hatte.

Worauf der verwitwete Giuseppe, noch mit Krediten belastet, die Verantwortung für die damals zwölfjährige, von Geburt an blinde Nina übernommen hatte. In dieser Situation musste es ihm als Glücksfall erscheinen, dass ihn ein gewisser Federico aus Neapel aufsuchte und ihm erzählte, dass sich Giuseppes gekonnter Umgang mit Prägestempeln und Gravuren bis in den äußersten Süden von Italien durchgesprochen hatte. Wie es der Zufall wollte, suchte Federicos unternehmerisch tätige Familie ausgerechnet in diesen Belangen nach einem absolut vertrauenswürdigen Spezialisten. Für die Herstellung eines einzigartigen, weltweit vermarktbaren Produktes.

Als Giuseppe hörte, um welches Produkt es sich dabei handelte, sicherte er einerseits hundertprozentige Verschwiegenheit zu und bat sich andererseits drei Tage Bedenkzeit aus. Dann überflog er seine wirtschaftliche und finanzielle Situation, wägte die wahrscheinlichen Vor-und Nachteile einer Zusammenarbeit ab und sagte am Ende des dritten Tages zu.

Nach fünf Jahren intensiven und ausgesprochen erfolgreichen Kooperierens trat insofern eine Trübung ein, als Bertini seinen süditalienischen Auftraggebern mitteilte, dass er seine Tätigkeit in Kürze beenden würde. Federico fiel aus allen Wolken, aber Giuseppes Plan stand fest. Er hatte so viel Geld verdient, dass es für ihn und Nina, neben dem Erwerb einer Fattoria, eine ganze Zeit lang reichen würde. Und er hatte nicht vor, seine noch sehr junge Verbrecherkarriere bis an sein Lebensende auszudehnen. Federicos Enttäuschung sowie sein Zorn waren ihm verständlich, brachten ihn aber von seinem Vorhaben nicht auch nur einen Millimeter ab.

Mit dem ihm zur Verfügung stehenden Geld hätte sich Giovanni drei Weingüter kaufen können. Und noch ein paar Weingärten dazu. Aber er wollte sich in seinem wohlverdienten Ruhestand nicht mit der Betreuung von unnötigem Besitz belasten. Konsequent und bestimmt hielt er den vehementen und in den letzten Wochen wieder häufiger gewordenen Aufforderungen von Federico stand, doch endlich wieder einzusteigen. Weil Giuseppes Know-how zwingend vonnöten war.

Aber der Alte blieb auch stur, als ihm Federico unmissverständlich drohte, sein Weingut anzuzünden, seine Gärten zu vernichten und ihn vollkommen zu ruinieren. In jüngeren Jahren hätte ihm das vermutlich Angst gemacht. Aber jetzt, am Ende seiner Sechziger, sah er das sehr gelassen. Noch dazu, wo er über Federico und dessen Familie wirklich jede Menge wusste. Er hatte gegen sie ganz einfach zu viel in der Hand. Nein, fürchten musste er sich nicht vor ihnen.

Ein gravierender Irrtum. Aber das begriff Giuseppe erst, als er sich dem eisernen Tor bei der Einfahrt seiner Fattoria näherte und plötzlich sah, dass da etwas lag. Mitten auf Ninas Laufstrecke.

Verfluchte Kurzsichtigkeit! Seine Schritte wurden schneller, bis er schwer atmend vor dem leblosen Fellbündel stand, ein kehliges Wimmern ausstieß, sich kraftlos nach unten beugte und versuchte, in Hakus Brusthöhe dessen Herzschlag zu ertasten.

Dabei hätte er beinahe den zusammengerollten, funkelnagelneuen 50-Euro-Schein übersehen, der mit einem Bindfaden an Hakus Halsband befestigt war.

4

Karolines Idee, das Cellokonzert zusammen mit den Kaminskis zu besuchen, erschien Hauptkommissar Robert Worschädl anfangs durchaus sympathisch. Die Kaminskis waren zwar etwas anhängliche, aber insgesamt sehr nette Nachbarn, mit denen man genauso leidenschaftlich diskutieren wie auch entspannt plaudern konnte.

Man durfte also mit einem anregenden Abend rechnen, hätte sich die gute Frau Kaminski nicht wenige Tage vor dem Ereignis von ihrem Mann gewünscht, dabei seinen neuen Smoking auszuführen, worüber sie auch Karoline informierte. Worauf Karoline den seltsamen Einfall hatte, dem Mann an ihrer Seite ebenfalls ganz dringend das Tragen eines Smokings zu empfehlen.

Dieses Ansinnen wehrte Worschädl vorerst ab, weil es ihm absurd vorkam, sich für einen einzigen Konzertabend eine völlig neue Garderobe zuzulegen. Von der daraus resultierenden Schieflage des Ehelebens befreite ihn seine Kollegin Sabine Schinagl, indem sie ihn auf einen Kostümverleih hinwies, bei dem man auch Abendkleidung buchen konnte.

Tatsächlich wurde Worschädl dort von einer geduldigen Beraterin von den Manschetten bis zur Fliege mit einem kompletten Smoking ausgestattet. Inklusive einem sogenannten Kummerbund, den Karoline als ausgesprochen attraktiv empfand, was Worschädl nicht begreifen wollte.

„Wenn du dich als Psychotherapeutin Woche für Woche mit deinen Klienten triffst und mit ihnen einen Weg aus ihren Problemen suchst, geht es doch um Heilung und nicht um Verkümmerung."

„Bertl, kann es sein, dass du mir damit etwas Bestimmtes sagen willst?“

„Und dann gibt es neben den diversen persönlichen Komplikationen ja auch noch den ganzen Wahnsinn, der uns ununterbrochen aus den Medien entgegenbrüllt.“

„Robert, worauf willst du hinaus?!“

„Krieg, Flucht, Hunger, Staudammbruch, Verfolgung, Atomraketen, Wirtschaftskrise, Klimawandel!“

„Robert Worschädl, bitte bring es auf den Punkt!“

„Ich frage mich, welchen Sinn es macht, sich den Kummer auch noch um den Bauch zu wickeln und mit sich herumzutragen. Wäre doch nicht verwunderlich, dass einen dieses depressive Gewicht vollends in den psychischen Abgrund zieht.“

Karoline reagierte mit diesem für sie typischen Schmunzeln. Einerseits tolerant, weil sie großzügig über Worschädls Unwissenheit bezüglich der historischen Herkunft der schmalen Bauchbinde hinwegsah, andererseits mit sich zufrieden, weil sie genauer und besser Bescheid wusste als er.

„Entschuldige, aber mit Kummer hat der Kummerbund leider gar nichts zu tun.“

„Sondern?“

„Mit britischen Soldaten, denen während der Kolonialzeit die Weste unter dem Jackett zu heiß war. Deshalb griffen sie zur Bauchbinde der Inder, dem sogenannten Kamarband. Die Engländer machten daraus dann das Cummerband ...“

„... und daraus wurde im Deutschen der Kummerbund?“

„Und das ganz ohne den uns bekannten Kummer.“

„Also gut, du hast gewonnen, Karoline.“

Damit hatte Worschädl sein letztes Argument gegen das Tragen des Kummerbunds verspielt.

Als sie jedoch an jenem Frühsommerabend bei milden Temperaturen vor dem Konzerthaus aus dem Taxi stiegen, Karoline mit hochgesteckten Haaren, in einem weich fallenden, dunkelblauen Kleid, gewagten Stilettos und einer Halskette aus Haitiperlen, und Worschädl in einem perfekt sitzenden Smoking inklusive Kummerbund, und als sich in den riesigen Glasfenstern die rotierenden Blaulichter von drei Polizeiwagen und zwei Krankenwagen spiegelten, ahnte der Hauptkommissar, dass ihn anstelle eines erbaulichen Cellokonzerts womöglich doch erheblicher Kummer erwartete.

Diese Vorahnung nahm Form an, als ein etwa 165 Zentimeter großer beziehungsweise kleiner Mann, den Worschädl beim Näherkommen als Stadtrat Raimund Sedlak identifizierte, auf ihn zuwieselte und fragte, ob er nicht dieser renitente Kommissar sei, der erst kürzlich diesen Wettskandal rund um den Fußballclub FC Donau aufgeklärt hatte. Falls Ja, werde unverzüglich sein Typ verlangt, und zwar in einer der Künstlergarderoben.

In einer ersten Reaktion ärgerte sich Karoline über den arroganten Ton, den der politische Rechtsausleger Sedlak an den Tag legte. Sein politisches Amt hatte dieser Emporkömmling keinesfalls seinen besonderen persönlichen Fähigkeiten zu verdanken. Das Mitglied einer schlagenden Burschenschaft wurde bei den letzten Wahlen nur von der Welle frustrierter Protestwähler nach oben gespült. Seither riss Sedlak bei jeder Gelegenheit seine unsoziale Klappe auf und war jetzt auch noch drauf und dran, ihr den Abend zu verderben.

„Es darf nicht zu lange dauern. Wir gehen ins Konzert“, stellte sie klar.

„Sie meinen das Cellokonzert? Genau dorthin wollte ich auch“, antwortete Sedlak bemüht charmant. „Aber ehrlich gesagt bin ich auf Grund der aktuellen Umstände der Meinung, dass wir das vergessen können."

„Jetzt sagen Sie nicht, dass es einen Toten gibt", meldete sich Worschädl zu Wort.

„Sieht leider ganz so aus."

„Na toll", meinte Karoline und wandte sich an die Kaminskis. „Immer dasselbe. Da freut man sich auf Antonín Dvořák in h-Moll, aber wenn man mit dem Bertl hingeht, muss man mit einer Leiche rechnen."

5

Etwa drei Stunden davor konnte der 46-jährige, bierbauchige Edi Seipel noch nicht ahnen, dass er seine äußerst starre, von Berufs wegen eingeengte Position in Kürze auf Grund unvorhersehbarer widriger Umstände sehr hastig verändern würde. Aber diese Aussicht hätte ihn genauso wie seine gegenwärtige weder beunruhigt noch aus dem Gleichgewicht gebracht.

Denn Edi Seipel war ein Spezialist für das gelassene Bewältigen gleichzeitig auftretender, unterschiedlicher oder sogar gegensätzlicher Gemütszustände. Wäre er redselig gewesen, hätte er ganze Vorträge darüber halten können, dass man sich unglaublich frei und zugleich hoffnungslos gefangen fühlen kann. Einerseits tief verbunden mit der Welt, andererseits einsam und verloren.

Nun stand dem Edi Seipel aber kein differenzierter Sprachschatz zu seinen emotionalen Befindlichkeiten zur Verfügung. Wenn also seine Frau am Abend fragte, wie der Tag heute gewesen sei, beschrieb er diese von ihm erlebten Ambivalenzen mit Antworten wie „eh nicht so schlecht", „gut und beschissen, je nachdem" oder „hat schon gepasst ... und dann halt wieder einmal nicht."

Aber weil die Rosi Seipel ihren Mann doch etwas besser kannte, spürte sie ganz genau, dass die sieben, acht oder manchmal sogar neun Stunden ganz allein in zwanzig bis fünfzig Metern Höhe allmählich an seinen Kräften zehrten. Schade war nur, dass er nicht darüber reden wollte. Dass sich das Wortkarge seiner Tätigkeit auch in den Abend hinein fortsetzte. Beim gemeinsamen Essen. Oder wenn sie vor dem Fernseher saßen und einen Film anschauten, dessen Ende Rosi kaum mitbekam, weil die Schauspieler wegen Edis Schnarchens nur schwer zu verstehen waren.

Aber wer dem Edi Seipel unterstellt hätte, dass er seinen Job nicht mochte, wäre völlig falsch gelegen. Ganz im Gegenteil. Prinzipiell passte ihm seine Tätigkeit. Aber dann eben auch wieder nicht.

Das hing zum Beispiel vom Wetter ab. Und dem war er ja auf eine ganz eigene Weise wirklich tagtäglich ausgesetzt. Erst gestern hatte es Windböen gegeben, bei denen selbst einem geübten Kranführer wie ihm ein wenig mulmig wurde.

Als er dabei das Schwingen des mächtigen Stahlgerüstes spürte, erinnerte er sich da oben, hoch über seiner kleinen Welt mit dem Bahnhofsgelände, dem Wissensturm und dem Volksgarten, ganz automatisch an den riesigen Baukran, der vor nicht allzu langer Zeit in Lower Manhattan in New York – vermutlich wegen des starken Windes – umgestürzt war und dabei einen Mann in seinem Auto erschlagen hatte.

Auch der 55 Meter hohe Turmkran fiel ihm ein, der Jahre zuvor in Wien beim Umbau der Zentralfeuerwache von starken Sturmböen zuerst ins Wanken und schließlich zu Sturz gebracht wurde und ins Dachgeschoss eines benachbarten Hauses krachte.

Heute hingegen war der Tag vom Aufstieg am Morgen bis in den späten Nachmittag hinein sonnig und klar gewesen. Als besonderen Höhepunkt hatte er aus einem Fenster im obersten Stock jenes Wohnhauses, das gerade zur Renovierung anstand, beeindruckende Geigenmusik vernommen. Überhaupt nicht sein Geschmack. Und immer dieselbe Stelle. Aber so virtuos, dass es selbst Edi Seipel, einem glühenden Anhänger leicht bekömmlicher Schlagermusik, gefallen musste.

Da spielt also eine echte Himmelsgeige für mich auf, sagte sich Edi und stellte gleichzeitig fest, dass er dem lieben Gott rein örtlich fast immer näher als die meisten anderen Menschen war. Ein zufriedenstellender Gedanke. Sah so aus, als würde er heute einen durch und durch erfreulichen Tag ohne beunruhigende Ereignisse erleben.

Dabei bedachte er allerdings nicht, dass er noch an die riesige Komfortkabine gewöhnt war, in der er bis vor zwei Tagen auf einem 40 Meter hohen Kran in Steyr gearbeitet hatte. Dieses exklusive Führerhaus verfügte über ein Trocken-WC, weshalb zum Verrichten der Notdurft kein Abstieg vonnöten war. Ein Umstand, der Edi Seipel in Steyr von dem Stress befreite, sich die Einnahme von Flüssigkeit diszipliniert einzuteilen.

Nun saß er aber in einer weitaus kleineren Kabine, in der gerade einmal Platz für den luftgefederten Sitz und die Steuerinstrumente war. Und eigentlich hätte er wissen müssen, dass er beim ersten Anzeichen eines gewissen Drangs auch die nötige Zeit für den Abstieg mitberechnen musste. Aber sein Denk- und Zeitsystem war noch zu sehr auf die Komfortkabine samt den damit verbundenen, rasch erreichbaren Möglichkeiten programmiert.

So kam es, dass er etwa 45 Minuten vor Dienstschluss, obwohl ihm sein Körper zu diesem Zeitpunkt schon eindeutige Signale sandte, den Kreuzhebel auf seinem Steuerfeld gelassen nach links drückte, den Ausleger ausfuhr und damit die Ladefläche eines Lastwagens anpeilte, um von dort eine nächste Palette mit Rigipsplatten zur Abladestelle an der Hausfassade zu transportieren. Gut, in der Bauchgegend war da ein Ziehen, aber groß beeilen musste man sich deshalb noch lange nicht.

Bis die Ketten und Gurte an den Paletten befestigt waren, vergingen weitere 12 Minuten. Zeit genug, um den Druck bei Edi doch sehr deutlich zu erhöhen. Vielleicht eine Magenverstimmung. Jedenfalls etwas Dringendes, sagte sich Edi Seipel und begriff in jenem Moment, in dem er den Ladevorgang fortsetzen wollte, dass ihm die Steyrer Annehmlichkeiten heute erst ganz unten, nach einem längeren Abstieg, zur Verfügung stehen würden.

Leichte Panik, Schweißausbruch. Himmel, Arsch und Wolkenbruch! Nun musste alles, aber hallo, sehr viel rasanter vonstattengehen! Flott mit den Paletten zur Fassade. Und dann abladen, ausschalten und unverzüglich ab nach unten.

Um eventuelle Befürchtungen zu zerstreuen: Edi Seipel brachte alles noch rechtzeitig unter Dach und Fach. Hätte er im beinahe halsbrecherischen Hinuntersteigen nur einmal kurz nach oben geblickt, hätte er jedoch bemerkt, dass ihm auf Grund der Eile ein kleines Missgeschick passiert war. Eine normalerweise unbedeutende, nicht zum Tragen kommende Nachlässigkeit. Aber es ist ja allgemein bekannt, dass sich selbst eine Nichtigkeit zu einem veritablen Problem entwickeln kann.

6

Worschädl stellte sich der uniformierten Polizistin vor, die mit zwei Sanitätern vor der Garderobe stand. Etwas abseits wischte sich jene Reinigungsdame, die eigentlich die Papierhandtücher nachfüllen wollte und dabei den Toten entdeckt hatte, ein paar Tränen aus dem Gesicht.

Stadtrat Sedlak stieg wie ein aufgeregter Gockel von einem Bein aufs andere und wollte mit Worschädl die Garderobe betreten, wurde aber von der Beamtin mit der Erklärung daran gehindert, dass dadurch wertvolle Hinweise vernichtet werden könnten. Ja, das gelte selbst für einen Stadtrat für Finanzen.

Als Sedlak mit hörbar gestiegenem Blutdruck lautstark nach der Dienstnummer und dem Namen der Polizistin verlangte, griff Worschädl ordnend ein.

„Keine Sorge, Frau Kollegin, das ist nur ein Test. Der Herr Stadtrat will überprüfen, ob Sie sich an die gesetzlichen Vorschriften halten oder vor ihm in die Knie gehen. Aber Sie haben vorbildlich bestanden, wir gratulieren! Wenn Sie jetzt auch noch meine Kollegin Sabine Schinagl verständigen, sind Sie fast reif für eine Beförderung“, schloss Worschädl mit einem Lächeln ab, schüttelte der Polizistin die Hand, nickte dem verdatterten Sedlak zu und betrat ohne ihn die Garderobe.

Die Szenerie, die sich ihm in den drei beleuchteten Spiegeln über einem langen Schminktisch darbot, wirkte beinahe friedlich und entspannt: Der stimmführende Bratschist Markus Holl saß auf einem karminrot tapezierten Stuhl und wirkte mit seinen weit von sich gestreckten Beinen wie jemand, der sich ein kleines Nickerchen vergönnte. Allerdings war sein Kopf mit dem bereits dünnen, aber schulterlangen hellbraunen Haar nach hinten gekippt, als ob er aus den Scharnieren gesprungen wäre und keinen Halt mehr hätte. Holls geöffnete Augen starrten nach oben zur Deckenleuchte, und seine Arme hingen neben den Stuhlbeinen nach unten.

Naive Gemüter hätten sich bei diesem Bild vielleicht noch immer nichts Schlimmes gedacht, aber als Worschädl ein paar Schritte näher trat, bemerkte er die blutige Wunde an Holls Hinterkopf und den auseinanderklaffenden, schmalen Strich quer über seinem Hals. Da war jemand auf Nummer sicher gegangen und hatte den stimmführenden Bratschisten des Linzer Kammerorchesters nicht nur niedergeschlagen, sondern auch noch stranguliert.

„Der kann sich leider nur mehr auf seinen Holzpyjama freuen", meinte der zwanzigjährige Zivildiener in Sanitätsuniform, der neben dem Toten hockte und sich beim Eintreten von Worschädl erhoben hatte.

Ein schlaksiger, sportlicher, großer Kerl, der seine Betroffenheit mit einer pseudowitzigen Bemerkung überspielen musste. Ist ja gar nicht selten, dass Menschen in den Zynismus flüchten, um Gefühle der Überforderung, Fassungslosigkeit oder Traurigkeit in den Griff zu kriegen.

Irgendwie schien der Zivi darauf zu warten, dass Worschädl seine Bemerkung lustig fand. Der konnte aber trotz seiner langjährigen Erfahrung im Umgang mit Tod und Verbrechen und angesichts eines Mordopfers unmöglich so etwas wie Humor entwickeln. Man muss ja nicht immer gleich tief bewegt sein, aber flapsige Bemerkungen waren beim Verlust eines Menschenlebens ganz einfach nicht angebracht.

„Weiß die Gerichtsmedizin schon Bescheid?", setzte Worschädl das Gespräch mit einer pragmatischen Frage fort.

„Ja, die Leichenfledderer müssten in ein paar Minuten hier sein."

„Hallo, junger Mann, bitte ein bisschen mehr Respekt. Sie stehen neben einem Musiker, der heute Abend mit seinem Können einen ganzen Saal verzaubern wollte."

Das Gesicht des jungen Mannes lief knallrot an, er dürfte also bemerkt haben, dass er den Bogen überspannt hatte. Rasch packte er seine Notfallutensilien zusammen, verzog sich auf den Gang hinaus und traf in der Tür auf eine zierlich und akkurat wirkende Frau mit blonder Wuschelmähne, die sofort auf Worschädls Handzeichen reagierte und in der Tür stehenblieb.

„Dann isch es also wirklich wahr? So ein Wahnsinn. Das gibt's doch gar nisch. Grüß Sie, isch bin die Tekla Wesenauer." Frau Wesenauer streckte Worschädl ihren Arm wie ein Florett entgegen.

„Hauptkommissar Worschädl. Sie spielen im Orchester?"

„Falsch gerate, und isch weiß, einer Frau traut man das nicht so ohne weiteres zu, aber ich stehe ganz vorne am Pult. Und ich sag Ihnen, isch hätte den Dvořák heute in einer Art und Weise interpretiert, wie das die Welt noch nie gehört reschpektive gesehe hat."

Die Dirigentin konnte ihren Beruf nicht verheimlichen, weil sie jeden ihrer Sätze mit rhythmisch stechenden Gesten begleitete. Hatte sie mit ihrer letzten schwungvollen Bewegung ihn gemeint? War das sein Einsatz? Sah ganz so aus, weil Tekla Wesenauer eine Pause machte.

„Ihr Akzent ... Sie scheinen nicht von hier zu sein."

„Aber woher denn! Saarbrücke. Gaschtdirigentin. Doppelt erschüttert. Erschtens wegen des Toten, und was man so hört, könnte es ja sogar Mord gewese sein. Und das bitte bei den Bratschen, die unter den Streichern ohnehin als Allerletztes gelte."

„Und zweitens?"

„Zweitens hab ich ewig lang versucht, mich in der traditionell männlich dominierte Dirigentenszene als Frau durchzusetze, und dann wird ausgerechnet mein allererschtes größeres Konzert wege so einem Irrsinn abgeblase."

Schräg nach außen vorgestreckte Arme, Handfläche nach oben, eine impulsive und breite Geste der Entrüstung. Dazu eine Körperspannung, die es gewohnt war, sich Raum zu verschaffen, vieles zugleich mitzunehmen, ein komplexes Neben- und Miteinander an Stimmen zu führen. Schließlich ein kleines Schlenkern mit der rechten Hand in Richtung Worschädl. Alles klar. Er war wieder dran.

„Weiß die Solistin schon Bescheid?"

„Die Clarissa Bianchi? Sowieso! Die hat's natürlich am allerärgschte aus den Angeln gehobe. Der hat's gleich den ganze Kreislauf zusammengeschmisse, deshalb hat sie der ärztliche Dienst sofort versorgt und dann gleich mit der Rettung nach Hause fahre lasse."

Beim Stichwort „versorgt" fiel Worschädl ein, dass seine Göttergattin im hauseigenen Restaurant *TonArt* auf ihn warten wollte. Er rechnete fest damit, dass ihr die Kaminskis dort noch Gesellschaft leisteten.

„Frau Wesenauer, hat es im Orchester Spannungen gegeben?"

„Die gibt es in allen Orchestern dieser Welt. Bei den Wiener Philharmonikern sind angeblich die Oboen mit den Hörnern spinnefeind, beim Cleveland-Orchestra erzählt man sich von einer Art kaltem Krieg innerhalb der Kontrabässe, und bei den Berliner Symphonikern dürfte sich die Kommunikation zwischen der Pauke und der Triangel nur auf das Dienschtliche beschränke."

„Die Menschen machen sich das Leben halt leidenschaftlich gerne schwer. Aber fällt Ihnen jemand ein, der auf Markus Holl nicht gut zu sprechen war?"

„Wenn, dann der Bratschist gleich nebe ihm. Hab vergessen, wie der heißt. Moment. Gleich hab ich's. Wie eine berühmte Wurst."

„Frankfurter."

„Richtige Spur, falsches Ergebnis. Knapp daneben, Herr ..."

„Worschädl."

„Worschädl? Ach du grüne Neune! Ihr Name passt ja sowas zu diesem Oberösterreich! Also, Herr Worschädl, wir brauchen eine Wurst und zugleich eine Stadt."

„Da fällt mir nur Braunschweig ein!"

„Gernot Braunschweiger, Volltreffer. Der hat dem stimmführenden Holl wirklisch in jeder Probe zwei-, dreimal ans Bein gepinkelt."

„Ans Bein gepinkelt?"

„Na ja, der hat ihn ebe voll angemotzt. Für den Holl war das ganz und gar nicht lustig, weil die Zuständigkeite eines Stimmführenden ja ohnehin nicht wirklisch klar sind. Und wenn dich auch noch ständig jemand in Frage stellt ..."

„Der Braunschweiger hat an seinem Ast gesägt?"

„Ungeniert und penetrant. Und für seinen Spruch, dass der Holl weitaus besser wieder im Tutti aufgehobe wäre, weil er einen echten Holler zusammenfiedelt, hat er jedes Mal ein paar Lacher aus der Ecke der anderen Streicher abkassiert."

„Und dieser Braunschweiger könnte Ihrer Meinung nach Holl auf dem Gewissen haben?"

„Mensch, keine Ahnung. Ich weiß ja nicht einmal, warum er den Holl derartig auf dem Kieker hatte. Vielleicht war das auch nur so ein typischer Hahnenkampf zwischen zwei potentiellen Alphatieren."

„Wobei die wirkliche Alphaposition ja mit Ihnen als Frau besetzt ist."

„Was die werte Herre der Schöpfung bestimmt noch zusätzlich irritiert hat. Mit mir darüber zu streite, wer den Längeren oder Kürzeren hat, zahlt sich nicht wirklich aus. Und mich anzumachen oder um mich zu rittern, führt leider ebenfalls ins Nichts, weil ich längst vergebe bin."

Jetzt sah Worschädl das verschmitzte, selbstbewusste Lächeln einer Frau, die sich in einer Männerwelt behaupten wollte und für bestimmte Spiele von vornherein nicht zur Verfügung stand.

„Ich nehme an, dass ich den Braunschweiger jetzt in einer der Garderoben finde", setzte Worschädl fort.

„Da ist es um einiges wahrscheinlicher, dass er im *TonArt* ein Gläschen Veltliner kippt. Der trinkt angeblich auch ganz gern mehr als nur ein Gläschen Wein."

„Sie meinen, er hat Alkoholprobleme?"

„Holl hat das Gerücht verbreitet, dass der Braunschweiger einen halben Liter braucht, um seinen Boge ruhig zu halte."

„Was dem Braunschweiger ganz sicher nicht gefallen hat."

„Worauf sie sich verlasse könne."

7

Es war jeden Abend dasselbe, aber nicht an jedem Abend gleich. Im Grunde kam es immer auf das Erspüren des allerbesten Zeitpunkts an. Dabei ließ sich nie voraussagen, wann genau der entscheidende Schritt zu setzen war. Konnte sein, dass er an einem Montag bereits um zwanzig Uhr siebzehn gelang, während er am Dienstag erst um einundzwanzig Uhr neun glückte. Rosi Seipel hatte für diesen heiklen Moment immerhin so viel Sensibilität und Fingerspitzengefühl entwickelt, dass ihr kaum mehr ein Versuch misslang. Über den Daumen lag das Verhältnis zwischen Gelingen und Scheitern bei einer hervorragenden Quote von 10 zu 2, und auch das wollte sie noch verbessern, weil sie sich damit unnötigen Ärger ersparen konnte. Der trat bei fehlgeschlagenen Versuchen nämlich nahezu zwangsläufig auf und mündete gar nicht selten in einen handfesten Krach.

Harmoniebedürftig wie sie war, lag Rosi äußerst viel an einem friedlichen Eheleben mit möglichst wenigen Streitereien. Gerade die Abende sollten nett und gemütlich sein. Ob das jedoch auch wirklich glückte, hing ganz allein von Rosi ab. Von ihren Fertigkeiten und ihrer Raffinesse. Rosi verglich es gerne mit der fernöstlichen Kriegskunst, von der sie in einer Zeitschrift gelesen hatte und bei der es ums gekonnte Spannen des Bogens und das Warten auf den idealen Zeitpunkt für das Abschießen des Pfeiles ging. Damit er sein Ziel auch wirklich traf und die gewünschte Wirkung erzeugte. Wobei die gewünschte Wirkung sehr oft nicht im Erlegen einer Beute, sondern im Eröffnen neuer Möglichkeiten lag. Und exakt darum ging es der gelernten Floristin und Blumenverkäuferin Rosi Seipel beim tagtäglichen Überlisten ihres Mannes.

Für ihr Vorhaben war es gar nicht schlecht, dass sie so geschickte, flinke Finger hatte. Das kam eindeutig vom Blumenbinden. Es war kein Wunder, dass Stammkunden diverse Geburtstags- und Hochzeitssträuße explizit bei ihr bestellten und nicht bei ihrer Kollegin. Bei der trudelten die Kunden selbst am Valentins- oder Muttertag nur tröpfchenweise ein, während sie bei Rosi regelmäßig Schlange standen.

Kundige Hände, Engelsgeduld, Geräuschvermeidung und ein kreativer Umgang mit der Wahrheit – das waren die nötigen Zutaten, um am Ende ihrer allabendlichen Winkelzüge den verdienten Erfolg zu feiern.

Rosis erste Aufgabe bestand im Erobern der Fernbedienung. Es war ganz selbstverständlich, dass sich die am Anfang immer Edi krallte, das hatte sich so eingebürgert, daran gab es nichts zu rütteln. Allerdings hielt er dieses für Rosis Vorhaben so wesentliche Gerät auch dann noch fest in der Hand, wenn er längst eingeschlafen war, oder er begrub es derart unmöglich unter sich, dass es kaum zu erwischen war.

Wenn sie also nach der Fernbedienung fischte, lenkte sie ihn gern mit einem sanften Räuspern oder einem Küsschen ab. Hin und wieder kraulte sie ihm auch zärtlich die Brust oder den Bauch, aber immer so dezent, dass er sich nicht zu viel erhoffte. Das Ziel der unterschiedlichen Strategien bei diesem Manöver lag ausschließlich darin, die Fernbedienung so in ihren Besitz zu bringen, dass er es nicht bemerkte.

Wenn sie dieses Ding erst einmal in ihren Händen hatte, stand sie vor der nächsten Hürde, die aus dem richtigen Moment des Umschaltens bestand. Wehe, wenn er dabei erwachte. Dann konnte es sein, dass er die Fernbedienung aufgebracht zurückverlangte und sein Wunschprogramm, das er ohnehin verschlief, auch noch die nächste Stunde lief.

Harte Krimis oder, wie heute, Champions League. In Minute 32 hatte ein Spieler namens Messi ein spektakuläres Tor geschossen, in Minute 35 fielen Edi die Augen zu, und beim Abpfiff zur Pause schlug Rosi zu. Diesmal schob sie Edi die Decke über seine Schultern, knabberte an seinem Ohrläppchen und zog dabei die Fernbedienung ganz, ganz vorsichtig unter seiner Schulter hervor. Mit Erfolg. Denn bereits kurz darauf schob sie sich während des unsagbar tollen Films „Flammende Herzen" ein paar Schokokekse in den Mund.

Der Blumenstrauß, mit dem der Segellehrer das Herz der jungen, attraktiven Frau des schon älteren Grafen erobern wollte, kam ihr zwar sehr schlampig gebunden vor, aber sonst erfüllte die Geschichte alle Erwartungen, die man vom Herz-Schmerz-Unterhaltungssektor erwarten konnte.

Störend war heute nur Edis seltsam unrhythmisches Schnarchen. Er grunzte nicht regelmäßig wie sonst, sondern stoß- und stakkatoartig. Dazu kam ein fallweises prustendes Schnauben, das gerade in zärtlichen Szenen wie dem Andeuten des ersten Kusses unerträglich war.

Rosi hatte keine Ahnung, was der wieder zusammenträumte. Was sollte ihm schon Spannendes unterkommen, wo er doch acht Stunden am Tag nichts anderes tat, als in seinem Kran zu sitzen und schwere Gegenstände zu bewegen. Äußerst verantwortungsvoll, gewiss, aber die Aufregungen mussten sich eigentlich in Grenzen halten.

Damit hatte Rosi natürlich völlig Recht. Heute war ihrem Mann allerdings eine Unregelmäßigkeit unterlaufen, die er bis jetzt nur erahnen, aber nicht benennen konnte, die jedoch in seinem Unterbewusstsein Irritationen hinterlassen hatte, die sich nun im Schlaf umso heftiger entfalteten.

Jetzt gerade versagte die Steuerung. So sehr er den Kreuzschalter zu schieben und zu bewegen trachtete, gehorchte ihm der Kran nicht mehr. Das führte dazu, dass der Ausleger, den er rechtzeitig vor einer Hausfassade stoppen wollte, mit unglaublicher Geschwindigkeit die Wände einer Wohnung im elften Stock durchschlug und das gesamte Stockwerk abrasierte. Und so war es nicht zu verhindern, dass Edis nächster Schnarchlaut wie ein Entsetzensschrei klang, der Rosi just dann aus ihren Gedanken riss, als der Segellehrer seine Lippen endlich auf die der Frau des Grafen drückte.

8

Es war der Gespritzte und nicht das Achtel. In Bezug auf das Weinquantum lief das bis auf den Verdünnungsfaktor auf das Gleiche hinaus. Ob sich Braunschweiger bereits am zweiten oder dritten Glas labte, konnte Worschädl nicht abschätzen, als er dem Bratschisten im *TonArt* seinen Ausweis zeigte und sich neben ihn auf einen Barhocker an den Tresen setzte.

Dabei schickte der Kommissar seiner Karoline, die mit den Kaminskis an einem der Tische plauderte, ein entschuldigendes Lächeln. Das Nicken, mit dem sie ihm antwortete, signalisierte ihm, dass alles in Ordnung war und er sich für das, was jetzt für ihn zu tun war, ruhig die nötige Zeit nehmen konnte.

„Niemals hätte ich damit gerechnet, dem Holl jemals auch nur eine Träne nachzuweinen", meinte der mit etwa 175 Zentimetern eher mittelgroß gewachsene Braunschweiger und nahm einen tüchtigen Schluck.

„Weil das Verhältnis zwischen Ihnen und dem Ermordeten eher konfliktgeladen war?"

„Sie wissen also bereits Bescheid? Und haben mich schon im Visier? Na bravo! Aber andere Schlüsse lässt das kleingeistige Denken eines Polizeibeamten vermutlich gar nicht zu."

„Dann wird es Ihnen vermutlich keine Mühe bereiten, mich mit intelligenten Argumenten vom Gegenteil zu überzeugen."

„Wie wäre es mit der Tatsache, dass sich ein wahrer Künstler schon alleine auf Grund seiner hochgradigen Sensibilität unmöglich zur Gewalttat eignet?"

„Meinem bescheidenen Wissen nach haben das sowohl der 1500 geborene Benvenuto Cellini als auch der 1950 zur Welt gekommene Jack Unterweger trefflich widerlegt. Der eine mit Degen und Fäusten, der andere mit zum Henkersknoten geknüpfter Damenunterwäsche."

„Ausnahmen von der Regel lassen sich immer vor den Vorhang holen. Aber für meine Person kann ich Ihnen versichern, dass ich zu so einer bestialischen sowie martialischen Handlung nie und nimmer fähig wäre."

„Verbal dürften sie aber Holl so manches harte Gefecht geliefert haben."

„Fallweise mag das schon so gewesen sein. Aber dass er jetzt so jung sterben musste, noch dazu durch rohe Gewalt, ganz ehrlich, das erschüttert mich zutiefst."

Braunschweiger schwemmte seine Schwermut weg, indem er sein Glas mit einem Zug leerte und ein weiteres bestellte.

„So mitfühlend sind Sie aber zu Holls Lebzeiten nicht gewesen. Sie haben gegen ihn doch sehr heftig opponiert."

„Opponiert?! Interessant. Welcher Ihrer Informanten hat da so maßlos übertrieben?"

„Ich gebe nur die Eindrücke Ihrer Dirigentin wieder."

„Die leider so unpräzise sind wie die Einsätze, die uns diese aus Piefkinesien importierte, musikalische Armleuchterin gibt." Der Alkohol ließ Braunschweiger lauter sprechen, als er wollte, was dazu führte, dass einige Gäste ihr Gespräch mit wechselnder Aufmerksamkeit verfolgten.

„Sie haben sich also nicht darüber beschwert, dass Holl – ich zitiere – einen unglaublichen Holler zusammenfiedelt"

„Doch, und das völlig zu Recht. Für ein Orchester müsste es eigentlich völlig reichen, dass es sich nach dem Taktstock einer unbedarften Dilettantin richten muss, die noch dazu glaubt, dass sie die musikalische Weisheit mit dem Löffel gefressen hat. Aber nein, man muss uns auch noch diesen musikalisch und menschlich völlig überforderten Holl vor die Nase setzen!"

„Die Bratschisten hätten sich jemand anderen gewünscht?"

„Selbstverständlich. Am liebsten den Kollegen, der mit der besten Technik und dem meisten Feeling ausgestattet ist."

„Und wer wäre das gewesen?"

„Vermutlich meine Wenigkeit. Was bis vor zwei Wochen auch als beschlossen und besiegelt galt."

„Und dann wurde Ihnen Ihr Bratschisten-Kollege vorgezogen?"

„In letzter Sekunde. Nichts als ein reiner Willkürakt. Sie wissen schon ... eine Hand wäscht die andere."

„Und welche Hände haben sich da gegenseitig ..."

„Dazu will ich mich nicht äußern."

Weil dieser Schluckspecht nichts Konkretes weiß, dachte sich Worschädl. Weil er sich als Ursache für seine Nichtbestellung irgendwelche üblen Machenschaften und dubiosen Absprachen zusammenreimt.

„Diese Zurückstellung und Demütigung hat Sie doch sicher gekränkt."

„Ach so, Sie meinen, ich hätte damit so etwas wie ein Motiv gehabt und hätte mich in die Niederungen einer so primitiven Reaktion wie diesen Mord begeben? Nein, mein Lieber. Wenn mich etwas emotional belastet, klemme ich mir meine Viola unters Kinn und entlade mich mit einer Sonate von Liszt, Schubert oder Brahms."

In diesem Moment betrat eine junge Frau das Restaurant, die man schon auf Grund ihrer Kleidung nicht zu den heutigen Konzertbesuchern zählen konnte: legere, ausgewaschene Jeansjacke, hellblaues T-Shirt, saloppe Schlupfhose und farblich dazu passende Sneakers.

Die 36-jährige Kriminalbeamtin Sabine Schinagl wirkte meistens so, als hätte sie übergeworfen, was sich aus dem Kleiderschrank schnell zusammenraffen ließ. Als zweifache Mutter und Partnerin eines mäßig erfolgreichen Musikers litt sie unter notorischem Zeitmangel, also wurde bei ihr nur das Nötigste gebügelt, und ihre Frisur und das Make-up erledigte sie zwischendurch.

Der Anruf einer Polizeibeamtin hatte sie aus dem Lernen von Spanischvokabeln mit ihrer Tochter gerissen. Falls es also bei der morgigen Schularbeit nicht für eine positive Note reichen würde, sollte sich ihrer Meinung nach das Strafmaß des Bratschenmörders automatisch um ein Jahr erhöhen.

Sie war auf Worschädl gestoßen, als er sich vor etwa einer Viertelstunde zum Restaurant *TonArt* begab, und hatte mit ihm vereinbart, sich im Garderobenbereich etwas genauer umzusehen. Jetzt ging sie auf ihren Kollegen zu, streckte ihm eine durchsichtige Plastiktüte entgegen, die ein längeres Stück Draht enthielt, und wandte sich zugleich an dessen Gesprächspartner am Tresen.

„Herr Braunschweiger?“

„Richtig. Und mit wem habe ich das Vergnügen?“

„Sabine Schinagl.“ Sie zeigte ihm ihren Ausweis.

„Meine Kollegin“, ergänzte Worschädl und warf einen Blick auf das bronzefarbene Drahtstück in der Plastiktüte, das unschwer als Saite eines Musikinstrumentes zu erkennen war.

„Sabine, was hast du uns da mitgebracht?“

„Eine Bratschensaite, Robert. Tonhöhe D. Das daran feststellbare Blut dürfte vom ermordeten Markus Holl stammen. Vermutlich wurde er damit stranguliert.“

„Um Himmels willen“, entfuhr es Braunschweiger.

„Und wo habt ihr die gefunden?“, fragte Worschädl.

„Genau in jenem Spind, in dem unser werter Herr Braunschweiger seine Sachen aufbewahrt.“

„Wie bitte, die Mordwaffe in meinem Spind?“ Braunschweiger blickte Schinagl fassungslos an.

Schinagl beachtete ihn nicht, sondern redete mit Worschädl weiter, als ob sie ganz unter sich gewesen wären: „Könnte es sein, dass Braunschweiger nach dem Mord auch Gegenstände des Ermordeten an sich genommen hat?“

„Nein, so geht das nicht, einen Moment, das darf doch nicht wahr sein …“, mischte sich Braunschweiger ein, wurde nun aber auch von Worschädl ignoriert.

„Welche Gegenstände?“

„Seine Geldbörse und die Wohnungsschlüssel.“

„Stopp, hallo, hören Sie, ich bin das auf keinen Fall gewesen!“, entrüstete sich Braunschweiger.

„Kann sein. Rein optisch stellt sich das im Moment aber leider völlig anders dar“, antwortete Schinagl und blickte Braunschweiger direkt an.

„Sieht so aus, als ob wir uns doch noch länger unterhalten müssten“, meinte Worschädl.

Braunschweiger nickte, schüttete seinen Gespritzten in sich hinein, schickte dem Kommissar noch ein bitteres Lächeln und schlug dann das Glas mit Wucht über die Tresenkante.

Splitter, Lärm, entsetzte Schreie.

Und eine Scherbe mit scharfer Spitze, die sich Gernot Braunschweiger im voll besetzten und plötzlich mucksmäuschenstillen Restaurant *TonArt* in äußerst dissonanter Manier gegen seine Halsschlagader drückte.

9

Kriminelle Energie hat jeder. Mehr oder weniger. Bei den einen bricht sie durch, die anderen halten sie unter Kontrolle. Andere spielen damit und gestatten sich einen ersten Fehltritt, nur diesen einen, bei dem es jedoch meistens nicht bleibt.

Wer Pech hat, gerät so richtig rein und kommt erst wieder los davon, wenn er auf die Schnauze fällt. Manchmal musst du ganz unten landen, damit du wieder nach oben kommst.

Aber wer den Weg zurück schafft, von der dunklen auf die helle Seite, der ist damit nicht automatisch vor Wiederholungen geschützt. Und die Verlockungen sind groß.

Nimm nur eine Bergtour, bei der du liebend gern dabei wärst, die du dir aber beim hoffnungslosen Minusstand deines Kontos ganz unmöglich leisten kannst. Und dann finde in der Sommerjacke eines Toten, die auf einem Haken hinter einer Garderobentür hängt, dessen Portemonnaie mit Bankomat- und Kreditkarte sowie 167 Euro und 62 Cent in bar, und aus der anderen Manteltasche ziehst du auch noch seinen Wohnungsschlüssel.

Dazu kommt noch, dass dir der Tote am frühen Abend erzählt hat, dass er heute die Öffis genommen hat, weil seine Frau mit dem Auto hinaus zum Segelflugplatz wollte, ihn aber nach dem Konzert abholen und mit nach Hause nehmen würde.

Da liegt es doch nahe, dass du darüber nachdenkst, ob in der für kurze Zeit verwaisten Wohnung jene 400 Euro zu holen wären, die du noch zur Finanzierung des Ausflugs in die Berge brauchst. Keine Frage, dass sich Zweifel melden. Weil du endlich einen soliden Job und eine kleine Wohnung hast. Weil du deine Eltern nicht schon wieder enttäuschen willst. Weil du nie mehr in deinem Leben in einem Gefängnis sitzen möchtest.

Andererseits ist das Entdecken der Leiche ein echter Schock gewesen, den du ohne den letzten, gekonnt gebauten Joint wahrscheinlich nicht verkraftet hättest, weshalb du für Nachschub sorgen musst, was wiederum dein Kapital für die Bergtour minimiert. In Wahrheit kannst du es drehen und wenden, wie du willst, unterm Strich kommt jedes Mal heraus, dass du ganz dringend Kohle brauchst.

Das alles ging Tanja Lindinger durch den Kopf, nachdem sie beobachtet hatte, dass nach ihr auch noch eine Reinigungsdame die Leiche des stimmführenden Bratschisten entdeckt und Alarm geschlagen hatte. Als kurz danach die ersten Konzertbesucher ins Gebäude strömten und zugleich die Sirenen herankommender Einsatzfahrzeuge zu hören waren, war Tanja noch nahe daran, die Geldtasche und die Wohnungsschlüssel wieder heimlich zurückzulegen.

Als sie aber übers Handy von der Absage des Konzerts erfuhr und das Tohuwabohu aus eintreffenden Einsatzkräften, durcheinander schwirrenden Konzertbesuchern und erschütterten beziehungsweise aufgescheuchten Mitarbeitern immer größer wurde, sah sie eine gewisse Chance, ihre Anwesenheit nur vorzutäuschen und sich heimlich davonzustehlen.

Nach kurzem Überlegen begab sie sich in den zweiten Stock, öffnete mit ihrem Generalschlüssel das um diese Zeit leere Personalbüro, fuhr dort den Computer hoch, gab in die Datenbank den Namen „Markus Holl“ ein und notierte sich dessen Wohnadresse.

Danach fuhr sie mit dem Aufzug in den Keller, verließ das Gebäude durch die Hintertür, hob am hausinternen Parkplatz ihr blaugrün lackiertes Moped vom Ständer, schob es durch den angrenzenden Park, in dem die Bäume im rotierenden Blaulicht ihre abendlichen Schatten warfen, erreichte, von niemandem beachtet, die Straße, drückte den Startknopf und gab Gas.

10

Das Blut kam in einer fetten Fontäne und entlud sich ausgerechnet auf Worschädls soeben noch blütenweißem Smokinghemd.

Dabei hatte er alles versucht, um den Bratschisten Gernot Braunschweiger, der die Blamage einer öffentlichen Verhaftung unbedingt vermeiden wollte, von seinem wahnwitzigen, von vornherein zum Scheitern verurteilten Suizidversuch abzuhalten.

Aber die Gespritzen taten ihre Wirkung, die vernunftbetonten Areale von Braunschweigers Gehirn waren vom Alkohol so gut wie ausgeschaltet, deshalb hielt er vorerst allen noch so eindringlichen Argumenten und äußeren Einflussnahmen stand und presste sich, wie als Provokation, die spitze Glasscherbe nur noch fester an den Hals.

Dazu übte er sich im laustarken, affektiven Lamentieren. Kotzte aus, was ihm schon ewig stank. Zum Beispiel, dass er jahrelang, nein, über Jahrzehnte, Unmengen an Energie ins Organisieren von Betriebsausflügen und Geburtstagsfeiern gebuttert hatte. Alleine diese endlosen Debatten, ob man im Inland bleiben oder ins Ausland fahren beziehungsweise ein- oder zweimal übernachten sollte. Oder ob den Fußmaroden unter den Musikern neben einer ausgedehnten Schifffahrt nicht doch auch eine kleine Wanderung zuzumuten wäre.

Und dann erst das Dauerthema „Reisespesen“! Mindestens einmal pro Jahr stellte die Orchesterleitung empfindliche Kürzungen in den Raum, zuletzt drohte sogar eine komplette Streichung der bislang genehmigten Kilometergelder, und in diesen Fällen gab es bitte genau einen, der offenen Widerstand gezeigt, sich gegen die Hierarchie und das gesamte System gestemmt und sich für die Kollegen den A… aufgerissen hatte!

„Aber bitte immer so, dass keine Seite das Gesicht verlieren musste“, beteuerte der Bratschist mit vernehmbarem Lallen. Allein seiner *Diblomadie* war es zu verdanken, dass sich nach diesen oft langwierigen Konflikten alle immer wieder *broblemlos* in die Augen schauen konnten! Sowas gelingt aber nicht einfach so Larifari! Dazu braucht es bitte schon das *dagdisch enorm ausgeglügelde* Braunschweigerische *Gommunigationsgeschig*!

Und was war der Dank dafür? Dass er jetzt eines Mordes verdächtigt wurde! Das war alles so absurd, dass er sofort noch einen Gespritzten brauchte. Her damit, und zwar sofort!

Wieso sollte er sich denn *biddeschön* an einem musikalischen Nackerbatzl wie diesem Holl vergreifen?! Und hält ihn der Kommissar wirklich für so hirnverbrannt, dass er dann auch noch die Mordwaffe in seinem eigenen Spind verstaut? Entschuldigung, aber ein derart saublöder Mensch kann doch unmöglich so etwas Anspruchsvolles wie eine Mozart-Symphonie bewältigen!

Runter mit dem Gespritzten! Ob der Herr und die Frau Kommissar die Bodenseeballade kennen? Nein? *Mir tut das Herz im Leibe weh, wenn ich im Glas den Boden seh!* Also noch einen Gespritzen, aber dalli! Und wehe, wenn die Kommissare auch nur einen Schritt näher kommen.

Worschädl, der sich auf Braunschweiger zubewegt hatte, blieb wieder stehen und versuchte, den Bratschisten zu beruhigen, indem er ihm betont langsam erklärte, dass ein Verdacht noch lange nichts beweise und dass er nach wie vor von Braunschweigers Unschuld überzeugt sei.

Und was sollte, fiel ihm Braunschweiger ins Wort, dann dieses Affentheater mit der Verhaftung? Warum muteten sie seinem Sohn und seiner Tochter zu, ihren Papa womöglich als Mordverdächtigen auf der Titelseite der lokalen Zeitung abgebildet zu sehen? Sollte ihn seine Gattin ab morgen allen Ernstes wie die Frau eines Schwerverbrechers in der Justizanstalt besuchen? Nein, eine derart verheerende Blamage wollte er seinen Liebsten und sich selbst ersparen! Da gebe er lieber hier und jetzt den Löffel ab!

Die durchwegs elegant gekleideten Gäste des Restaurants hielten noch immer den Atem an. Nur Karoline wirkte hochengagiert und sehr lebendig, mit einem Wort einsatzbereit. Noch hatte Bertl die Situation halbwegs im Griff, noch strahlte er jene Ruhe und Sicherheit aus, die man zum Entschärfen und Deeskalieren braucht. Allerdings wäre jetzt dringend eine Portion Empathie gefragt gewesen, weil sich Menschen in höchster emotionaler Not in erster Linie von jemandem verstanden fühlen wollen.

Als hätten sich Karolines Gedanken auf Worschädl übertragen, schaltete er in diesem Moment um auf wohlwollendes Mitgefühl. Mit sanfter Stimme teilte er Braunschweiger mit, dass er seinen Ärger und seine Enttäuschung gut nachvollziehen könne. Aber wenn es ihm um die Wahrung seiner eigenen Würde gehe, und auch um die seiner Familie, dann sei Selbstmord nicht die klügste Lösung, weil der Suizid eines Verdächtigen fast immer wie ein Geständnis gewertet werde. Damit würde Braunschweiger also seiner Familie nichts ersparen, sondern ihr ganz im Gegenteil eine riesige Last auf die Schultern legen.

Die letzten Sätze des Kommissars zeigten insofern Wirkung, als der Bratschist die Scherbe um wenige Millimeter von seiner Halsschlagader löste. Er stöhnte auf, griff sich mit der anderen Hand an die Stirn, massierte sie und schien dabei Worschädls Argumente gedanklich durchzukneten. Langsam begriff er offenbar, dass er drauf und dran war, sich und seine Familie in einen entsetzlichen Schlamassel zu manövrieren. Als er Worschädl dann einen sehr klaren und einsichtigen Blick zuwarf, schätzte der Kommissar die Situation als quasi gerettet ein.

Leider spielt das Leben den eigenen Vorstellungen nur allzu gerne einen Streich. Und so kam es, dass just in diesem Augenblick eine Kellnerin mit einem heillos überladenen Tablett aus der Küche trat und beim Anblick von Braunschweiger so erschrak, dass ihre Hände für eine Sekunde auf ihre Aufgabe vergaßen. Wodurch das Tablett mitsamt den für die Gäste gedachten Speisen und Getränken auf den Boden krachte.

War es das Entsetzen der Kellnerin? Oder der plötzliche Lärm? Jedenfalls reagierte Braunschweiger darauf mit einem jähen, gegen sich gewandten Reflex und stach energisch zu.

Als ihn die Blutfontäne traf, wich Worschädl unwillkürlich einen Schritt zurück, achtete dabei aber nicht auf die aufschreienden Gäste, sondern aktivierte unverzüglich seine Kenntnisse über Erste-Hilfe-Maßnahmen und kam sofort auf Druckverband. Und während er an Braunschweiger vorbei hinter den Tresen stürzte, nahm er aus den Augenwinkeln wahr, dass sich Karoline erhob und auf ihn zueilte.

Fieberhaft riss Worschädl die Laden der Anrichte auf, konnte aber kein Geschirrtuch finden. Nun war es wiederum Karoline, die seine Gedanken lesen konnte. Weil sie, bei ihm angelangt, mit einer Geste Einhalt gebot, zuerst sein Sakko und dann ein ursprünglich aus

Indien stammendes Kleidungsstück öffnete und es ihrem Gatten in die Hand drückte.

„Du meinst wirklich, ich soll den Kummerbund ...“

„Wir haben nichts Besseres.“

Die nächsten Minuten waren dazu angetan, Worschädls Meinung über das anfangs so ungeliebte Kleidungsstück ins Gegenteil zu verkehren, weil sich die Braunschweigerische Blutfontäne damit mehr als vortrefflich bändigen ließ. Ihm kam sogar der Gedanke, dass die eigentliche Bestimmung des Kummerbundes darauf abzielte, eben keinen Kummer zu verursachen, sondern ihn zu vermeiden beziehungsweise einzudämmen.

11

Zuerst waren sie in dem schlecht gefederten, klapprigen Wagen etwa dreißig bis vierzig Minuten quer durchs Land gefahren. Äußerst kurvig. Nach Ninas innerer Kartografie waren sie Richtung Osten unterwegs gewesen. Wenn das stimmte, hatten sie die Autostrada noch nicht unter- oder überquert. Der Lago Trasimeno lag nach ihrer Einschätzung noch mindestens fünfundzwanzig Kilometer entfernt. Das südlich von Siena gelegene Montepulciano mussten sie hingegen bereits hinter sich gelassen haben.

Sie waren zu zweit. Die Frau roch nach Zigarettenrauch und einem billigen Parfum, der Mann nach Zigaretten, Alkohol und Schweiß. Zwei Raucher, denen auf der gesamten Fahrt kein einziges Wort entschlüpfte. Vielleicht hatten sie in einer Zeitschrift beim Arzt oder Frisör gelesen, dass Blinde ein Elefantengedächtnis für Geräusche, Töne und Klänge haben.

Plötzlich bremsten sie ab und bogen nach rechts in einen Feldweg ein. Anfangs ging es bergab. Tiefe Schlaglöcher. Sehr holprig. Schließlich folgte eine Ebene. Kurz. Vielleicht zweihundert Meter. Danach vernahm Nina ein leises Rauschen. Wasser. Ein Fluss oder Bach. Dann leicht bergauf. Rechtskurve. Ein Stück geradeaus. Linkskurve. Knirschen. Kies. Herunterschalten. Anhalten.

„Wo sind wir? Und was soll das alles? Ich hab keinem was getan."

Keine Antwort. Genauso wie während der ganzen Fahrt. Mehrmals hatte sie gefragt, wer die Frau und der Mann waren, die sie an den Armen gepackt, von Haku weggezerrt und in diesen Wagen geschoben hatten. Drei-, viermal wollte sie wissen, was sie denn um

Himmels willen mit ihr vorhatten. Aber da kam nicht ein Wort, nicht eine Silbe.

Wahrscheinlich wollten die schlicht und einfach Geld, dachte Nina, als die Wagentür geöffnet wurde und sie jemand von außen an der Hand nahm. Eine klassische Entführung. Aber wieso gingen sie auf Haku los? Warum mussten sie ihren Hund töten, wo er doch Ninas Ein und Alles war. Sie hätte deswegen ununterbrochen heulen können, aber sie wollte vor denen keine Schwäche zeigen, deshalb riss sie sich zusammen.

„Warum habt ihr auf meinen Hund geschossen?", fragte sie mit fester Stimme. Nichts. „Hallo! Ich hab euch was gefragt?!"

„Du hältst jetzt sofort dein Maul!" Der Mann. Kehlige Stimme. Zu wenig Bass.

„Sei still!", wies ihn die Frau mit rauem, verlebt klingendem Tonfall zurecht.

„Wer von euch beiden hat geschossen?", gab Nina nicht so schnell auf.

„He, du sollst die Klappe halten!"

„Es reicht. Nimm dich zusammen. Wir haben etwas abgemacht."

„Ach so? Du hast gesagt, wie es zu laufen hat."

„Richtig. Zum Beispiel, dass du auf einen der Hinterläufe zielst. Aber du musst ja so dämlich schießen, dass uns der Scheißköter umfällt wie ein Sack!"

„Was soll ich machen, wenn sich der plötzlich bewegt?"

„Der Hund oder deine Hände? Was? Zu viel Grappa schon am Vormittag."

„Blödes Gerede!"

„Ist dir das peinlich? Glaubst du, die Blinde hat nicht sofort gerochen, dass du Tag und Nacht dein gewisses Quantum brauchst?"

Okay. Die Frau hatte hier die Oberhand. Und er war es, der Haku erschossen hatte.

Professionelle Entführer hörten sich für sie ganz anders an. Die hätten ihr nicht nur das Handy, sondern auch ihre mit Brailleschrift funktionierende Smartwatch abgenommen. Die würden ihre Konflikte niemals so ungeniert nach außen tragen. Die hätten sich viel besser im Griff.

Für geübte Entführer musste es oberstes Ziel sein, möglichst unerkannt zu bleiben. Was die beiden hier vom Stapel ließen, ließ eher auf zwei Anfänger schließen, was sie nicht weniger gefährlich machte. Fügten die einen ihren Opfern Verletzungen und Schmerzen aus kühler Berechnung zu, mochten diese hier im Affekt, unkontrolliert und emotionsgeleitet handeln.

„Schaff sie hinein! Ich gebe inzwischen Bescheid, dass wir das erledigt haben", ordnete die Frau an, als sie aus dem Auto stiegen.

Daraufhin nahm er Ninas Hand. Ihr blieb nichts übrig, als sich auf ihn einzulassen. Auf ihren Feind.

Asphaltierter Boden. Eine Art Hof. Gackernde Hühner. Eine kleine Landwirtschaft. Knarrende Tür. Stallgeruch. Kühlere Luft als draußen. Noch eine Tür. Bis er schließlich stehenblieb. Etwas Kühles um ihr Handgelenk legte. Einen Ring. Einen eisernen Ring. Sperrgeräusche. Derselbe Vorgang an ihrer zweiten Hand. Sie wehrte sich. Aber vergeblich. Der Mann hatte sie angekettet.

„Was soll das hier werden?"

„Du wirst es genießen", sagte er, packte sie plötzlich brutal am Kiefer, hielt sie mit der anderen Hand am Nacken, drückte seine Lippen auf ihre und schob ihr die Zunge in den Mund.

Nina wehrte sich nach Leibeskräften und versuchte, ihn zu beißen, aber sein Griff am Kiefer war unbezwingbar, der Mann war viel zu stark für sie, fasste ihr plötzlich zwischen die Beine, packte zu. Hart, brutal.

Die Stimme der Frau war Ninas Rettung. Klang wie eine Kreissäge, ging einem durch Mark und Bein. Bahnte sich von draußen ihren Weg herein und ließ ihn plötzlich innhalten. Wie ein ertapptes kleines Kind, das sich vor einer Strafe fürchtete.

„He, wo bleibst du? Er will dich sprechen!“

Wer immer ‚Er‘ auch war, der Mann ließ von Nina ab.

„Es ist nicht nötig, so zu schreien“, meinte er mit belegter Stimme, während die Frau den Raum betrat.

Sein Keuchen und Ninas schnelles Atmen.

Seine vermutlich noch sichtbare Erektion.

„Du musst dringend an die frische Luft.“

Wahrscheinlich drückte sie ihm jetzt das Handy in die Hand.

„Na los, draußen hast du Empfang.“

Seine sich entfernenden Schritte.

„Wieso lassen Sie das zu?“ Ninas Stimme war brüchig, noch immer voller Angst.

„Was denn? Dass er dich anfasst? Ach, diese kleine Freude gönne ich ihm gerne. Außerdem ... auch wenn du ihm keine schönen Augen machen kannst ... der nimmt sich, was er kriegen kann.“

Sie lachte hässlich auf.

Ließ Nina stehen.

Als Gefangene von zwei Verrückten.

Dem Geruch nach in einem Kobel.

Angekettet wie ein Tier.

Live wäre das heute natürlich ungleich faszinierender gewesen, dachte Worschädl, als er mit dem Motor auch den CD-Player abstellte und auf dem Parkplatz des Segelflugvereins *Möwe Linz* aus seinem Octavia stieg. Aber Worschädl war keiner, der versäumte Gelegenheiten ewig lang bedauerte. Ein paar Minuten von Dvořáks Cellokonzert hatten ihm hauptsächlich dazu gedient, seine innere Apparatur auf die bevorstehende Begegnung mit Verena Holl auszurichten. Keine leichte Aufgabe, einer Frau mitzuteilen, dass sie wegen einer sinnlosen und grausamen Tat ihren Mann verloren hatte.

Das kühle, metallene Licht des beinahe vollen Mondes tauchte das Gelände in verschiedene Grautöne: etwas heller ein niedriges Vereinsgebäude, das vermutlich Büro- und Umkleideräume beherbergte, daran anschließend, ins Bläuliche gehend, eine kleine Imbissstube, und schließlich, anthrazitfarben und mit zunehmender Entfernung beinahe schwarz, die breit angelegte Wiese mit der sich farblich abhebenden, mausgrauen Start- und Landebahn.

Licht war nur in den schmalen Fenstern jenes langgestreckten, flachen Hangars zu sehen, der Worschädl am nächsten war. Davor parkte ein bulliger SUV, vermutlich der Wagen der Holls. Den weltweiten Run auf diese wuchtigen und großspurigen Fahrzeugmodelle fand Worschädl schon alleine wegen der Klimaerwärmung bedenklich, andererseits waren ein paar Pferdestärken mehr sicher von Vorteil, wenn man ein Segelflugzeug in einem Anhänger durch die Gegend karren musste.

Es war kein geliehenes, sondern ihr privates Fluggerät, mit dem Verena Holl im Vorjahr zusammen mit ihrem Mann die Meisterschaft in der Doppelsitzer-Klasse gewonnen hatte. Exakt diesen Sieg galt es bei dem in zwei Wochen erneut stattfindenden Wettbewerb zu verteidigen und eventuell sogar mit einem neuen Rekord zu toppen.

Sabine Schinagl hatte das gegoogelt, nachdem das herbeigeeilte Notarztteam den stets so engagierten und letzten Endes unbelohnten Bratschisten Gernot Braunschweiger mit zu viel Promille und tadellosem Puls auf einer Trage in einen Krankenwagen geschoben hatten.

Den Tipp, dass die Ehefrau des Toten eine passionierte Segelfliegerin und deshalb vermutlich eher am Flugplatz als zu Hause anzutreffen wäre, hatten sie von einem fülligen Oboisten bekommen. Weil dieser mit Karoline einer Meinung war, dass man Verena Holl die Nachricht vom gewaltsamen Ableben ihres Mannes nicht blutverschmiert überbringen durfte, holte er für den Kommissar ein Reservehemd aus seinem Spind.

Als sich Sabine Schinagl nach einem Anruf ihrer Tochter wegen akuter Differenzen nach Hause entschuldigen musste, teilte sie Worschädl noch mit, dass als Veranstalter für den Wettkampf der Segelflugverein *Möwe Linz* fungierte. Für Teilnehmer, die kein Zimmer in einem nahen Gasthaus oder einer Pension beziehungsweise einen Mietwohnwagen buchen wollten, wurde ausreichend Platz für Zelte und Wohnmobile in Aussicht gestellt.

Über Mangel an Grundfläche konnte sich hier niemand beklagen, sagte sich Worschädl, als er den Hangar erreichte und das mächtige Tor vorsichtig aufschob.

Helles Licht. Am Boden standen acht schmucke Segelflugzeuge in Reih und Glied, darunter ein besonders schnittiger und eleganter Doppelsitzer mit offener Cockpithaube. Weitere fünf Flugzeuge waren in speziellen Aufhängevorrichtungen unter der Decke festgezurrt. Einer der Einsitzer sah aus wie ein Insekt: schlank, spitz, akkurat gespreizte Flügel. Jederzeit zum Stich bereit. Wäre durchaus reizvoll, in so einem geräuschlosen Ding einmal ins Abendrot zu fliegen.

Worschädls romantische Vorstellung war nur von kurzer Dauer, weil ihm plötzlich wie aus dem Nichts eine 190 Zentimeter große Amazone in Arbeitskluft gegenüberstand. Baseballkappe, darunter hervorquellendes, schulterlanges braunes Haar. Vielleicht vierzig Jahre alt. Für Worschädl eigentlich kein Grund zur Aufregung, hätte die Amazone in ihrer Rechten nicht ein beachtliches Werkzeug geschwungen.

„Hochleistungs-Schraubzange, du Penner. Kommst du auch nur einen Schritt näher, hau ich dir deine Schädeldecke ein."

„Okay, alles klar, kein Problem", gab Worschädl zurück und blieb folgsam stehen.

„Und ob es ein Problem ist, wenn ein Fremder ganze zwei Wochen vor dem großen Wettbewerb über unseren Flugplatz schleicht. Na los, sag schon, von welchem Club du kommst! Und welches Flugzeug du manipulieren sollst!"

„Aber nein, das ist ein Missverständnis ..."

„Ein Missverständnis? Im Vorjahr haben sich über Nacht bei meinem Doppelsitzer im verschlossenen Hangar ein paar wesentliche Teile verflüchtigt. Einfach so. Hätte ich das nicht in letzter Sekunde bemerkt, hätte ich ganz sicher nicht den ersten Platz, sondern im besten Fall ein Bett in einem Krankenzimmer belegt."

„Dann spreche ich also mit Frau Holl."

Die Frau wirkte kurz perplex, weil Worschädl ihren Namen kannte, verfiel aber gleich wieder in ihren rasanten Redefluss.

„Ganz egal, mit wem Sie sprechen, wird jetzt die Polizei gerufen. Und dann werden wir ja sehen, welcher Hosenscheißerverein das Rennen mit derart miesen Tricks gewinnen will.“

Während Verena Holl ihr Handy zückte, hob Worschädl beschwichtigend die Hände. „Falls ich ganz vorsichtig in meine Sakkotasche greifen dürfte, könnte ich Ihnen meinen Ausweis zeigen. Und der würde Ihnen bestätigen, dass die Polizei bereits angekommen ist.“

„Sehr witzig. Und wo ist Ihre Uniform? Liegt die daheim im Kleiderschrank?“

„Das ist insofern korrekt, als ich nur mehr über eine sogenannte Ausgehuniform für offizielle Anlässe verfüge.“

„Das klingt halbwegs plausibel. Das heißt, Sie sind ...“

„... von der Kriminalpolizei. Hauptkommissar Worschädl.“

„Na gut. Oder wahrscheinlich gar nicht gut. Sie sind ja nicht rein zufällig hier vorbeigekommen.“

„Da liegen Sie völlig richtig, Frau Holl.“

„Woher wissen Sie, dass Sie mich um diese Zeit hier draußen finden?“

„Von einem Kollegen Ihres Mannes.“

„Ach du liebe Scheiße. Dann ist etwas mit meinem Mann.“

Worschädl nickte und spürte den Kloß im Hals, der ihm das Weitersprechen erschwerte. Es kommt immer auf das Wie an, aber prinzipiell ist den Menschen auch die schmerzhafteste Wahrheit zumutbar, hätte Karoline jetzt gesagt. Dennoch kostete es Worschädl auch diesmal einiges an Überwindung, um der großgewachsenen, mutig und selbstbewusst wirkenden Person in der blauen Arbeitskluft eine Nachricht zu übermitteln, die ihr Leben ganz drastisch verändern würde.

„Ermordet?“, flüsterte Verena Holl nach Worschädls kurzer Erklärung fassungslos. „Aber das geht nicht. Wir starten doch in zwei Wochen zusammen beim Wettbewerb.“

„Sie wären zu zweit geflogen?“, fragte Worschädl vorsichtig.

„Verwenden Sie nicht den Konjunktiv!“ Bei dem wütenden Schrei von Verena Holl kam sich Worschädl auf diesem vom Mondlicht hell beschienenen Flugplatz plötzlich unendlich hilflos vor.

„Verwenden Sie verdammt noch einmal nicht diesen beschissenen Konjunktiv!“ Jetzt ging das Schreien in ein erbarmungswürdiges Schluchzen über, die Schraubzange fiel auf den Boden, und Verena Holl, plötzlich kraft- und fassungslos, ließ es sich, bevor sie den Boden unter sich verlor, gefallen, dass der rundliche Hauptkommissar im Smoking, einem etwas zu großen Hemd und ganz ohne Kummerbund auf sie zukam und sie in seine Arme nahm.

13

Tanja Lindinger kam sich nicht unbedingt wie eine Kriminelle vor, als sie über die Schwelle der ihr völlig fremden Wohnung trat. Das Aufsperren eines Schlosses mit dem ganz normalen dazugehörigen Schlüssel musste man ihrer Meinung nach nicht unbedingt als Einbruch werten. Noch dazu, wenn sie an der Tür nicht den geringsten Kratzer hinterließ und der Besitzer des Schlüssels bereits das Zeitliche gesegnet hatte.

Gut, da war noch dessen Frau, aber die kannte Tanja nicht persönlich, deshalb verursachte sie ihr auch keine größeren Bedenken. Außerdem wollte sie in der Wohnung alles so belassen, wie sie es vorfinden würde. Abgesehen von dem einen oder anderen Geldvorrat, den sie anzutreffen hoffte.

Dabei verband sie mit ihrer nächtlichen Exkursion keine großen Erwartungen. Zwei Fünfziger in einer Nachttischlade, ein Hunderter in einer Kaffeetasse, ein paar Scheine in einem Sakko. Die 167 Euro und 62 Cent aus Holls Portemonnaie waren eine tadellose erste Rate für ihren Bergausflug gewesen, und jetzt galt es, die Chance auf eine entsprechende Aufstockung zu nützen.

Als sie ihre LED-Diensttaschenlampe einschaltete, wurde ihr schon im Vorzimmer klar, dass der Geschmack der Holls ganz und gar nicht ihren persönlichen Vorlieben entsprach. Viel zu dunkel, viel zu gediegen. An den Wänden eine ganze Menge Kunst. Ziemlich abstraktes Zeug, wahrscheinlich gar nicht so schlecht, aber in Tanjas winziger 28-Quadratmeter-Wohnung hätte so etwas ohnehin keinen Platz gehabt.

Klar, dass sie die Kommodenladen inspizierte. Handschuhe, Schals. Rechnungen. Eine von einem Haubenlokal im Stadtzentrum. Eine Flasche Haideboden um satte 56 Euro. Wer solche Unsummen in einen Dreiviertelliter Alk investieren konnte, durfte nicht jammern, wenn sich eine Niedriglohnverdienerin ein paar Kröten unter den Nagel riss.

Tanja warf einen Blick in jene Räume, die vom Flur aus zu betreten waren, und entschied sich, mit dem Wohnzimmer zu starten. Mindestens 30 Quadratmeter. Hochpreisige Vollholzmöbel. Schwarze Ledercouch. Riesiger gecurvter Flachbildschirm. Außerdem der obligate, aber für Tanjas Ansprüche zu dürftig bestückte Barschrank.

Zum Glück ließ sich zwischen den wenigen Schnäpsen und Likören auch eine Flasche Büffelgras-Wodka blicken. Als Tanja danach griff, entdeckte sie auf der rechten Seite des Schranks, eingeklemmt zwischen Cointreau und Schrankwand, eine Art Notizbuch. Schwarzer Einband.

Tanja bereitete es Vergnügen, darin herumzublättern, als ob sie hier zu Hause wäre. Die darin enthaltenen Tabellen erinnerten sie ein wenig an ein Fahrten- oder Kassenbuch. Wobei sie die Eintragungen auf den ersten Blick unmöglich entschlüsseln konnte: OE-APL, D-KDSH, OE-CFK. Keine Ahnung, was das bedeuten mochte.

Aber dieses Rätsel konnte sie auch später lösen, dachte sich Tanja, und wurde ihrem Vorhaben, möglichst nichts zu verändern, untreu, indem sie das Büchlein in ihre Jackentasche steckte. Dann öffnete sie den Schraubverschluss des Wodkas, genehmigte sich einen kräftigen Schluck und wandte sich im Schein ihrer Taschenlampe dem üppig bis überbordend ausgestatteten Bücherregal zu. Konnte durchaus sein, dass sich zwischen Titeln wie „Spielräume für Streicher“ oder

„Meteorologie für Segelflieger“ und Autoren wie Camus und Rushdie der berühmte hohle Buchrücken mit der eisernen Geldreserve versteckte.

Eigentlich hatte sie mit jungen zweiundzwanzig Jahren bereits zwei Rekorde zu feiern, erzählte Verena Holl, als sie im Hangar mit Worschädl vor ihrem schnittigen Zweisitzer mit beachtlicher Spannweite stand. Damals wurde sie zur jüngsten Segelfluglehrerin Österreichs gekürt. Und mit ihrem allerersten, sechs Jahre älteren Schüler, der ihr nach absolvierter Prüfung gestand, dass er seit ihrer ersten Begegnung unsterblich in sie verliebt sei, landete sie wenig später vor dem Traualtar.

Dabei war sie am Anfang gerade wegen der Bratsche ziemlich skeptisch gewesen. Als technisch interessierte HTL-Maturantin hatte sie mit Kunst so gut wie nichts am Hut, ihr Interesse für klassische Musik hielt sich in Grenzen, und sie war sich überhaupt nicht sicher, ob sie dieses Gefiedel wochen-, monate- oder sogar lebenslang ertragen würde. Dabei hätte Markus am liebsten Tag und Nacht geübt, was zum Glück schon wegen der Nachbarn gar nicht möglich war.

„Wenn bei Geigern die Töne nicht richtig saßen und eine Saite so richtig schnarrte, hat es mir früher immer alles zusammengezogen“, erzählte sie, während sie das Werkzeug in eine Kiste räumte und die Haube ihres Flugzeugs schloss.

„Hätten wir Kinder gehabt, hätten sie alles lernen können: Klavier, Gitarre, Trompete, Harfe. Aber kein Streichinstrument. Nein, nur über meine Leiche.“

Nach einigen Auseinandersetzungen einigten sich die Holls schließlich darauf, dass ihr Mann während der Woche hauptsächlich dann übte und spielte, wenn sie nicht zu Hause war, und dass er seine bislang uferlosen Übungszeiten am Wochenende zeitlich beschränkte. Diese Vereinbarung verlor im Lauf der Jahre an Bedeutung, weil sie sich immer mehr an die Bratsche gewöhnte.

Etwa nach sechs, sieben Jahren hatte sie eine derart stabile Bratschenresistenz entwickelt, dass ihr die unpräzis gespielten Töne keine körperlichen Schmerzen mehr bereiteten und dass ihr auch das unendliche Wiederholen schwieriger Stellen nicht mehr auf die Nerven ging.

„Ich hab sozusagen gelernt, mich auszublenden. Einfach ganz woanders zu sein, wenn Sie wissen, was ich meine."

Ab diesem Zeitpunkt hätte ihr Mann wieder üben können, wann er wollte, aber dann bekam er die Stelle im Kammerorchester, und kurz danach wurde er auch noch Mitglied des Streichquartetts *Diavolo Strings*. Damit verlagerte sich ein Großteil seines Übens in die Proben außer Haus.

„Nicht, dass ich mir das gewünscht hätte, aber ich hatte auch nichts dagegen. Weil ich ihm von Beginn an klargemacht habe, dass seine Bratsche nicht wichtiger als mein Segelflugzeug ist. Und schon gar nicht wichtiger als ich. Das gute Ding konnte meinetwegen sein eigenes Zimmer haben, das konnte er hegen und pflegen, aber alles in Maßen, sonst wäre ich aus der Haut gefahren."

Natürlich hielt er ihr entgegen, dass ihr Faible für ihr Segelflugzeug auch nicht von schlechten Eltern wäre und dass es für ihn nicht selbstverständlich sei, ihre unzähligen Flugstunden und ihr Engagement in der *Möwe Linz* zu akzeptieren. Aber dann wies sie ihn jedes Mal darauf hin, dass das Objekt ihres Interesses nicht bei ihr zu Hause, sondern in einem 12 Kilometer entfernten Hangar untergebracht war und sie deshalb nicht so wie er jederzeit darauf Zugriff hatte. Weiterer wesentlicher Unterschied: Ihr Flieger glitt vollkommen lautlos durch die Luft, verursachte also weder im Stillstand noch in der Bewegung irgendwelche Störgeräusche.

Selbstverständlich hatte sie sich oft gefragt, warum sie als ausgesprochener Fan von Amy Winehouse oder Bruce Springsteen ausgerechnet mit einem Klassikfanatiker zusammen war, aber das Faszinierende an Markus war eben weniger die Musik selbst, sondern die Art und Weise seines Spielens. Ganz anders als diese Cellistin Clarissa Bianchi verschwendete er seine Emotionen nicht mit übergroßen Gesten. Seine Empfindungen leitete er direkt in seinen Bogen ab. Sein Inneres ließ er nicht auf Umwegen, sondern unmittelbar in die Saiten strömen.

Worschädl folgte Verena Holl aus dem Hangar, blickte von draußen noch einmal auf die geparkten Flieger und stellte fest, dass Verena Holls Redefluss auch beim Schließen des Tores nicht versiegte.

Wenn Markus ein Stück perfekt beherrschte, dann erzählten die von ihm hervorgezauberten Klänge Verena viel mehr über ihren Mann als über den jeweiligen Komponisten. Dabei agierte Markus verblüffend verhalten, fast reduziert. Manchen kam das hölzern oder unbeteiligt vor. Für Verena völlig unverständlich, weil jeder Mensch aus Fleisch und Blut spüren musste, wie viel sich in Markus bewegte, auch wenn er sich nach außen hin beherrschte. Genau diese Kombination turnte sie an, genau das mochte sie an ihm.

Und natürlich sein famoses Organisationstalent. Davon konnte sie als Superchaotin am meisten profitieren. Während sie gerne eine Baustelle nach der anderen eröffnete, dabei von Moment zu Moment taumelte und bei dem vielen Gleichzeitigen regelmäßig den Überblick verlor, hatte Markus so ziemlich alles penibel vorausgeplant. Auf unvorhergesehene Ereignisse reagierte er nicht nervös, sondern begegnete ihnen äußerst gelassen und mit Bedacht.

Zum Beispiel das kurzfristig angesetzte Konzert in Würzburg. Ja, mit den Diavolos. Genau am Freitag vor zwei Wochen. Obwohl die Stadt im bayrischen Unterfranken wegen dreier Messen faktisch ausgebucht war, trieb Markus in letzter Sekunde gerade noch vier Zimmer auf. Sogar in zwei nicht weit voneinander entfernt liegenden Hotels.

Bei den unzähligen Telefonaten, die er dafür führen musste, hätte Verena schon längst das Handy an die Wand geschmissen. Aber bei solchen Herausforderungen war Markus immer schon die Ruhe in Person gewesen.

„Ein Mann, der so gelassen und entspannt war, hatte vermutlich wenige Gegner oder Feinde?", wurde sie von Worschädl unterbrochen.

„Eigentlich keinen. Bis auf diesen Braunschweiger. Der hat ihn so aufgeregt, dass er oft die ganze Nacht nicht schlafen konnte. Ich hab ihm geraten, dass er diesen feindseligen Idioten links liegen lassen soll."

„Aber das hat nichts genützt?"

„Leider. Der Braunschweiger hatte sich an ihm festgebissen. Wie ein tollwütiger Hund. Und das nur, weil er es nicht vertragen hat, dass Markus statt ihm Stimmführender geworden ist."

„Frau Holl, ohne sich da jetzt festzulegen oder vorschnell ein Urteil zu fällen ... trauen Sie Braunschweiger zu, dass er Ihren Mann ermordet hat?"

„Nein, an sowas will ich gar nicht denken. Allerdings trinkt er gern ein Glas zu viel. Und im Suff hat er

Markus vor einer Woche angedroht, dass er ihn noch in Grund und Boden stampfen wird."

„Sehr freundlich klingt das nicht. Und Ihr Mann, wie hat der darauf reagiert?"

„Er hat das nicht ernst genommen. Was vielleicht ein Fehler war."

Jetzt schossen Verena Holl wieder Tränen in die Augen. Sie waren inzwischen bei ihrem Wagen angekommen, und Worschädl reichte ihr ein Taschentuch.

„Ihr Mann hatte doch sicher einen Kalender oder Laptop?"

„Ein Tablet mit externer Tastatur. Das benützt er für so ziemlich alles. Wenn ich mich nicht täusche, liegt es auf seinem Schreibtisch."

„Könnte sein, dass wir in seinen E-Mails und Eintragungen Hinweise auf den Täter finden."

„Dann kommen Sie doch einfach mit. Ich fahre gerne vor. Coulinstraße 82, falls wir uns verlieren sollten."

Als Verena in ihren SUV stieg, hatte Worschädl nicht den Eindruck, dass er sich wegen ihrer Fahrtauglichkeit Sorgen machen musste. Nach seiner Einschätzung hatte sie sich so weit im Griff, dass sie automatisierte Handlungen wie das Lenken eines Autos gefahrlos ausführen konnte. Solange sie nur nicht allzu sehr ins Grübeln kam. Oder in eine Traurigkeit.

Aber eine erfahrene Segelfluglehrerin verfügte zweifellos über einige Strategien, um ihr Flugzeug bei einem aufkommenden Sturm sicher auf den Boden zu bringen. Dieser Frau musste niemand erzählen, dass man gerade bei heftigen Windböen und Turbulenzen kühlen Kopf bewahren musste.

15

Der Wahnsinn war, dass Tanja zuerst ewig lang kein Bargeld fand. Nach dem Wohnzimmer, in dem nicht ein Cent zu entdecken war, nahm sie sich die Küche vor, öffnete alle Schränke, drehte Tassen und Schüsseln um, inspizierte den Apothekerschrank, zog mediterrane, vegane, internationale und regionale Kochbücher hervor, warf sogar einen Blick unter die aufgestapelten Geschirrtücher.

Auch der Spiegelschrank über dem doppelten Waschbecken im Badezimmer und das WC gaben nicht das Geringste her. Also ruhten ihre Hoffnungen auf dem Schlafzimmer mit den bis an die Decke reichenden Einbauschränken sowie dem ausladenden Doppelbett. Hier herrschte die verhaltene Eleganz biologisch einwandfreier Vollholzmöbel.

Tanja konnte noch akzeptieren, dass sich in den Laden mit seiner und ihrer Unterwäsche und zwischen den diversen Stapeln mit Pullovern und T-Shirts nicht ein müder Cent versteckte, aber diese gierigen Schweine hatten selbst die an Wandhaken aufgehängten Sakkos, Hosen und Bademäntel leergeräumt. Klar, dass auch von einem Sparstrumpf unter den Matratzen keine Rede war. Tanja war mit einem Mal derartig wütend und enttäuscht, dass sie am liebsten all die schicken Anzüge und Kleider durchs Zimmer gepfeffert hätte.

War ja nicht so, dass sie der Entschluss, hierher zu fahren und in die Wohnung einzudringen, keine Überwindung gekostet hatte. Auch wenn Holls Alte angeblich an ihrem Segelflieger herumschraubte, gab es keine Garantie dafür, dass die nicht plötzlich in der Tür stand. Das Risiko, erwischt und angezeigt zu werden und ihre Eltern abermals bitter zu enttäuschen, hatte Tanja also durchaus bewusst auf sich genommen. Dafür hatte sie sich aber verdammt noch einmal einen Lohn oder zumindest eine Aufwandsentschädigung verdient.

Beinahe hätte sie sich schon dazu entschieden, ihre Energie nicht auch noch in Holls Arbeitszimmer sinnlos zu verschwenden. Besonders, als sich der antiquiert aussehende Schreibtisch als das reinste Waterloo erwies. Auch beim verzweifelten Durchblättern der unzähligen Notenhefte und -bücher schaute sie am Ende durch die Finger. Das einsame Fünf-Cent-Stück, das sie dabei unter einem in der Mitte des Zimmers aufgestellten Notenständer entdeckte, empfand sie als puren Hohn. Als unglaubliche Provokation. Als hätten ihr diese verfluchten Holls dieses lächerliche Geldstück mit voller Absicht hingelegt.

Jetzt konnte sich Tanja nicht mehr beherrschen, jetzt knallte ihr Fuß gegen die Glastür des Notenschranks. Krack! Heftiges Klirren, tausend Scherben. Fuck! Dafür gab es gleich noch einen Tritt gegen die Seitenwand. Der fiel aufgrund von Tanjas emotionaler Verfasstheit derart wuchtig aus, dass er einerseits eine vorhersehbare und andererseits eine überraschende Wirkung zeitigte.

Die vorhersehbare bestand in einem Stich in Tanjas rechtem Knöchel, der ihr über die Nervenstränge des Beins bis hinauf zu ihren Schläfen fuhr. Medizinisch betrachtet hatte sich bei diesem aggressiven Akt also ein autoaggressiver Nebeneffekt ergeben, den man gemeinhin als Zerrung bezeichnet. Sehr schmerzhaft, aber mit der Unterstützung einer entsprechenden Heilsalbe unschwer in den Griff zu kriegen.

Weitaus schlimmer erwischte es die altersschwache Seitenwand des Notenschranks, die einen vom Boden bis zur Decke reichenden Sprung erlitt. Beinahe wichtiger war jedoch, dass durch den Aufprall von Tanjas Fuß das gesamte, auf wackeligen Beinen stehende Möbelstück derart ins Wanken kam, dass ein auf dem Schrank abgelegter Bratschenkasten ins Rutschen kam und so weit über den Rand hinaus geriet, dass er zu kippen drohte.

Diese Veränderung bemerkte Tanja ausgerechnet in jenem Moment, in dem die Wut abgelöst wurde von einer jähen Fluchttendenz, verursacht vom ohrenbetäubenden Lärm, den ihr physischer Ausbruch verursacht hatte. Deshalb war sie schon am Sprung nach draußen, als sie den Bratschenkasten fallen sah. Und deswegen kam sie, obwohl sie sofort kehrtmachte, zu spät, um das nächste Unglück zu verhindern. Was insofern kein Fehler war, als sich das wahrscheinliche Unglück als unwahrscheinliches Glück entpuppte.

Hätte Tanja den Bratschenkasten nämlich aufgefangen, wäre er nicht auf den Boden gekracht, und dann wäre der Deckel womöglich nicht aufgesprungen, und wer weiß, ob ihn Tanja überhaupt geöffnet hätte. So aber blickte sie keuchend auf den am Boden liegenden Bratschenkasten mit dem aufgesprungenen Bratschenkastendeckel und konnte neben einem jäh aufschießenden, berauschenden Glücksgefühl sogar noch den Gedanken fassen, dass sie sich jetzt nicht nur den Ausflug in die Berge, sondern auch noch neue Kletterschuhe leisten konnte.

Worschädl hatte keine Schwierigkeit, der Segelfluglehrerin vom Hafenviertel in Richtung Zentrum zu folgen. Als er hinter ihr in die Prinz-Eugen-Straße einbog und kurz danach auf seiner linken Seite den grün gestrichenen Gebäudekomplex des Linzer Universitätsklinikums hinter sich ließ, rief er Karoline an.

„Bertl, ich hab mich gerade vor den Fernseher gesetzt."

„Und ich dachte, dass ihr vielleicht noch in diesem *TonArt* seid."

„Aber nein. Die blutige Angelegenheit mit dem Bratschisten hat den Kaminskis so zugesetzt, dass sie nur noch nach Hause wollten. Was ist mit dir? Soll ich auf dich warten?"

„Bitte nicht, es kann noch etwas länger dauern."

„Du hast das heute gut gemacht."

„Du auch. Danke für deine Hilfe, Karoline."

„War doch ganz gut, dass ich da gewesen bin."

„Supergut. Also dann, bis später."

Worschädl legte auf, während er hinter Verena Holl die Goethekreuzung überquerte, am nachts gerne von Schwulen frequentierten Volksgarten vorbeifuhr und sich schließlich in jene Straße einfädelte, die nach dem im frühen 19. Jahrhundert bekannten Linzer Kaufmann und Wohltäter Christian Coulin benannt war.

Als Worschädl nach dem Einparken auf den Altbau mit der Nummer 82 zuging, wurde er bereits von Verena Holl erwartet.

„Wir müssen ganz nach oben ins Dachgeschoss. Und das ohne Lift. Aber das hält wenigstens jung."

Oder geht so richtig ins linke Knie, dachte sich Worschädl, als er neben Frau Holl die Stiegen nach oben schritt. Im vierten Stock ließ sein Tempo etwas nach, im fünften bekam er leichte Probleme mit der Luft und im sechsten war es höchste Zeit, dass sie endlich vor der Wohnung der Holls standen. Als die Herrin des Hauses den Schlüssel ins Schloss stecken wollte und sich die Tür wie von selbst nach innen bewegte, blickte sie den Kommissar verwundert an.

„Ja kruzifix! Ich hab hundertprozentig abgesperrt. Und mein Mann kann ja unmöglich zu Hause sein."

Worschädl deutete ihr, leise zu sein, und griff automatisch zu seinem Schulterholster. Vergeblich. Weil seine Göttergattin es nie und nimmer gebilligt hätte, wenn er unter dem Smoking-Sakko und über dem Kummerbund seine Glock getragen hätte.

Sehr schade, dass ihm ausgerechnet jetzt keine Schusswaffe zur Verfügung stand. Jemand, der imstande ist, einen ausgewachsenen Mann zuerst zu überwältigen und dann mit einer Bratschensaite zu erdrosseln, konnte ein durchaus unangenehmer Gegner sein.

Was, wenn er jetzt die Wohnung betrat und ihm plötzlich ein Hüne mit einer Stichwaffe gegenüberstand? Oder ein Zwerg mit einer schussbereiten Automatik. Es war verdammt leichtsinnig, sich so ungeschützt in eine nicht abschätzbare Gefahrenzone zu begeben, aber Verstärkung anzufordern hatte jetzt wenig Sinn. War durchaus möglich, dass der Einbrecher in wenigen Sekunden das Weite suchte und Worschädl dann erst recht in Schwierigkeiten brachte. Also entschied er sich dafür, die Wohnung trotz des erheblichen Gefahrenpotentials alleine zu betreten.

Das Vorzimmer mit der Garderobe, der Ablage für die Schuhe und der Kommode lag im Dunkeln. Aber im offenen Spalt einer nur angelehnten Tür tauchte ein sich bewegender Lichtstrahl auf. Taschenlampe. Möglicherweise hatte der Kerl noch nicht gefunden, was er suchte.

Schritt für Schritt bewegte sich der 52-jährige Kommissar auf die Tür mit dem Lichtstrahl zu. Pech, dass der schon in die Jahre gekommene Parkettboden des Vorzimmers gegen Worschädls Lebendgewicht protestierte, indem er ein zorniges Knarren vom Stapel ließ, das man auch ein paar Türen weiter unmöglich überhören konnte.

Mist! Worschädls wichtigster Vorteil, nämlich das Überraschungsmoment, war damit leider verspielt. Demnach blieben ihm exakt drei Möglichkeiten: Rückzug, Abwarten oder Attacke. Als Mann der Tat entschied er sich für Variante drei.

Zu diesem Zeitpunkt hatte Tanja Lindinger gerade die letzten Euroscheine aus dem Bratschenkoffer in ihren Rucksack gestopft und war dabei, den Zipp des Reißverschlusses zuzuziehen, stockte aber mitten in der Bewegung, als ihr das Knarren des Fußbodens durch den Gehörgang mitten ins zerebrale Angstzentrum schoss und sie in einen Alarmzustand versetzte, der ihre Denk- und Handlungsfähigkeit förmlich explodieren ließ.

Bereits in der zweiten Zehntelsekunde nach dem Knarren entschied sie sich, auf der Stelle abzuhauen. Im Aufspringen und im Schultern ihres Rucksackes schloss sie die Flucht durch die Zimmertür hinaus auf den Flur wegen garantiertem Feindkontakt aus, knipste die Taschenlampe ab und raste zur Terrassentür. Noch bevor sie nach deren Griff fasste, hatte sie sich blitzschnell die für alle Fälle mitgebrachte Sturmhaube übers Gesicht gezogen.

In diesem Moment hörte sie hinter sich das Aufschlagen der Zimmertür, drehte sich um, erblickte einen so rundlich wie entschieden wirkenden Mann und jagte hinaus auf die große, in Terrakotta verflieste Dachterrasse, die an den Rändern von wuchtigen Keramiktöpfen mit blickdicht hochgewachsenen Pflanzen eingegrenzt war. Eine insofern trügerische Idylle, als es hinter den Blumentöpfen und nach einem hüfthohen metallenen Geländer fünfundzwanzig Meter in die Tiefe ging.

Von der Beschaffenheit der Terrasse konnte Worschädl natürlich keine Ahnung haben, als er in Holls Arbeitszimmer stürmte und den Vermummten sah, der nach draußen verschwand. Aber er vermutete, dass sich der Kerl soeben in eine prekäre Lage begeben hatte, aus der es so gut wie keinen Ausweg gab. Wobei nach wie vor nicht klar war, ob der Einbrecher bewaffnet war. Genauso wenig konnte der Kommissar einschätzen, ob der Einbruch mit dem Mord in direktem Zusammenhang stand.

Aber gerade in unwägbaren Situationen setzte Worschädl auf seine Intuition. Genauer auf sein Bauchgefühl, das eindeutig signalisierte, dass es zwischen der Strangulierung von Markus Holl und dem Eindringen eines Fremden in seine Wohnung eine Verbindung geben musste.

Worschädls Kontakt zu dem Unbekannten mit der Sturmhaube über dem Gesicht schien jedoch exakt in jenem Augenblick tragisch zu enden, in dem sich der Kommissar vorsichtig auf die Terrasse schob und im Licht des unverhüllten Mondes nur mehr sah, wie der Kerl gerade das Blätterwerk zweier Zierpflanzen durchbrach, danach übers brusthohe Geländer stieg und sich dann vor Worschädls Augen mit einem beherzten Absprung in die Tiefe stürzte.

Worschädl brachte nur einen lauten Fluch heraus, bevor er sich, ebenfalls durch die nun schon malträtierten Zierpflanzen hindurch, zur äußeren Kante des Dachs begab. Wo sich sein gerade noch gefasster Eindruck sofort relativierte. Weil er bei seinem Blick nach unten keinen von der Straßenbeleuchtung beschienenen, am Asphalt zerschmetterten Körper vorfand, sondern den Ausleger eines Krans, der etwa einen Meter unter ihm bis auf geschätzte drei Armlängen an die Hauswand heranreichte, ein Abstand, der in seiner Knappheit baubehördlich wahrscheinlich nicht genehmigt war.

Dort hinüber war der Einbrecher gesprungen, und mit seinem Rucksack auf dem Rücken bewegte er sich nun in schwindelerregender Höhe auf dem schmalen Steg zwischen den niedrigen Metallverstrebungen in Richtung Führerhaus. Riesenvorteil für Worschädl: Der Mann hinkte, kam also nur langsam voran.

„Sie verwechseln sich jetzt hoffentlich nicht mit einem Segelflugzeug“, mahnte Verena Holl und stellte sich neben ihn. Sie konnte ja nicht wissen, dass er seiner seit jeher ausgeprägten Höhenangst im heurigen Frühjahr mit einer von Karoline empfohlenen Bachblütenkur beigekommen war. Zumindest bildete er sich seither ein, dass er dem Sog der Tiefe weitaus besser als früher standhielt und kaum mehr von Schwindelattacken überfallen wurde.

Eine ernsthafte Alternative wäre natürlich das Stiegenhaus gewesen. Hinunterrennen und den Mann unten, am Fuß des Krans zu stellen, machte allerdings wenig Sinn, weil die zum Kran gehörende Baustelle von einem hohen Zaun umgeben war, den der Einbrecher an jeder x-beliebigen Stelle überwinden konnte.

Blieb also nur der Weg über den fünfundzwanzig Meter hohen Kranausleger. Eine enorme Herausforderung, die Worschädl heute – anders als noch vor einem halben Jahr – zwar sehr waghalsig und äußerst riskant, aber doch einigermaßen bewältigbar erschien. Noch dazu winkte als Belohnung die Verhaftung eines Verbrechers, der neben einem Einbruch vielleicht auch noch einen Mord auf dem Kerbholz hatte.

Karoline wäre wohl strikt dagegen gewesen. Und auch Verena Holl bat ihn eindringlich, um nichts in der Welt auf diesen Ausleger zu springen.

Augen auf bei der Berufswahl, hätte Worschädl den beiden gerne entgegengehalten. Ein Kriminalbeamter, der nie seine Komfortzone verlässt und nicht hin und wieder alle Grenzen sprengt, sollte sich besser hinters vergleichsweise geruhsame Lenkrad eines Linienbusses der städtischen Verkehrsbetriebe klemmen. Manchmal heißt es eben hopp statt dropp.

Nein, vernünftig war das, was der Bertl Worschädl jetzt vorhatte, ganz sicher nicht. Aber es war immerhin die beste der spärlich vorhandenen Möglichkeiten.

Also schwang er sich trotz der Warnungen von Frau Holl übers Geländer, vermied dabei den Blick nach unten, konzentrierte sich auf den Kranausleger, der sich ihm jetzt fast einladend entgegenreckte, holte tief Luft, stieß sich ab, rutschte dabei ganz leicht aus, erhielt dadurch zu wenig Schwung, hörte noch den entsetzten Aufschrei von Verena Holl und rechnete sich in der Sekunde seines freien Falles aus, dass er den Ausleger unmöglich erreichen konnte.

17

Via, via, vieni via di qui. Treibende Klavierakkorde. Zügiger Rhythmus. Rauchig männliche Stimme. Paolo Conte als Handyklingelton. Der Großmeister des italienischen Chansons erlöste Giuseppe Bertini, der diesen Anruf schon dringend erwartet hatte.

„Endlich."

„Du stehst hoffentlich schon an der Maschine."

„Erst wenn ich weiß, wie es Nina geht."

Giuseppe Bertini saß wie verloren auf dem Schreibtischsessel in Ninas Zimmer. Er wirkte um Jahre gealtert, wie er vornübergebeugt mit nervöser Hand das Handy hielt und das Zittern seiner Mundwinkel kaum beherrschen konnte. Viel fehlte nicht, und der ehemalige Schriftsetzer und Neowinzer würde seine Fassung vollkommen verlieren.

„Giuseppe, du wirst mir vertrauen müssen."

„Ganz unmöglich. Das Vertrauen ist verspielt."

„Damit hast leider du begonnen. Und ich baue es jetzt wieder auf. Obwohl du mich und meine Familie bitter, sehr bitter enttäuscht hast."

„Blödsinn. Ihr habt euch mit mir den Arsch vergoldet."

„Aber leider nur den Arsch. Du hättest uns nicht verlassen dürfen."

„Ich bin nicht euer Eigentum."

„Dennoch bist du uns verpflichtet. Von jetzt an mit allem, was dir gehört. Die letzte von dir produzierte Million ist bereits auf dem Markt."

„Und ich soll euch Nachschub liefern."

„Richtig. Vorerst einmal 100.000. Aber die Ansprüche sind gestiegen. Du musst die neuen Sicherheitsmerkmale überlisten."

Giuseppe schnürte es die Kehle zu, er verspürte Atemnot, in seinem plötzlich aufkommenden Schwindel hatte er Angst, vom Stuhl zu kippen.

„Giuseppe?"

„Ich bin noch da."

„Wir wollten es im Guten regeln. Wir haben dir mehr Geld geboten."

„Und ich hab euch gesagt, dass Geld für mich nicht alles ist."

„Aber mit Geld kann man sich alles kaufen. Nur den Giuseppe Bertini nicht. Der braucht jetzt andere Bandagen."

„Wo habt ihr Nina hingebracht?"

„An einen sicheren Ort. Es geht ihr gut."

„Dann lass mich mit ihr reden."

„Sehr gern. Nach deiner ersten Lieferung."

„Die kommt nicht, bevor ich ihre Stimme höre."

„He, alter Mann, hör mir gut zu. Deine Trümpfe sind verspielt. Ab jetzt gibt es nur unsere Regeln. Und du hältst dich daran."

„Nein, Federico, so läuft das ganz sicher nicht."

„Doch, so läuft es garantiert. Wir sind großzügig und geben dir genau 48 Stunden. Wenn wir bis dahin nichts haben, schicken wir dir den kleinen Finger ihrer linken Hand."

„Du Dreckschwein."

„Und am nächsten Tag den nächsten Finger. Und so weiter und so fort."

„Verdammt! Das kannst du nicht ..."

„Aber freilich kann ich das. Sowas erledige ich mit der kleinen Säge meines Taschenmessers. Allerdings sind wir kein Krankenhaus. Sedieren kann ich nur mit Drogen."

„Das ist Wahnsinn."

„Nein, das ist ein Angebot. Entweder, du kooperierst mit uns, oder wir legen dir eines Tages einen verkrüppelten Junkie vor die Tür. Deine Entscheidung.“

„Federico, wenn du ihr auch nur ein Haar ...“

„48 Stunden. Keine Sekunde länger. Also, mach dich an die Arbeit.“

Aufgelegt.

Stille.

Nur Giuseppes heftiges Atmen.

Sein hilfloser, erschöpfter Blick.

Es dauerte eine kleine Ewigkeit, bis er einen klaren Gedanken fassen konnte. Nein, keinesfalls durfte er sich jetzt in seinem Schmerz verlieren. Genauso wenig durfte er sich den plötzlich aufkommenden Stichen in seiner linken Brustseite widmen. Psychische oder physische Schwächen konnte er sich jetzt nicht leisten. Ganz im Gegenteil musste er, um seine Enkeltochter Nina zu befreien, seine Maschinen anwerfen und sich unverzüglich an die Arbeit machen.

Was es jetzt brauchte, wusste er.

Handwerk vom Feinsten.

Kunstfertigkeit von höchster Güte.

Er musste wieder der Allerbeste sein.

18

Kerstin hatte ihren ersten Freund. Ein schlaksiges, dünnes, blasses Wesen, dem der Hintern seiner Hose bis zu den Knien hinunterhing. Der blonde, durchsichtige Flaum unter seiner Nase hielt keinem Windhauch stand.

Aber der junge Mann verfügte über ein lexikales Wissen in Bezug auf das Harry-Potter-Universum, schaffte es, seinen Eltern das jeweils neueste Modell des I-Phones abzuringen, löste jedes Computerproblem mit beneidenswerter Leichtigkeit, verschlang Unmengen an Nahrung und verdrehte Kerstin derart den Kopf, dass sie schulisch noch mehr als bisher ins Schlingern kam.

Die meisten Fünfer hatte sie diesmal in Spanisch ausgefasst, den zweiten Rang hielt Mathematik, was sie beides kaum zu kümmern schien. Die Seelenruhe, mit der sie auf vermieste Sommerferien mit zumindest einer Nachprüfung zusteuerte, kostete ihre Mutter den letzten Nerv. An Intelligenz mangelte es Kerstin sicher nicht. Es lag an diesen verdammten Hormonen. An dieser verfluchten Pubertät. Im Kopf weiß man ja, dass dieses Chaos dazugehört. Aber wenn man auch noch den bevorstehenden Schuleintritt von Kerstins kleinem Bruder zu schaukeln hatte, konnte man durchaus an seine Grenzen kommen.

Erschwerend kam hinzu, dass Kerstin ihr ständig die rote Karte zeigte. Mit ihren knapp fünfzehn Jahren wollte sie ihre Mutter eigentlich nicht am Spielfeld haben und wandte sich weitaus öfter an deren Lebensgefährten Michael, ein Komponist und Musiker, der nicht ungern in die Vaterrolle schlüpfte. Nur war er dabei weitaus lieber tolerant als konsequent. Keine Frage, dass Sabine dann den Bad Cop spielen musste.

Und kein Wunder, dass sich ihr Zorn auf Kerstin mitunter auf Mike verlagerte.

Aber Sabine Schinagl bestand darauf, mit ihrer Tochter in bestmöglicher Verbindung zu bleiben. Sie wollte sich weder von ihr noch von schlechten Noten oder misslaunigen Professoren verscheuchen lassen. Für sie war völlig klar, dass sie strikt auf der Seite ihrer Tochter zu stehen hatte. Allerdings wurde ihr das von Kerstin alles andere als leicht gemacht.

Immerhin gestand das für ihre viel zu kurzen Röcke noch viel zu kleine Mädchen ein, dass sie so gut wie nichts gelernt hatte. Weil sie die Art und Weise, wie der Spanischprofessor unterrichtete, einfach nicht interessierte. Klar wäre es besser, wenn sie sich anpassen und mitspielen würde, aber das drücke sie im Moment nicht durch.

Dazu kam auch noch, dass der Professor bei den Schularbeiten schwierigere Beispiele als im Unterricht gab. Weil Kerstin genau bei diesem Satz Tränen in die Augen schossen, entschied sich Sabine, ihr zu glauben, ackerte ohne jegliche Spanischkenntnisse Kerstins Schulhefte und die Schularbeiten durch und erkannte nach einigen Stunden einen ganz simplen, aber wesentlichen Unterschied.

Bereits in der nächsten möglichen Sprechstunde konfrontierte sie den Spanischprofessor höchst freundlich mit der unwiderlegbaren Tatsache, dass er seine Schüler im Unterricht Sätze mit einem Beistrich und damit nur einem Nebensatz übersetzen ließ, während er sie bei den Schularbeiten mit zwei Beistrichen und somit zwei Nebensätzen konfrontierte. Dies stelle, meinte Sabine, ganz zweifellos eine Erweiterung der Komplexität dar, die ihre Tochter und viele ihrer Klassenkollegen ganz einfach überfordern würde.

Der Professor, ein durchaus sympathisch und bemüht wirkender Mittvierziger, brachte als wichtigstes Argument immer wieder Kerstins augenscheinliche Faulheit vor, die ihm Schinagl ohne Umschweife bestätigte. Sie war auch genauso wie er der Meinung, dass die Kinder in dieser Klasse alles andere als den Lernstoff im Kopf hatten.

„Das Einmaleins der Entwicklungspsychologie", fügte sie hinzu. „Die ganz normale Pubertät, oder? Ehrlich gesagt haben mich in diesem Alter die Burschen auch viel mehr interessiert als der Dreißigjährige Krieg oder Latein."

Dabei legte sie dem Professor die Hand auf den Arm, als wären sie Verbündete. Im selben Atemzug sicherte sie ihm bestmögliche Zusammenarbeit zu. Als Mutter werde sie dafür sorgen, dass Kerstin ihr Lernpensum für die nächste Schularbeit deutlich erhöhen würde. Wenn er wirklich nur das einforderte, was in den Schulstunden gelernt und geübt wurde, sei sie sehr zuversichtlich, dass Kerstin ihre Negativschleife beenden könne.

Was es morgen zu beweisen galt. Aber im Moment waren Schinagl und ihre selbstbewusste, mit einem Lippen- sowie Nasenpiercing ausgestattete Tochter weit entfernt davon, die Vokabeln durchzugehen. Vielmehr diskutierten sie die Frage, warum Kerstin heute nicht bei Oliver übernachten durfte. Für Kerstin war nicht einzusehen, dass ihre Mutter voll und ganz über ihr Leben bestimmte, obwohl sie regelmäßig die Pille nahm und weder alkoholabhängig noch drogensüchtig war.

Darüber hinaus empfand sie es als ‚voll unmöglich', dass ihre Mutter die Spanisch-Schularbeit wichtiger als Kerstins Gefühle für Oliver nahm. Nein, sie würde jetzt weder lernen noch schlafen gehen, sondern wolle von ihrer Mutter wissen, was sie denn überhaupt noch selbst entscheiden durfte.

Aber Schinagl hatte nicht die geringste Lust auf weitere Erklärungen. Vor ein paar Minuten hatte sie herausgefunden, dass an jenem Wochenende, an dem der ermordete Markus Holl angeblich mit den *Diavolo Strings* ein Konzert in Würzburg gegeben hatte, mit genau seiner Kreditkarte an einer Autoraststation nahe dem norditalienischen Grenzort Tarvis ein ausgiebiges Abendessen bezahlt wurde. Die Höhe des Geldbetrags ließ darauf schließen, dass er dabei nicht alleine war. Aber anstatt dem genauer nachzugehen, schlug sie sich mit ihrem hormongesteuerten Töchterlein herum.

In Wahrheit war Schinagl aber längst komplett argumentationserschöpft und konnte sich gut vorstellen, wie es dem Spanischprofessor ging, wenn er mehreren solchen Kalibern wie Kerstin gegenüberstand. Wenn er sich an diesen von sich überzeugten, cleveren und in vielen Belangen furchtlosen jungen Menschen nicht nur inhaltlich, sondern auch sozial beweisen musste.

Als Kerstin nach dem Tetrapak mit dem Fair-Trade-Orangensaft griff und ihn an den Mund setzte, obwohl das Trinken aus dem Tetrapak bei den Schinagls dezidiert verboten war, hätte Sabine am liebsten die am Wohnzimmertisch stehende Obstschüssel oder das aufgestellte Bügelbrett gegen die Wand getrümmert.

Exakt in der Sekunde, in der Sabine ihre Beherrschung zu verlieren drohte, kam ihr das Signal ihres Handys zu Hilfe. Worschädl. Auch wenn es schon knapp vor Mitternacht war, schien der alte Brummbär mit seinem telepathischen Spürsinn wieder einmal zu ahnen, dass seine Kollegin Beistand brauchte. Schinagl drückte die Taste mit dem grünen Telefonhörer, während sich ihre Tochter mit dem Tetrapak nach draußen verzog.

„Worschädl, dich schickt der Himmel."

„Kein Wunder, weil ich ihm gerade ziemlich nahe bin."

„Dem Himmel?! Was ist passiert?"

„Etwas ganz Schreckliches. Ich hab mein Vertrauen in die Wirkung von Bachblüten verloren."

19

Lag es an Worschädls verzweifeltem Rudern mit den Armen? Oder an einer glücklichen Konstellation des Mondes? Nach dem missglückten Absprung von der Terrassenkante landeten seine Füße jedenfalls nach kurzem freiem Fall gerade noch auf der vorderen Kante des Kranauslegers, seine Hände fassten erfolgreich nach den Metallverstrebungen, danach zog und schob sich Worschädl auf den schmalen Steg, machte sich dabei möglichst klein, musste fast zwangsläufig einen Blick nach unten wagen und konnte nicht verhindern, dass ihm dabei die nackte Angst durch seine Glieder fuhr.

Metaebene aktivieren. Die innere Stimme der Vernunft einschalten. So etwas Ähnliches hätte Karoline jetzt gesagt. Sie hätte ihrem Bertl geraten, sich wie Münchhausen am eigenen Schopf zu packen und aus dem lähmenden Sumpf seiner Emotionen zu befreien. Weil es in Krisensituationen wie diesen galt, seine Handlungsfähigkeit nicht zu verlieren. Was für Worschädl bedeutete, sich ausschließlich auf den Flüchtenden zu konzentrieren.

Die sich schwarz abzeichnende Gestalt vor einem bläulich schimmernden Nachthimmel würde in Kürze das Führerhaus erreichen und sich dann in Windeseile an den Abstieg machen. Wenn Worschädl den Kerl also noch erwischen wollte, musste er jetzt Tempo machen.

Was er auch ganz ehrlich versuchte. Nur wollten ihm sein Körper sowie seine Psyche in dieser Höhe nicht gehorchen. Obwohl er sich aufrichten und nächste Schritte setzen wollte, hielt ihn etwas in ihm sehr wirkungsvoll zurück. Der Wille, seine Motorik in Gang zu setzen, war zwar absolut vorhanden, aber es wollte nicht funktionieren.

Überhaupt machte sich nach mehreren Versuchen eine teuflische Panik breit, die ihn schließlich dazu veranlasste, sich in liegender Stellung an der Verstrebung festzuklammern. Für kurze Zeit war er nicht einmal fähig, auf die Zurufe von Frau Holl zu reagieren. Der Kommissar dürfe sich bitte nicht bewegen! Sie werde sofort Hilfe holen!

Dieser Aufforderung konnte Worschädl nicht gänzlich Folge leisten, weil er trotz seines verkrampften Zustandes erkennen konnte, dass dem Rucksack des Flüchtenden ein Fetzen Papier entschlüpfte, der ihm, vom lauen Nachtlüftchen getragen, soeben entgegenflog. Nicht in idealer Greifhöhe, aber mit etwas Glück und Geschick eventuell doch zu erreichen.

Dazu musste sich Worschädl aber nahezu akrobatisch nach oben stemmen, den rechten Arm in die Höhe strecken und wie ein Handballer auf das Zuspiel warten. Und das kam, wie das Leben eben so spielt, äußerst ungenau, was einen leichten Körperschwenk nach rechts erforderte.

Dieser Vorgang wirkte, von der Terrasse aus beobachtet, äußerst waghalsig und zugleich nicht elegant. Frau Holl sollte später angeben, dass sie Worschädl, als er nach seiner Beute griff, eigentlich schon fallen sah. Dass er das Gleichgewicht wiederfand, kam ihr wie ein Wunder vor.

Worschädl hatte ebenfalls den Eindruck, dass er dem drohenden Absturz nur ums sogenannte Arschlecken entkommen war. Minutenlang lag er flachgestreckt und starr, beruhigte sein stoßweises Atmen und wagte nicht, die Hand mit seinem Beutestück zu seinem Kopf und seinen Augen zu heben. Als er es nach realen 3,7 und gefühlten 10 Minuten doch schaffte, sah er nicht mehr als einen simplen, stinknormalen, handelsüblichen

50-Euro-Schein. Nicht unbedingt ein aufschlussreiches Indiz, aber doch deutlich mehr als nichts.

Erlösend für Worschädl war dann nur, dass er irgendwie an sein Handy kam und Schinagl sofort erreichte. Er bat sie, bei der Einleitung seiner Rettung möglichst diskret vorzugehen. Diese Peinlichkeit musste man wirklich nicht an die große Glocke hängen.

Ein frommer Wunsch, weil Verena Holl kurz davor den ganz normalen Notruf gewählt und von der dramatischen Notlage eines Kriminalkommissars berichtet hatte, aus der man ihn vermutlich nur mit der Feuerwehr und der Rettung befreien konnte.

Und so kam es, dass wenig später nicht nur Sabine Schinagl in ihrem Berlingo, zwei Notarztwagen und ein überdimensioniertes Löschfahrzeug mit Hebebühne anrückten, sondern auch das eifrige Kamerateam eines privaten Fernsehsenders.

Mit einem beeindruckenden, panzerfaustähnlichen Objektiv holten sie den Mann, der sich in fünfundzwanzig Metern an die Verstrebungen des Auslegers klammerte, mit dem Zoom zu sich heran. Die Fernsehfuzzis filmten das Hochfahren der Hebebühne samt Tragekorb, in dem sich eine junge, attraktive, aber nachlässig gekleidete Frau in Begleitung eines Feuerwehrmannes befand. Klar, dass sie auch mitdrehten, als sich der Kommissar vom Kran in den Tragekorb gleiten ließ.

Sehr schade, dass sie weder von ihm noch von der Frau ein Interview ergattern konnten. Dafür drängte sich der Einsatzleiter der Feuerwehr aus eigenen Stücken auf, redete wie ein Wasserfall und lieferte immerhin ein paar brauchbare Sätze ab. Zwei-, dreimal schneiden, dann würde sich daraus schon etwas machen lassen.

Was die Fernsehleute nicht mitbekamen, war Sabine Schinagls enttäuschter Blick, als ihr Worschädl im Fond ihres Wagens sein Beutestück präsentierte.

„Ein lächerlicher 50-Euro-Schein? Dafür riskierst du Kopf und Kragen?"

„Ist ja beides noch dran. Bringst du ihn ins Labor?"

„Meinetwegen. Wird uns aber nicht viel bringen."

„Warten wir's ab. Und gibt es bei dir was Neues?"

Schinagl akzeptierte, dass er von sich ablenken wollte, und berichtete, dass sich bei den Befragungen der Mitarbeiter des Konzerthauses bis jetzt keine neuen Erkenntnisse ergeben hätten. Außerdem erzählte sie von dem Abendessen auf der Raststation in Tarvis, das vermutlich Markus Holl mit seiner Kreditkarte bezahlt hatte, obwohl er an diesem Abend angeblich in Würzburg war. Inzwischen waren auch schon Aufnahmen von einer dort installierten Videokamera eingelangt, auf der nicht nur der stimmführende Bratschist, sondern auch dessen Begleiterin eindeutig zu erkennen war.

„Das ist doch die Clarissa Bianchi", entfuhr es Worschädl beim Betrachten eines Fotos, das ihm Schinagl zeigte.

„Ob Verena Holl wusste, dass ihr Mann eine Affäre hatte?", fragte sich Schinagl.

„Falls ja ..."

„... hätte sie gute Gründe gehabt, auf ihren Mann wütend zu sein", stellte Schinagl fest.

„Wütend und eifersüchtig", setzte Worschädl fort.

„Ein Doppelmotiv."

„Damit hätten wir eine weitere Verdächtige".

„Allerdings hat Verena Holl angegeben, dass sie von 18 Uhr bis zu deinem Eintreffen im Segelflugclub gewesen ist."

„Sieht so aus, als ob wir das noch überprüfen müssten."

„Aber zuerst wird geschlafen, Bertl. Du musst hundemüde sein."

„Du sicher auch. Aber danke, dass du mich zurück auf die Erde gebracht hast."

„Purer Egoismus. Du wirst ganz einfach noch gebraucht."

Worschädl ging mit weichen Knien zu seinem Auto, ließ sich hinters Lenkrad fallen, schaltete den CD-Player ein, stoppte bei den ersten Celloklängen und wechselte die CD.

Jetzt brauchte er etwas anderes.

Leonard Cohen.

Suzanne takes you down ...

Worschädl sang leise mit und wollte einfach nur nach Hause.

20

Zuerst hatte Nina ihr Verlies erkundet, soweit die Ketten es ihr erlaubten. Am Boden gab es neben einer Matratze auch noch Reste von Stroh, eingetrockneten Schweine- oder Rindermist, und vor ihr ertastete sie auf einem klapprigen Campingtisch einen Korb mit Brot. Daneben standen eine Plastikflasche mit Wasser und eine Rolle Toilettenpapier. Links vom Tisch fand sich ein Eimer, der offensichtlich für die Verrichtung der Notdurft vorgesehen war.

Dann kam der Mann herein. Sagte nichts. War einfach nur da. Nina drückte sich an die Wand. Erwartete seine Attacke. Aber da kam nichts. Bis er seinen Hosengürtel und den Reißverschluss öffnete und sich hörbar einen runterholte.

Er onanierte und stöhnte neben ihr, bis es ihm kam. Bis er fertig war.

Dann fuhr ihr der Mann mit der Hand übers Gesicht und ihre Lippen. War plötzlich mit seinem Mund ganz nahe an ihrem Ohr.

„Nicht traurig sein. Beim nächsten Mal bist du dabei."

Die wirkliche Angst kroch erst später in ihr hoch. Nachdem er sie verlassen hatte. Nina brach zusammen, kauerte hilflos in einer Ecke, wünschte sich Haku herbei.

Eine geschlagene Stunde mochte sie so dagesessen sein, als sie einen heftigen Pinkeldrang verspürte. Sie überwand sich und setzte sich auf den Kübel. Dann schob sie ihn an die Wand. Ballte die Faust. Schlug damit gegen die Wand. Sie durfte sich nicht hängen lassen. Nicht aufgeben. Trotz ihrer aussichtslosen Lage.

Die Verzweiflung ist kein probates Mittel, um brauchbare Ideen zu entwickeln. Die Angst versperrt den Blick auf die naheliegenden Möglichkeiten.

Zum Beispiel auf ihre ganz spezielle Smartwatch, die von den Entführern übersehen wurde, weil sie mit ihrem länglichen Design aussah wie ein Fitnesstracker, und auf die Nina im Zuge der jüngsten Ereignisse vollkommen vergessen hatte. Mit dieser genialen Erfindung wurden einlangende E-Mails auf die für Blinde lesbare Brailleschrift übersetzt. Dafür waren anstelle des üblichen Displays kleine, bewegliche Noppen angebracht, deren verschiedene Anordnungen für einzelne Buchstaben standen und die sich nach dem Darüberstreichen mit den Fingern gleich wieder in den nächsten Buchstaben verwandelten.

Außerdem war es Nina mit einer Spracherkennungs-App, die sie erst vor wenigen Tagen heruntergeladen hatte, auch möglich, eigene Nachrichten zu versenden. Ohne Handy funktionierte das allerdings nur, wenn ein WLAN zur Verfügung stand.

Auch wenn die Frau vorhin davon gesprochen hatte, dass der Empfang draußen besser funktionierte, musste Nina dennoch eine Nachricht erstellen und darauf hoffen, dass irgendwo in diesem Haus ein Netzwerk zur Verfügung stand.

Sie dachte kurz darüber nach, welche Informationen wichtig waren, drückte auf Eingabe und sprach leise ihre Nachricht ein.

„Lieber Opa – bin auf einem Bauernhof – rechte Abfahrt von der Autostrada 24 – zwischen Montepulciano und Chiusi – sind auf etwa halber Strecke nach rechts abgebogen. Ein Mann und eine Frau. Komm nicht allein – die sind gefährlich. Nina."

Senden. Okay. Keine Verbindung zu einem Netzwerk. Die Mail blieb im Postausgang hängen. Aber das konnte sich noch ändern.

Mit dem Formulieren der Mail hatte Nina wieder Kraft geschöpft. Zumindest gab es jetzt einen kleinen Funken Hoffnung. Eine minimale Chance, dass sie hier jemand finden würde. Sollte ihr Großvater die Mail erhalten, würde er jedenfalls alles in Bewegung setzen.

Aber Giuseppe Bertini würde sie sicher nicht vor der nächsten Begegnung mit diesem Perversling schützen können. Nina war überzeugt davon, dass er sie einfach nehmen würde. Falls sie sich widersetzen würde, geilte ihn das womöglich auf und steigerte seine Gier. Auch wenn sich bei dem Gedanken ihr Innerstes nach außen stülpte, war es vielleicht das Vernünftigste, wenn sie sich nicht wehrte, sondern es über sich ergehen ließ.

21

„Bertl, mach ruhig das Licht an."

„Geht schon, Karoline. Ich wollte dich nicht wecken."

„Das menschliche Wollen ist nicht immer von Erfolg gekrönt. Wie spät ist es?"

„Halb zwei."

„Wahnsinn. Aber zum Glück bist du noch jung." Sie klatschte ihm im Halbschlaf ihre Hand auf die Brust. „Und, alles okay mit dir?"

„Alles bestens."

„Irgendwelche Schwierigkeiten?"

„Nicht wirklich. Nur das Übliche."

„Also keine besonderen Vorkommnisse?"

„Nein, Schatz. Nur reine Routine."

„Sehr gut. Dann sollten wir uns jetzt möglichst routiniert in unsere Träume fallen lassen."

„Hervorragende Idee. Gute Nacht, mein Schatz."

„Schlaf gut, Bertl."

22

Ein vom Norden hereinziehendes Tief hatte am späten Nachmittag eine schwere Wolkendecke über das saftige Grün gebreitet. Nicht unbedingt ein Kaiserwetter. Noch dazu war es drückend schwül, weil sich die mächtig aufgetürmten feuchten Luftmassen nicht und nicht entladen wollten. Auch jetzt, lange nach Mitternacht, sorgte nicht ein Tropfen für Linderung.

Dabei hätte den Weingärten und Reben etwas Regen doch so gutgetan. Wochenlange brütende Hitze hatte dem kalkhaltigen Boden tiefe Risse zugefügt, deshalb mussten sich die Wurzeln der Weinstöcke auf der Suche nach Wasser immer tiefer in die Erde graben.

Aber vorerst begnügten sich die Wolken damit, Mond und Sterne zu verhüllen und für eine stockfinstere Nacht zu sorgen. Als hätte jemand das toskanische Nachtlicht ausgeknipst.

Tröstlich, dass auch zu dieser späten beziehungsweise frühen Stunde hinter dem einen oder anderen Fenster der weit auseinander liegenden Fattorias ein heller Schimmer zu entdecken war. Kleine leuchtende Flecken, wie hineingeworfen in die Landschaft, an manchen Orten dichter, dann wieder einsam und vereinzelt, so wie hinter den zugezogenen Vorhängen im Schuppen der Bertinis.

Die Helligkeit kam von den starken Neonröhren, die in der Druckerwerkstatt über Giuseppes Arbeitstisch an der Decke hingen. Ihr kräftiges Licht sorgte dafür, dass auch die schon müden Augen des ehemaligen Druckers jeden Farbfehler erkannten. Aber so lange und genau der alte Mann den Geldschein, den er gegen das Licht hielt, auch prüfte, vermochte er keinen Mangel zu entdecken.

Selbstverständlich hatte sich Giuseppe Bertini heute nicht zum ersten Mal mit der neuen Serie beschäftigt. Gerade weil in Zeitungen oder Fernsehnachrichten immer wieder die Rede von perfekt ausgeklügelten Sicherheitsmerkmalen war, die ein Fälschen unmöglich machten, hatte es ihn wiederholt in seine Werkstatt gezogen.

Hauptantriebskraft dafür war wohl sportlicher Ehrgeiz. Wer die Europäische Zentralbank schon einmal aufs Kreuz gelegt hatte, wollte das immer wieder schaffen. Allerdings hatten seine Gegner diesmal einiges vorgelegt.

Zum Beispiel den Kippeffekt. Das Erzeugen eines Lichtbalkens, der sich beim Kippen sichtbar auf und ab bewegte. Und die Zahl, die dabei ihre Farbe wechselte. Eine knifflige Herausforderung, die wochenlanges Grübeln und Tüfteln erforderte. Selbstverständlich nur hobbymäßig. Als Freizeitbeschäftigung sozusagen.

Das Ergebnis von Giuseppes Anstrengungen war durchaus zufriedenstellend. Sogar das Einfügen des Sicherheitsfadens mit dem Eurosymbol und der Wertezahl, die im Gegenlicht jetzt deutlich zu erkennen waren, war ihm exquisit gelungen.

Eine ganz besondere Herausforderung bedeutete das Herstellen der erhabenen Linien am linken und am rechten Rand sowie der deutlich fühlbaren Reliefs des Hauptmotivs und der Schrift.

Das Gros der vornehmlich dilettantischen Fälscher versuchte seit jeher, diesen unumgänglichen Anforderungen und Kriterien mit einem besonders feinen Offsetdruck beizukommen. Deren Ergebnisse mochten auf den ersten Blick ja durchaus überzeugend sein, bei einer genaueren Überprüfung erwiesen sie sich jedoch oft als völlig unzulänglich. Lächerlicher Schabernack. Mit Leichtigkeit zu überführen.

Mit einem simplen Offsetdruck hätte sich ein Perfektionist wie Giuseppe Bertini niemals begnügt. Lieber zehnmal irren und wieder von vorn beginnen, als das Ziel zu verfehlen. Auch für ihn brauchte es einige Ehrenrunden, bis er ahnte, wie es funktionieren konnte. Und so stattete er die Banknoten zusätzlich mit einem akribisch ausgeführten Siebdruck aus.

Das Ergebnis war frappierend und trieb selbst einem so ausgefuchsten Fälscher wie Giuseppe Tränen der Freude in die Augen. Fälscherkunst der feinsten Güte! Schlicht und einfach ein Meisterwerk! Ab diesem Moment wusste er, dass der von ihm erzielte Echtheitsgrad selbst die ausgebufftesten Banker in ehrfurchtsvolles Staunen versetzen würde.

Die Maschinen arbeiteten auf Hochdruck und gaben ihr Äußerstes. Fünftausend Fünfzig-Euro-Scheine und keinen Cent mehr wollte er Federico morgen überbringen. Erst, wenn ihm Nina unversehrt übergeben wurde, würde er weitere fünftausend liefern. Und dann die nächsten fünf-, zehn- oder zwanzigtausend.

Bald würde in einschlägigen Kreisen wieder vom Fälscherkönig die Rede sein. Und dann würde Giuseppe Bertini unweigerlich erneut in jener Lebenswelt gefangen sein, die er Nina und sich selbst zuliebe unbedingt verlassen wollte.

ADAGIO
MA NON TROPPO

Holz und Saiten. Staccato, Pizzicato, Hitze, Kälte, Freude, Schmerz, Melancholie. Und so vieles mehr. Alles an einem Abend. Auf zwei Stunden konzentriert.

Eine Selbstentäußerung, die nach Rückzug verlangt. Eine Verausgabung, von der man sich erholen muss. Weil ohne Regeneration keine neuer Höhenflug gelingt. Weil man sich ohne Besinnung auf sich selbst nicht erneut so reich verschenken kann.

Wir empfangen das heiße, strapazierte Instrument. Wir umschließen es wie eine Muschel, sperren das Tageslicht aus, garantieren entspannte, ruhige Stunden.

Was nicht immer gelingt. Wenn nämlich die Cellistin noch ein Da capo braucht. Einen Nachschlag. Eine Energieabfuhr nach der beim Musizieren so wesentlichen Selbstkontrolle.

Da ist es schon vorgekommen, dass man sich gegen einen halb oder vollkommen entblößten Hintern stemmen musste. Da würde einem schon einmal sein gesamtes schalldämpfendes Vermögen abverlangt, damit das geschlechtsbetonte Stöhnen nicht unser Innerstes erreichte. Dort sollte sich schon längst eine heilige Ruhe ausgebreitet haben, während da draußen noch geküsst, gekratzt, gebissen wurde.

Und beobachtet. Vom Fenster oder vom Türspalt aus. Von Augen, die nicht dazugehörten. Die zu diesem Fest nicht eingeladen waren. Und denen das gar nicht passte.

23

Hätte Rosi Seipel um vier Uhr fünfzehn nicht selbst tief und fest geschlafen und bei jedem Atemzug ein leises, sympathisches Schnurren ausgestoßen, das man höchstens einer sehr frühen Stufe des Schnarchens zuordnen konnte, hätte sie bei ihrem Mann Edi eine völlig ungewohnte, plötzlich eintretende nächtliche Geräuschlosigkeit festgestellt, die so anhaltend war, dass man sich ernsthaft fragen musste, ob die Lungenfunktion des guten Mannes jemals wieder zum Einsatz kommen würde.

Dabei war diese Stille einer plötzlichen Eingebung geschuldet, oder besser einer Erkenntnis, die Edis Unterbewusstsein mit einer derartigen Klarheit und Eindringlichkeit nach oben sandte, dass der Kranführer unverzüglich aus einem Traum erwachte und plötzlich wusste, was ihm gestern wegen eines eiligen, zutiefst menschlichen Dranges unterlaufen war: die Vernachlässigung eines Routinevorgangs. Die Außerachtlassung eines eigentlich automatisierten Handlungsablaufs. Etwas, das nicht passieren sollte, auch wenn die Wahrscheinlichkeit, dass daraus unangenehmere Folgen resultierten, äußerst gering war.

Im Grunde der reine Wahnsinn. Da muss man aufs Klo und vergisst beim Abstellen des Krans doch glatt, auf den Abstand zwischen dem Ausleger und der Hausfassade zu achten. Und aus jetziger Sicht, um nun schon vier Uhr siebzehn, im Ehebett nachsinnierend, hatte er den baurechtlich vorgeschriebenen Mindestabstand bei weitem unterschritten.

Diese Einsicht wurde ihm um 6 Uhr 45 vom Polier in einer sehr rüden Ansprache bestätigt. Aber dessen Feixen ging dem Edi Seipel bei dem einen Ohr hinein und beim andern gleich wieder hinaus. Gut, er hatte einen Fehler gemacht, aber für die zwei Volldeppen, die mitten in der Nacht auf seinem Ausleger herumturnten, konnte er nun wirklich nichts. Und dass der größere Volldepp ausgerechnet ein Kriminalbeamter war, der noch dazu auch noch mit viel Trara gerettet werden musste, durfte man ihm als Kranführer nun wirklich nicht zum Vorwurf machen.

„Leck mich doch am Arsch", hätte er am liebsten zu seinem Polier gesagt, aber das verkniff er sich, zog lieber den Kopf ein, ließ die Schimpftirade über sich ergehen und machte sich dann an den Aufstieg.

Nach so einem verpatzten Tagesbeginn war er wieder froh, dass er vor einem halben Jahr beschlossen hatte, keine Zeitungen mehr zu lesen und keine Nachrichten mehr zu hören. Was man da ununterbrochen an Informationen vorgesetzt bekam, hatte ihn immer wieder derart deprimiert, dass er sich ernsthafte Sorgen um seine seelische Gesundheit machte.

Wenn ein Selbstmordattentäter wieder 30 Menschen mit in den Tod gerissen hatte. Oder ganze Inseln mit den Häusern und Wohnungen ihrer Bewohner wegen des Klimawandels einfach so im Meer verschwanden. Oder Massen von Flüchtlingen vor einem europäischen Grenzzaun bei Regen und Kälte dahinvegetierten. Oder die Finanzskandale und Steuerbetrügereien, bei denen immer so augenscheinlich wurde, wie es sich die Reichen richteten.

Irgendwann ging dann dem Edi Seipel auf dieser Welt viel zu viel gleichzeitig schief. Dazu kam, dass er an dieses Viel-Zu-Vieles auch ständig gleichzeitig denken musste. Dabei ging ihm so viel Problematisches, Elendes, Entsetzliches und Ungelöstes im Kopf herum, dass er in eine Grundstimmung verfiel, mit der das Leben alles andere als lustig war. „Wenn ich Zeitung lese", sagte er eines Morgens beim Frühstück zu seiner Rosi, „dann zieht es mich nur mehr hinunter." – „Dann lies halt einfach keine mehr."

Typisch Rosi. So was von geradlinig! So was von logisch! Du brauchst nur das Handy nehmen, bei der Abo-Abteilung anrufen und die Zeitung abbestellen, und am Abend schaust du dir statt der Nachrichten irgendeine lustige Serie an, bei der man die Pointen problemlos an den eingespielten Lachern erkennt, und schon wird dein Hirn nicht mehr tagtäglich zugemüllt.

So kam es, dass der Edi auch an diesem Morgen keine näheren Hintergründe zu den nächtlichen Umtriebigkeiten auf seinem Kran erfahren hatte. Deshalb dachte er sich nichts dabei, als er knapp unter dem Führerhaus auf ein schwarzes Notizbuch stieß, das im Winkel zweier Metallverstrebungen steckte und das nichts als seltsame, unverständliche Tabellen und Aufzeichnungen enthielt.

Wäre er besser informiert gewesen, hätte er erfahren, dass der größere Volldepp den kleineren Volldeppen wegen eines Einbruches verfolgt hatte, der womöglich mit einem Mord zusammenhing. In diesem Fall hätte er seinem Fundstück womöglich mehr Bedeutung zugemessen und hätte es zur nächsten Polizeiwache gebracht. So steckte er es einfach in seine Jackentasche und nahm sich vor, es in der Mittagspause unten in den Mist zu werfen. Stand ja ohnehin nur Unsinn drin.

24

Sowohl Worschädls Ehefrau als auch sein Vorgesetzter erfuhren es aus dem Radio. Morgennachrichten. Die vor Enthusiasmus sprühende Stimme des Einsatzleiters der Feuerwehr schilderte, dass es um Sekunden ging. Der Kriminalkommissar sei auf dem Ausleger zwar noch ansprechbar gewesen, befand sich aber bereits in einem psychisch äußerst bedenklichen Zustand.

Kompletter Unsinn, sagte Worschädl beim Frühstück zu Karoline und beim daran anschließenden Rapport zu Schweitzer. Er habe die Angelegenheit bis zum Schluss ganz gut im Griff gehabt.

„Irrtum, Bertl. Dir ist alles völlig entglitten. Dein Verstand hat ausgesetzt. Auf einen Kran zu springen ist sowas von hirnverbrannt. Verrückter geht's einfach nicht mehr", wies ihn seine Ehefrau harsch und aufgebracht zurecht.

Worschädl konnte so kurz nach seiner hoch über einer Baustelle erlittenen Niederlage unmöglich eingestehen, dass er das im Nachhinein genauso sah. Immerhin räumte er ein, dass die Situation nicht ganz unbedenklich gewesen war. Noch dazu hatte er sich bachblütenmäßig nicht ganz sattelfest gefühlt. Gut möglich, dass ein gewisser Leichtsinn mit im Spiel war.

„Was heißt Leichtsinn? Stell dir nur vor, was dir da passieren kann."

„Unkraut verdirbt nicht, Karoline", meinte Worschädl und schmunzelte.

„Ja, sieht so aus", erwiderte Karoline, nahm den stattlichen Kerl in ihre Arme und drückte ihn ganz fest an sich.

Der stellvertretende Bezirkspolizeikommandant Stefan Schweitzer dachte wenig später keineswegs daran,

Worschädl auch nur ansatzweise zu umarmen. Vielmehr brüllte er in seinem Büro seinen Mitarbeiter mit cholerischer Gesichtsröte an, dass jeder nur halbwegs intelligente, normale und korrekte Polizeibeamte auf diesem Planeten, nämlich von Burundi bis Massachusetts, Verstärkung angefordert hätte.

Ob Worschädl auch nur den Schimmer einer Ahnung hatte, wie viel wertvolle öffentliche Ressourcen seine durch und durch vertrottelte Aktion verschlungen hatte? Finanziell und personell? Ganz abgesehen vom erheblichen Imageschaden, den er dem gesamten Polizeiapparat in Österreich und insbesondere in Oberösterreich und Linz zugefügt habe?

Wahrscheinlich habe es heute früh in nahezu jedem oberösterreichischen Haushalt einen hämischen Lachanfall gegeben. Nämlich nicht nur über Worschädl, sondern über jeden einzelnen Exekutivbeamten, der tagtäglich gewissenhaft und tadellos seine Arbeit verrichtete. Denn selbstverständlich färbe das auf alle ab, wenn sich ein Kollege derartig zum Affen mache. Nämlich für nichts und wieder nichts. Maximaler Aufwand und unterm Strich ein fettes Minus! Bravo! Eine herausragende Bilanz!

Bei einem derartigen Wortschwall hätte Karoline eine verbale Inkontinenz diagnostiziert. Wenn jemand seinen Unmut so ungebremst äußerln führt, heißt es einfach abwarten, bis sich die erste Flutwelle entladen hat. Dagegenzuhalten oder zu widersprechen hat in solchen Situationen nach Karolines Auffassung wenig Sinn, weil man sich damit höchstens am gegenseitigen Aufschaukeln beteiligt.

Das galt ihrer Meinung nach insbesondere für Worschädls immer wiederkehrenden verbalen Auseinandersetzungen mit Schweitzer, der sich damit offenbar selbst beweisen musste, dass es schon in Ordnung gewesen war, dass er sich seinem früheren Freund gegenüber in nicht allzu ferner Vergangenheit äußerst fies benommen hatte.

Von zwei Kandidaten kann nun einmal nur einer zum stellvertretenden Bezirkspolizeikommandanten aufsteigen, und Schweitzer hatte sich mit nicht ganz sauberen Methoden durchgesetzt.

„Der weiß ganz genau, dass er sich damals letztklassig verhalten hat. Weil er dieses negative Bild von sich selbst unmöglich aufrechterhalten kann, transformiert er es in einen latenten Ärger über dich. Sieh nur zu, dass du ihm nicht in die Falle gehst", riet Karoline ihrem Bertl.

An diesem Morgen setzte er den Hinweis seiner Frau eins zu eins um, verpflichtete sich selbst zu innerer Gelassenheit und zeigte auch dann noch keine Reaktion, als sich Schweitzer am Ende seiner Tirade hinter seinem Schreibtisch in den Sessel fallen ließ, nach Luft rang und von Worschädl ganz dringend eine Wortspende erwartete. Eine Erklärung, eine Rechtfertigung, eine Entschuldigung.

Aber vorerst kam gar nichts. Zu Schweitzers völliger Verblüffung strahlte sein bester und zugleich schwierigster Mitarbeiter die Ruhe eines meditierenden Buddhas aus. Doch dann, nach ein paar Sekunden unerwarteter Stille, drückte es Worschädl doch noch ein Wort heraus. Ganz leise und wie beiläufig.

„Fertig?"

Sechs Buchstaben mit großer Wirkung. Wäre Schweitzer nicht gesessen, hätte er ins Taumeln kommen können. Einen so dezent vorgetragenen und zugleich so unerhörten Affront hatte er sich nicht erwartet.

Einen Schlag mit dem Bihänder hätte Schweitzer ganz simpel mit noch lauterem Brüllen pariert, aber ein

Stich mit dem Florett erwischte ihn auf dem falschen Fuß, brachte ihn ins Stolpern und aus der Fassung und ließ ihn für einen Augenblick seine Deckung vernachlässigen.

Diese Fahrlässigkeit nützte Worschädl, indem er sich einfach umdrehte und ging. Eine nächste empörende Brüskierung, der Schweitzer, wollte er nicht wie der Verlierer übrig bleiben, unbedingt etwas entgegenhalten musste. Also beugte er sich vor und sagte mit beherrschter Stimme, dass er überprüfen werde, ob man Worschädl die Kosten für den gestrigen Feuerwehreinsatz nicht vom Gehalt abziehen könne.

Worschädl drehte sich um und lächelte: „Du hast nichts dagegen, wenn ich mich deswegen gleich an den Betriebsrat wende?"

Schweitzers bitteres Grinsen sprach Bände. Er hatte soeben einen nächsten Treffer eingesteckt. Wenn der Betriebsrat ins Spiel kommt, bedeutet das nämlich selten etwas Gutes. Das roch sofort nach aufreibenden Verhandlungen, harten Konflikten, dem zähen Ringen um Kompromisse, oder sogar nach Verhandlungen am Arbeitsgericht.

Gerade Letzteres passte Schweitzer gar nicht ins Konzept, arbeitete er doch nach wie vor eifrig daran, bei der in Bälde anstehenden Besetzung des Bezirkspolizeikommandanten zum Zug zu kommen. Innerpolizeiliche Auseinandersetzungen, die zu weit nach außen drangen, erschienen ihm da ganz und gar nicht förderlich.

Während Schweitzer noch nach einer möglichst treffsicheren Antwort suchte, schob sich Schinagl nach kurzem Klopfen zur Tür herein.

„Robert, ich hab dich schon gesucht."

„Wir hatten eine kleine Unterredung", erklärte Worschädl.

„Mit dem Ergebnis, Frau Schinagl, dass ich die Leitung der Ermittlungen beim Bratschisten-Mord ab sofort Ihnen übertrage."

Die dicke Luft zwischen den beiden hatte Schinagl bereits beim Eintreten gespürt, das Ausmaß der Spannung wurde ihr aber erst jetzt bewusst. Vermutlich ging es um die Kranaktion. Die musste willkommenes Wasser auf Schweitzers Mühlen sein, weil sie ihm endlich wieder einmal Gelegenheit gab, Worschädl ordentlich zurechtzuweisen. Wenn er seinen erfolgreichsten Ermittler vor ihren Augen degradieren konnte, stand der Chef garantiert unter Hochgenuss.

„Ehrlich gesagt wäre es mir anders weitaus lieber", entgegnete sie vorsichtig, „weil ich familiär gerade sehr gefordert bin. Außerdem hat uns Robert mit seiner unglaublich mutigen Verfolgungsjagd auf dem Kran ein gutes Stück weitergebracht."

Schweitzer richtete sich auf und beugte sich mit spitzem Blick nach vorn: „Ja freilich. Nur immer fest zusammenhalten. Da bin ich ja gespannt, was Sie sich jetzt aus den Fingern saugen."

Schinagl blickte zu Worschädl und lächelte: „Ich komme gerade aus dem Labor."

„Der 50-Euro-Schein?", fragte Worschädl.

„Welcher 50-Euro-Schein?", wollte Schweitzer wissen.

„Den hat sich Robert gestern mit einer akrobatischen Meisterleistung auf dem Kran gerade noch geschnappt", klärte ihn Schinagl auf.

Schweitzer wollte etwas erwidern, wurde jedoch von Worschädl abgeschnitten: „Was ist damit?"

„Er ist erstklassig gefälscht. Laut unseren Experten eine Arbeit aus Meisterhand, die gerade europaweit unters Volk gebracht wird. Falls wir Näheres wissen, sollen wir unbedingt die Kollegen für organisierte Kriminalität verständigen."

Worschädl vermied es, Schweitzer anzublicken und seine erneute Demütigung mitzuerleben, während er auf Schinagl einging: „Dann liegt der Schluss nahe, dass der Einbrecher den gefälschten Schein aus der Wohnung des ermordeten Bratschisten entwendet hat."

„Und vielleicht hatte er in seinem Rucksack noch mehr davon."

„Aber wie kommt es, dass ein Bratschist zu Falschgeld kommt?", wunderte sich Worschädl.

„Und warum versteckt er es in einem Bratschenkasten?", setzte Schinagl fort.

„Vielleicht, damit es seine Frau nicht sieht."

„Oder sie hat davon gewusst."

„Fragen über Fragen. Sieht so aus, als sollten wir uns an die Arbeit machen", meinte Worschädl.

„Dann könnte ich ja gleich einmal Bekanntschaft mit der Segelfluglehrerin schließen und dann noch einmal den Gernot Braunschweiger besuchen", überlegte Schinagl.

„Gute Idee. Dafür werde ich die Cellistin fragen, wie ihr der gemeinsame Ausflug mit dem Ermordeten nach Tarvis gefallen hat." Worschädl würdigte Schweitzer nach wie vor keines Blickes und wandte sich einfach zur Tür.

„Hallo! Es bleibt dabei! Die Ermittlungen werden von Kollegin Schinagl geleitet", startete Schweitzer einen letzten hilflosen Versuch, zumindest sein Gesicht zu wahren.

Jetzt drehte sich Worschädl um und blickte Schweitzer lächelnd an: „Ist doch selbstverständlich, Stefan. Ich bleibe im Hintergrund, und Kollegin Schinagl ist die absolute Nummer eins."

„Sehr schön", antwortete Schweitzer und lehnte sich befriedigt zurück. „Dann siehst du es also ein?"

„Freilich. Wo du Recht hast, hast du Recht. Und fein, dass dir die Reduzierung der Verschwendung öffentlicher Ressourcen derartig am Herzen liegt. Dann taucht ja vielleicht auch die Kaffeemaschine wieder einmal auf, die du dir im letzten Sommer aus der Gemeinschaftsküche für deine private Geburtstagsfeier geliehen hast."

Kleines Lächeln zwischen Worschädl und Schinagl, bevor Schweitzers Bürotür hinter ihnen zufiel.

25

„Sieht verdammt gut aus, diese Bianchi", hatte Worschädl am Vorabend des abgesagten Konzertes angemerkt, als er bei einem Gläschen Wein in der alten Ledercouch des Wohnzimmers saß und die Vorankündigung in der Zeitung las, während Karoline am Esstisch Notizen über ihre Therapien in den Laptop tippte.

„Mein Lieber, was hat ihr Aussehen mit ihrem Cellospiel zu tun?"

„Nicht das Geringste. Dennoch, diese Frau mit ihrem Cello, die hat etwas Erotisches."

Karoline stand auf, rückte sich die Brille zurecht, setzte sich zu ihm und nahm ihm die Zeitung aus der Hand.

„Bertl, ich glaube, dass man hier sehr genau unterscheiden muss. Die erotische Wirkung des Celloklangs ist für mich unbestritten. Alles andere ist nur billiges männliches Klischee."

„Na bravo. Hat mich die Frau Psychotherapeutin bei einer politischen Unkorrektheit erwischt."

„Sieht ganz so aus. Wenn eine Frau die Beine spreizt, und dann noch dazu etwas Hartes und Mächtiges dazwischen klemmt, rasselt das Hirn von euch Schwanzträgern fast automatisch in die Hose, selbst wenn man dieses Ding, sprich das Cello, eigentlich viel eher mit den Formen eines weiblichen Torsos assoziieren könnte."

„Hallo, ist dir klar, was du mir da unterstellst?"

„Was denn, Bertl?"

„Dass es für mich einen Unterschied macht, ob eine Frau oder ein Mann das Cello spielt!"

„Davon gehe ich aus."

„Du nimmst also an, dass es mir vorrangig gar nicht um die Musik geht?"

„Nein, dafür kenne ich dich zu gut. Du gehst ins Konzert, um Musik zu hören. Wenn aber eine Frau das Cello spielt, könnte es zu einem Streit deiner Prioritäten kommen. Einige Männer im Konzertsaal werden sich zumindest in ihrem Unterbewusstsein an die Stelle des Instrumentes wünschen. Man könnte das als maskuline Identifikation mit dem sächlichen Cello interpretieren“, präzisierte Karoline.

„Na gut, diesem Argument kann ich etwas abgewinnen. Das Cello steht ja an einem für uns Männer wirklich begehrenswerten Platz.“

„Der Platz wird zumindest als begehrenswert fantasiert. Ob er das dann tatsächlich wäre, sei einmal dahingestellt. Ich kann mir gut vorstellen, dass eine Musikerin mit ihrem Instrument häufig sehr viel leidenschaftlicher und hingebungsvoller in Kontakt tritt als mit einem Mann.“

„So etwas Grausames wollen wir Männer gar nicht hören.“

„Weil euch nicht interessiert, wer diese Frau wirklich ist. Euch genügt schon dieser Blick. Bitte, schau dir das an. Das sind die Augen einer Sirene, die einen Seefahrer vom Kurs abbringt und ganz schnell zum Deppen macht. Wer bei diesem Weib nicht aufpasst, mein Lieber, den kann ganz schnell der Teufel holen.“

Diese Worte von Karoline hatte Worschädl noch im Ohr, als er im Nobelviertel am Fuße des Linzer Pöstlingbergs auf die Klingel der Bianchis drückte und dabei in eine Videokamera lächelte. Gleich darauf schob sich das zwei Meter hohe rostrote Gartentor nahezu lautlos auf. Während die gepflasterte Einfahrt zum Tor einer Doppelgarage führte, zweigte nach rechts ein schmaler Kiesweg ab. Schon nach wenigen Schritten befand sich der Kommissar in einer Blüten- und Pflanzenwelt, wie er sie in dieser Pracht noch selten zuvor gesehen hatte.

An den Seiten des Weges reihten sich exotisch anmutende Zierpflanzen, dahinter leuchteten hochgewachsene Kirsch- und üppige Magnolienbäume. Der Kies, der unter Worschädls Füßen knirschte, legte sich als leiser Rhythmus unter den sanften Frühsommerwind, der durch die Blätter riesiger Farne und Sträucher rauschte. Kaum zu fassen, dass sich über diese idyllische Begleitmusik der samtige Klang eines perfekt gespielten Cellos legte.

Worschädl folgte den zauberhaften Tönen, schob sich durch einen hochgesteckten Bogen aus roten, gelben und rosafarbenen Rosen, und dann, hinter einer Biegung, lag vor ihm ein kunstvoll angelegter, ausladender Teich und dahinter, wie die Kulisse in einem Märchenstück, ragte eine mit Türmchen und Erkern reichhaltig bestückte Villa auf.

Über dem Wasser, auf einem Steg aus Tropenholz, führte Clarissa Bianchi ihren Bogen. Akkurat. Zugleich gefühlvoll. Und zwischen ihren von einem dünnen Sommerkleid bedeckten Beinen thronte die – wie sich herausstellen sollte – einzig wahre Nummer eins in ihrem Leben: ihr Cello.

Auch jetzt kam Worschädl nicht umhin, diese Frau mit ihren über die Schultern fallenden schwarzen Haaren und ihrem wiegenden Körper als sinnlich zu empfinden. Wie sie beim Spielen mit dem Cello tanzte und dabei fast damit verschmolz.

Oh ja, wir Männer, dachte Worschädl. Manchmal ist es herrlich, so einfach gestrickt zu sein.

Ein letzter Lauf. Atemberaubend. Fliegende Finger. Wuchtige Striche. Schließlich, wie hinaus ins Universum gesendet, der letzte Ton. Danach Stille. Ein paar

Augenblicke lang. Erst dann hob Clarissa Bianchi ihren Kopf und blickte Worschädl an.

Karoline hatte völlig Recht. Clarissas Pupillen erinnerten an das dunkle Wasser eines Gebirgssees, in dem man sofort baden möchte. Worschädl lenkte sich ganz bewusst mit einer Schwalbe ab, die vor dem Märchenschloss ihre Kreise zog, schritt zugleich schwungvoll auf den Steg, zückte seinen Ausweis, stellte sich vor und legte Clarissa das graue Foto aus der Videokamera der Raststation bei Tarvis aufs Notenpult.

„Ja, hallo. Wo haben Sie des leicht her?"

Sapperlot. Wie schnell und gründlich doch eine vorgefasste Meinung über jemanden in sich zusammenfallen kann. Denn selbstverständlich hatte Worschädl mit waschechtem Italienisch gerechnet, oder zumindest mit einem udinesisch, venezianisch oder römisch angehauchten Akzent. Natürlich hatte er erwartet, dass er die wenigen ihm zur Verfügung stehenden italienischen Redewendungen einflechten konnte. Aber mit „Come stai?" und „Tutti va bene" ließ sich bei Clarissa Bianchi offensichtlich keine Punkte machen.

„Hallo, wo Sie des leicht herhaben!"

Nein, da bestand kein Zweifel. Statt der melodischen Ausgelassenheit des Italienischen bewegte sich Clarissa im Sprachmodus des Oberösterreichischen: anheimelndes Knödeln, sympathisch ländliche Phonetik, selbstbewusst verschobene Grammatik.

„Von einer Videokamera, montiert bei einer Raststation in Tarvis", fand Worschädl endlich zu einer Antwort.

„Und wann ist des oft g'schossen worden?"

Oberes Mühlviertel, schätzte Worschädl.

„An dem Tag, an dem Sie und Herr Holl mit den *Diavolo Strings* angeblich ein Konzert in Würzburg hatten."

„Was es aber rein realistisch überhaupt net geben kann."

Bei Ottensheim vorbei, den Saurüssel hinauf und aufs Böhmische zu. Irgendwo da oben musste die so italienisch wirkende Frau geboren sein.

„Da stimme ich Ihnen vollinhaltlich zu. Sieht ganz so aus, als ob sie eher in Tarvis gewesen wären", meinte Worschädl und tippte mit dem Zeigefinger auf das Foto.

„Und Sie glauben wirklich, dass ich des bin?"

„Das sieht man auf den ersten Blick."

„Eine gewisse Ähnlichkeit streite ich ja gar net ab."

Dieses breit ausgesprochene „ei". Kollerschlag, Klaffer, irgendsowas. „Frau Bianchi, wenn ich dieses Foto unseren Spezialisten übergebe, kennen wir beide jetzt schon das Ergebnis."

Die Cellistin rieb sich kurz die Nase, stand von ihrem Hocker auf und stellte sich an den Rand des Steges.

„Mein Gott, wie soll ich sagen. Gelegenheit macht eben Liebe."

„Und Gelegenheiten hatten Sie und Herr Holl ja genug."

„Freilich. Im Kammerorchester, bei den Diavolos ... ich hab den Markus während der Woche öfter g'sehn als meinen Mann."

„Und da hat's irgendwann gefunkt?"

„Genau. Vor ungefähr einem Jahr. Aber sagen wir so – uns ist es rein um das Sexuelle gegangen. Grad nach anstrengenden Proben und Konzerten. Da is so ein g'schwinde Nummer das ideale Workout gewesen."

Ganz anders als mit ihrem Mann Antonio, den sie als früheres Mitglied eines Streichquartetts nach einem Konzert für seine damalige Firma kennenlernte. Einerseits verkopfter Softwarespezialist und Programmierer, andererseits temperamentvoller, charmanter und sportlicher Süditaliener. Es wurde eine lange Nacht.

Sie hatte bei der Probe am nächsten Vormittag einen nicht ganz so festen Strich, und ihm ging das Programmieren nicht so flott wie sonst von der Hand. Weil sie in Gedanken noch in seiner Loft waren. Wo sie, wie Clarissa Bianchi das ausdrückte, ganz wild übereinander hergefallen waren.

Weil aber selbst das intensivste Begehren in einer länger andauernden Beziehung abflacht, stellte der geräuschlose, konditionsstarke und durchhaltevermögende Markus Holl eine willkommene Abwechslung dar.

„Und Herr Holl hat das ähnlich pragmatisch wie Sie gesehen?"

„Na ja, er hatte schon die Idee, zu Hause alles hinzuschmeißen und mit mir ganz neu anzufangen. Aber diese Flausen habe ich ihm sehr schnell ausgetrieben."

„Wie haben Sie das angestellt?"

„Ganz einfach. Ich hab ihn auf Entzug gesetzt."

„Entzug von Ihnen?"

„Richtig. Bis er wieder angekrochen kam und mir geschworen hat, das Thema ein für alle Mal abzuhaken."

„Dann haben Sie Herrn Holl ja ganz schön in der Hand gehabt."

Clarissa Bianchi lächelte.

„Wahrscheinlich schon. Der ist nach mir süchtig g'wesen."

26

Beinahe hätte Sabine vergessen, die Daumen zu drücken, als sie vor dem Vereinsgebäude von *Möwe Linz* zusah, wie Verena Holl mit einem Schulungsdoppelsitzer eine langgezogene, geräuschlose und ästhetisch einwandfreie Platzrunde zog, um dann die unter ihr liegende Landebahn anzupeilen.

Dabei hatte Kerstin exakt jetzt ihre Schicksalsschularbeit in Spanisch. *Salir de noche en Barcelona.* Das stand über einem Kapitel, das als Thema angekündigt war. Verdammt, mein Mädchen, du schaffst es, wenn du nur deine Arschbacken fest zusammenzwickst, dachte Sabine und klemmte sich beide Daumen fest unter die Finger.

Sie stand mit ihrem gerade noch fünfjährigen Sohn Tobias vor dem Gastgarten des kleinen Imbissladens, der gleich ans Vereinsgebäude angeschlossen war, und nickte einem Kollegen von Verena Holl zu, der sie vorher informiert hatte, dass die Fluglehrerin noch mit einem Schüler unterwegs war. Für Schinagl sah das ganz nach Flucht in die Arbeit aus, um der Trauer um ihren Mann wenigstens vorübergehend zu entkommen.

„Mami, warum kommt der Flieger herunter?", fragte Tobias aufgeweckt.

„Weil er schon lange genug oben war."

„Warum war er oben?"

„Weil ein Mann fliegen lernen will."

„Warum will der Mann fliegen lernen?"

Warum, hätte Schinagl in diesem Moment gerne zurückgefragt, waren Tobis Magenschmerzen, wegen denen sie ihn unbedingt vom Kindergarten abholen musste, jetzt plötzlich verflogen? Warum lag er gerade noch blass und ermattet in der Spielecke und verhielt sich jetzt plötzlich wieder quietschlebendig? Warum musste ihr Lebensgefährte ausgerechnet heute einen von ihm in wochenlanger Arbeit komponierten Werbejingle für ein vierlagiges, ultraweiches Toilettenpapier präsentieren? Warum nur hatte sie bei der Ausübung ihres ohnehin nicht einfachen Berufes schon wieder ihren kleinen Hosenscheißer an der Backe?

„Mami! Ich hab dich gefragt, warum der Mann fliegen lernen will?"

„Achtung: Jetzt stellen wir keine Fragen mehr und schauen bei der Landung zu."

Diese absolvierte offenbar der Schüler, weil sie ziemlich ruckartig verlief und das Flugzeug mehrmals den Bodenkontakt verlor, bevor es auf der Wiese zu stehen kam. Angst und bang könnte einem bei der Vorstellung werden, dass eines ihrer Kinder in dieser filigranen Kiste saß, dachte Schinagl und ging auf die schlanke, großgewachsene Frau zu, die gerade die Cockpithaube anhob und zusammen mit einem etwas pummeligen Dreißigjährigen aus dem Flugzeug stieg.

„Frau Holl?"

„Falls Sie Flugstunden vereinbaren wollen ... ich bin zurzeit ausgebucht."

„Nein, danke", antwortete Schinagl mit ihrem kleinen Tobias an der Hand und zeigte ihren Ausweis. „Schinagl. Ich bin eine Kollegin von Herrn Worschädl."

„Dem Spezialisten für die nächtliche Besteigung von Kränen?"

„Genau. Ich muss Ihnen noch ein paar Fragen stellen."

„Und der junge Mann hilft Ihnen dabei?"

„Der junge Mann ist mein Sohn und hatte im Kindergarten Magenprobleme. Aber die werden wir jetzt mit einem doppelstöckigen Eis bekämpfen. Nicht unbedingt die gesündeste, aber eine der wirksamsten Methoden, um ihn für ein Viertelstündchen ruhig zu halten."

Verena Holl kannte die hiesigen gastronomischen Verhältnisse und empfahl den Hausbecher mit einer Extraportion Schlagobers. Kurz darauf wurde Tobias ein kaum zu bewältigendes Ungetüm mit Eiswaffeln, Hohlhippen und üppiger Schokosauce serviert. Sehr kalorienreich, sehr effizient, genau das Richtige für Tobi, der wie ein kleiner Fürst an einem der Tische im Gastgarten Platz nahm und sich mit glänzenden Augen über die vermutlich bestmögliche Medizin für seinen Magen hermachte.

Schinagl nippte am Nachbartisch an ihrem Großen Braunen, während Verena Holl ihr gegenüber vor einer Tasse mit Früchtetee saß, die sie aber nicht anrührte. Vielleicht, weil der Tee noch zu heiß zum Trinken war. Oder weil sie erst verkraften musste, was sie von Schinagl gerade erfahren hatte.

„Falschgeld? In unserer Wohnung?"

„Ja, Frau Holl, wir sind uns da ziemlich sicher."

„Und auch noch eine Affäre?"

„Daran gibt es keinen Zweifel."

„Aber das passt doch alles nicht zu Markus. Nein, unmöglich. So war er nicht."

Schinagl empfand Mitleid mit Verena Holl. Für sie brach gerade eine Welt zusammen. Schinagl selbst hatte dieses Theater bereits hinter sich. Mit dem leiblichen Vater ihrer Kinder, der nach wie vor keine Gelegenheit ausließ, um ihr das Leben schwer zu machen.

„Frau Holl, ich muss Sie fragen, wo Sie gestern Abend zur Tatzeit gewesen sind." Schinagl bemühte sich um eine möglichst sanfte Stimme.

„Sie meinen, ich hätte meinen Mann ...?"

„Enttäuschung und Eifersucht sind zwei häufige Motive."

„Entschuldigung, ich war mit ihm sechzehn Jahre zusammen. Das macht man nur, wenn man sich liebt."

„Nur beantwortet das leider meine Frage nicht."

„Ja, natürlich. Hierher bin ich um ungefähr 18 Uhr gekommen. Mit unserem Wagen. Sie können auch Roland fragen. Wir haben gleich nach meiner Ankunft ein kleines Bier getrunken."

„Dieser Roland ..."

„Roland Kerschbaumer. Ein Vereinsmitglied. Adresse und Telefonnummer bekommen Sie im Büro."

Schinagl zog einen Faserschreiber und einen Notizblock aus der Seitentasche ihrer Hose und schrieb sich den Namen auf.

„Und nach dem Bier ...?"

„Bin ich in den Hangar und hab mein Flugzeug poliert, durchgecheckt und ein bisschen daran herumgeschraubt. Das nächste menschliche Wesen, dem ich begegnet bin, war Ihr Kollege."

„Bis dahin haben Sie den Hangar nie verlassen?"

„Doch. Einmal zum Pinkeln."

„Hat Sie da jemand gesehen?"

„Gut möglich. Aber ich kann Ihnen nicht sagen, wer noch hier gewesen ist. Um sieben schließt für gewöhnlich das Lokal, und nach acht war ich sicher alleine."

„Sie haben einen Schlüssel?"

„Als Ausbildungsleiterin? Na klar."

Klar war auch, dass Tobias sein hellblaues T-Shirt gerade mit einem beeindruckend großen Schokosaucenfleck versah, was er selbst allerdings nicht bemerkte. Dazu war er viel zu sehr in den fortschreitenden Abbau des Eisgebirges vertieft.

Verena Holl hingegen sah erschöpft und müde aus. Schinagls Fragen setzten ihr offenbar gehörig zu.

„Nur eines noch ...“, unternahm Schinagl einen letzten Versuch. „Haben Sie eine Ahnung, warum er sich mit der Cellistin ausgerechnet für Tarvis entschieden hat?“

Die Fluglehrerin schüttelte den Kopf. „Da sind wir nur vorbeigefahren, wenn wir in Italien Urlaub machten.“

„Dann können Sie auch nicht wissen, in welchem Hotel er dort übernachtet hat.“

„Zusammen mit dieser Clarissa Bianchi?“, fragte Verena Holl mit einem bitteren Lachen. „Nein.“

„Aber vielleicht weiß es Ihr Navi.“

„Ja, kann sein. Damit ist er unterwegs gewesen. Der blaue Wagen da drüben.“ Sie schob Schinagl den Autoschlüssel hin.

Tobias war damit einverstanden, dass seine Mutter sich kurz auf Sichtweite entfernte, während er die Reste des Hausbechers vertilgte. Und vom Fahrersitz des SUVs hatte sie ohnehin einen guten Blick auf ihren Sohn.

Die erste Adresse, die Holl bei seiner Fahrt nach Tarvis eingegeben hatte, gehörte laut Google zu einem Hotel mit dem klingenden Namen *Bella Vista,* das am Ufer eines Sees lag, der mit einem zweiten benachbarten See die *Laghi di Fusine* bildete.

Aber in der Liste der Fahrziele war gleich danach auch noch eine Straße in einem Ort angeführt, dessen Namen Schinagl ebenfalls von den Ausfahrtsschildern der norditalienischen Autostrada kannte: Camporosso.

Immerhin war sie jetzt um ein paar wichtige Erkenntnisse reicher, dachte die Kommissarin, winkte Tobias zu, tippte die Adressen in ihr Handy ein und simste sie Worschädl. Zeitgleich trafen auf ihrem Handy zwei neue Nachrichten ein.

Die erste kam von Stefan Schweitzer: „Ich brauche Sie dringend im Präsidium!!!“

Die zweite stammte von ihrer Tochter Kerstin. Hoffentlich etwas Beruhigendes wie „Ist ganz gut gelaufen, Mama“ oder „Wird diesmal sicher positiv“. Aber Kerstins Mitteilung an ihre Mutter fiel dann doch etwas trockener aus: „Bevor du es von anderen erfährst: Ich habe an der Schularbeit nicht teilgenommen und übernachte heute bei Oliver. Anrufen hat keinen Sinn – Akku leer. Ich melde mich.“

Schinagl verspürte ein plötzliches Würgen im Hals, atmete mehrmals kräftig durch und lehnte sich zurück.

Am liebsten hätte sie jetzt den Zündschlüssel dieses echt fetten SUVs gedreht und wäre einfach losgefahren.

Irgendwohin. Nach Italien. Ans Meer.

Ohne jegliche Verpflichtungen.

27

Die Nachricht von Schinagl traf auf Worschädls Handy ein, als Clarissa Bianchi dem Kommissar einen naturtrüben Apfelsaft servierte, bei dem man ihrer Überzeugung nach noch herausschmeckte, dass die Äpfel von Bäumen geerntet wurden, die nicht auf Teufel komm raus mit Chemie behandelt wurden.

„Den hat meine Schwester gemacht."

Worschädl nahm die Flasche und las laut das Etikett: „Biohof Hintenaus, Kollerschlag."

„Genau. Sie hat den Hof unserer Eltern übernommen. Leider hat sie sich beim Heiraten namentlich nicht grad verbessert."

„Aber Sie schon?

„Na ja. Bianchi."

„Und ihr Mädchenname?"

„Preslmayr."

„Clarissa Preslmayr."

„Klara. Aus dem hab ich dann Clarissa g'macht."

„Und auf den Doppelnamen haben Sie ganz bewusst verzichtet?"

„Sicher. Wenn mir als Cellistin das Schicksal statt Preslmayr ein Bianchi schenkt, werde ich mich nachher nicht Bianchi-Preslmayr nennen."

„Und Ihr Mann, was würde der zu Ihrer Affäre sagen?"

„Maria und Josef! Dem steht schon meine Affäre mit meinem Cello bis daher."

„Mit Ihrem Cello?"

„Den Antonio regt es irrsinnig auf, dass mir mein Instrument körperlich viel öfter näher ist als er. Außerdem kann man einem Süditaliener nicht erklären, dass bei so was wie mit dem Markus gar nicht viel dahinter war. Deshalb weiß der genauso wenig darüber wie dem Markus seine Frau. Und dabei soll es bitte bleiben."

Worschädl hörte die eindeutige Aufforderung, reagierte aber nicht darauf.

„Ein gemeinsames Wochenende in Norditalien klingt aber nicht unbedingt nach einer Kleinigkeit."

„Das war dem Markus seine Idee. Ein Hotelbett, hat er g'sagt, wär halt einmal was anderes als der harte Boden in den Proberäumen. Oder der Autovordersitz. Der Markus hat's im Kreuz gehabt."

Worschädl blickte auf sein Handy. „Und wie sind Sie auf das Hotel *Bella Vista* an den Laghi di Fusine gekommen?"

„Auf gut Deutsch die Weißenfelser Seen. Reiner Zufall. Der Markus hat gemeint, dass Italien ganz fesch wäre, und ich wollte nicht zu weit weg, aber irgendwo ans Wasser, und so sind wir auf die beiden Lacken gekommen."

„Und von wem war die Idee, die Via Duomo in Camporosso aufzusuchen?"

„Via Duomo in Camporosso? Wo haben S' denn das jetzt her?"

„Die Adresse hat Ihr Liebhaber in sein Navi eingegeben."

„Vielleicht, wie er in der Früh alleine unterwegs war. Ich schlaf gern lange, und da hat er inzwischen eine kleine Rundfahrt g'macht."

Durchwegs schnelle, glatte Antworten, die ihm Clarissa Bianchi da lieferte, dachte Worschädl. Dazu kam eine fast naive Unbekümmertheit, als ob es nicht um ein Verbrechen, sondern um den Austausch von gut geeigneten Urlaubsdestinationen ging. Dabei war erst gestern Abend ihr heimlicher Geliebter ermordet worden.

Diese Leichtigkeit behielt Clarissa auch bei, als ihr Mann, ein durchtrainiertes Exemplar der südlich des Brennerpasses beheimateten Nachbarn, lautstark telefonierend durch den Garten auf sie zukam.

Sein Gesprächspartner musste offenbar beruhigt werden, weil seine Situation gerade *molto orribile* war! *Sì, che terribilmente*! Aber es gibt für alles Lösung. Bald ist wieder alles *a posto*.

Sprach's, knipste das Handy aus, bedachte Worschädl mit einem knappen Handzeichen, küsste seine Clarissa und ließ sich in einen Stuhl fallen.

„Was ist denn so orribile, Signore Bianchi?", fragte Worschädl und zückte seinen Ausweis.

„Ah, Sie sind von Polizia? Wegen die strozzato Viola-Spieler?"

„Sì, essattamente", erwiderte der Kommissar und sonderte damit etwa 0,5 Prozent der ihm geläufigen italienischen Vokabeln ab. „Darf ich fragen, was Sie gerade so aufgebracht hat?"

„Nicht mich, sondern *mio amico*. Den hat gerade seine Frau verlassen. Aber der kann in Wahrheit nur froh sein, wenn diese *donna stupida* nie wieder nach Hause kommt."

Antonio genoss seine eigene Pointe, wieherte laut auf, tätschelte seiner Clarissa die Schulter, zückte erneut sein Handy und verzog sich schnurstracks ins Haus. *Per lavorare!*

Clarissa nutzte den Aufbruch ihres Mannes, indem sie aufstand und signalisierte, dass auch für sie das Gespräch beendet war. Dabei erklärte sie dem Kommissar, dass ihr Mann zwar ein lautes Organ habe, aber keiner Fliege etwas zuleide tun könne. Sie selbst sei zur Tatzeit beim Einspielen auf der Bühne gesessen, was die wahnsinnig ungeschickte Saalmeisterin Tanja Lindinger, die währenddessen die Sitzreihen kontrollierte, sicher bestätigen konnte.

„Nur noch eine Frage", sagte Worschädl, nachdem er sich schon mit einem Händedruck verabschiedet hatte. „Wussten Sie, dass Markus Holl in Besitz von gefälschten Euroscheinen war?"

„Gefälschte was? Ja bist net g'scheit! Die muss ihm wer untergejubelt haben."

„Das würden wir sehr gerne glauben, aber es hat sich vermutlich um einen größeren Betrag gehandelt."

„Ach so? Also, bevor Sie da irgendwelche abstrusen Vermutungen anstellen, kann ich Ihnen jetzt schon sagen, dass Sie auf dem Holzweg sind. Markus war ein ehrlicher und ethisch gefestigter Mensch."

„Auch wenn er mit Ihnen ...?"

„Das eine schließt das andere nicht aus. Für zwielichtige Angelegenheiten war er jedenfalls nicht geeignet. Also dann ... Sie kennen ja den Weg."

Wiederum alles superglatt. Einerseits die Verabschiedung, andererseits die Antwort auf die gefälschten Euroscheine, sagte sich Worschädl, während er am Teich vorbei zum Kiesweg ging. Es kam ihm vor, als hätte ihn die Cellistin mit ein paar Häppchen abgespeist, ganz so, als wollte sie ihn beruhigen und zufrieden stellen.

Hatte sie etwas zu verbergen? Oder erschien es einer Künstlerin von ihrem Kaliber einfach zu gewöhnlich, sich mit einem normalen, höchst irdischen Polizeibeamten zu befassen? Vielleicht spukte ihr schon wieder ein Mendelssohn Bartholdy, ein Chopin oder ein Haydn im Kopf herum, während ihr ein rundlicher Ermittler sehr banale Fragen stellte.

Allerdings steckte in ihr auch eine bodenständige und handfeste Klara Preslmayr aus der 1500-Seelen-

Gemeinde Kollerschlag. Wenn sich eine Göre aus dem obersten Mühlviertel in eine gefeierte Cellistin und Orchestermusikerin mit italienisch klingendem Namen verwandelte und wenn dabei ausgerechnet ihr heimlicher Geliebter auf der Strecke blieb, durfte einem das durchaus zu denken geben.

Nach dem Durchschreiten des auseinandergleitenden Gartentors drehte sich der Kommissar noch einmal um, schätzte die Grundstückgröße, das Ausmaß der Märchenvilla mitsamt der grünen Pracht ab, und nahm an, dass die Immobilie und der Garten, den er soeben verließ, so an die 15 Millionen wert war. Ein Schnäppchen ist etwas anderes, murmelte Worschädl und zog sein brummendes Handy aus der Tasche.

„Servus Schinagl, was gibt's?"

„Nur ganz schnell: Das Labor hat gerade bestätigt, dass die Blutspuren auf der Bratschensaite aus dem Spind von Gernot Braunschweiger eindeutig vom Opfer stammen. Was dem Braunschweiger nicht wurst sein wird."

„Weil es für ihn jetzt um die Wurst geht. Aber noch etwas anderes. Was hältst du von einem kleinen Ausflug zum Hotel *Bella Vista*?"

„Klingt gut, ist aber absolut unmöglich. Ich bin gerade auf dem Weg zu Braunschweiger, und dann muss ich sofort zur Sitzung einer brandneuen Sonderkommission."

„Wie bitte? Welche Sonderkommission?"

„Keine Ahnung. Sieht aber so aus, als ob ich in den nächsten Tagen schwer beschäftigt wäre. Vollkommen idiotisch, weil ich eigentlich jede freie Minute für Kerstin brauche."

„Wie ist Spanisch ausgegangen?"

„Gar nicht. Die gute Dame hat geschwänzt."

„Na toll. Aber nimm es nicht zu tragisch. Kerstin ist ein tolles Mädchen, nur pubertiert sie wie verrückt. Da müsst ihr beide leider durch.“

Worschädl spürte, dass Sabine für tröstende Worte im Moment nicht sehr empfänglich war. Aber er interessierte sich nun einmal auch für die privaten Belange seiner Kollegin und versuchte sie zu unterstützen oder auch aufzuheitern, wenn sie wieder einmal allzu große Sorgen hatte.

„Ja, Robert, nur hilft mir das im Moment nicht weiter. Außerdem muss ich mich auf diese idiotische Sonderkommission konzentrieren. Wer weiß, was mich dort erwartet. Jedenfalls brauche ich dafür einen klaren Kopf.“

„Keine Frage. Rätselhaft bleibt nur, wie dich unser lieber Chef zur Ermittlungsleiterin in unserem Fall ernennen konnte, wenn er dich nur ein paar Stunden später für etwas völlig Neues braucht.“

„Typisch Schweitzer. Was er heute entscheidet, kann morgen schon ganz anders sein. Für Italien wirst du dir leider einen anderen Kollegen suchen müssen. “

Worschädl fiel auf, dass Schinagl beim letzten Satz nicht korrekt gegendert hatte. Inhaltlich hatte sie hingegen völlig Recht. Mit Zickzack-Sprüngen und spontanen sowie fragwürdigen Änderungen von Zuständigkeiten war bei Schweitzer immer zu rechnen.

Ärgerlich, dass Worschädl wegen dieser dubiosen Sonderkommission, für die er offenbar nicht in Frage kam, nun eine andere Begleitung brauchte. So ganz spontan fiel ihm aber kein einziger Kollege ein, mit dem er morgen eine längere Autofahrt absolvieren und inoffizielle, also unerlaubte Ermittlungen über die Bühne bringen wollte. Und er hatte keinesfalls vor, diesen Ausflug an die große Glocke zu hängen und dafür diverse Genehmigungen aus dem Ausland einzuholen.

Nein, Worschädl würde diese Ermittlungsfahrt als kleine, private Spritztour tarnen. Damit war auch völlig klar, wen er sich morgen für die Überquerung der Grenze zwischen dem kärntnerischen Arnoldstein und dem norditalienischen Tarvis an seiner Seite wünschte.

28

„Frau Schinagl, gestern hätte ich Sie noch in diesem schicken Krankenhaushemdchen empfangen müssen."

„Das stand Ihnen sicher gut, Herr Braunschweiger."

„Aber lange nicht so gut wie der Flanellpyjama, mit dem mir meine Frau vor einer Stunde das Dasein entscheidend erleichtert hat", meinte Braunschweiger und rückte sich den Verband an seinem Hals zurecht.

Weinrotes Flanell mit blauen Streifen. Brachte etwas Farbe in das nüchterne und funktionell eingerichtete Krankenzimmer auf der Abteilung für psychische Krisenfälle in der Nervenklinik der Stadt Linz.

„Ist doch völlig verrückt, dass sie mich gleich zu den Wahnsinnigen stecken", beschwerte sich Braunschweiger, der mit Schinagl am kleinen Esstisch nahe dem Fenster saß.

„Sie wollten sich suizidieren", erinnerte ihn Schinagl an die gestrigen Ereignisse.

„Quatsch! Ich und lebensmüde! Das passt hinten und vorne nicht zusammen. Kleine Krise, kurzer Aussetzer, mehr war das nicht. Wenn es nach mir geht, bin ich spätestens morgen nicht mehr hier."

„Das hängt von den Ärzten ab."

„Und dann?"

„Wird man Sie in die Justizanstalt überstellen."

„Weil Sie mich nach wie vor verdächtigen?"

„So lange, bis Sie uns das Gegenteil beweisen. Herr Braunschweiger, erzählen Sie mir, was Sie über Ihren stimmführenden Bratschisten wissen."

„Erstens, dass er sein Instrument wie ein mäßig intelligenter Landwirt spielte. Gediegen. Grob. Ohne Gefühl."

„Und abgesehen von seiner Bratsche ...?"

„... führte er dem Anschein nach ein zufriedenstellendes Eheleben, aus dem allerdings kein Nachwuchs spross, was ihm wiederum finanziell zugutekam, weil er sich im Gegensatz zu mir vom teuren Anzug über den Luxusurlaub und einem protzigen Auto so ziemlich alles leisten konnte."

„Wenn ich Ihnen jetzt sage, dass wir bei ihm einen größeren Betrag an Falschgeld gefunden haben?"

„Dann wundert mich das ganz massiv. Für mich war er ein Lulu, wenn Sie wissen, was ich meine. Kein Rückgrat, kein Profil, keine Eier in der Hose."

„Kein sehr freundlicher Befund."

„Kann sein. Aber eine bewusste Gesetzesverletzung hätte ich ihm nie zugetraut."

„Sie haben keine Ahnung, woher er das Falschgeld haben könnte?"

„Nicht die geringste. Vielleicht hat er es für jemanden aufbewahrt. Oder ist irgendwie in irgendwas hineingeschlittert. Aber aus eigenem Antrieb ... der Holl ... nein, sicher nicht."

„Einige Orchesterkollegen haben ausgesagt, dass Sie beim Einspielen als einer der Ersten die Bühne betreten haben, dann aber noch einmal weggegangen sind."

„Und Sie fragen sich, warum?"

„Und Sie haben hoffentlich eine Antwort."

„Ganz einfach. Noten vertauscht. Hatte statt Dvořák den Haydn auf meinem Notenpult."

„Wie kann das passieren?"

„Aus Nachlässigkeit. Simple Verwechslung. Also bin ich noch einmal zurück, um mir die richtigen zu holen."

„Hat Sie da jemand gesehen?"

„Höchstens eine Eintagsfliege. Menschen waren nicht am Gang."

„Schade. Damit können Sie nicht beweisen, dass Sie nicht zu Markus Holl gegangen sind."

„Was ja auch nicht den Tatsachen entspräche", stellte Braunschweiger klar.

„Moment. Heißt das, Sie sind bei ihm gewesen?"

„Nicht ganz. Nur vor seiner Tür. Im Vorbeigehen hörte ich von drinnen Stimmen. Und zwar ungewöhnlich laut."

„Er ist also nicht allein gewesen?"

„Mein Eindruck war, dass er sich mit jemandem gestritten hat."

„Und wer dieser Jemand war?"

„Entzieht sich meiner Kenntnis."

„Männlich, weiblich."

„Wie gesagt ... ich weiß es nicht."

„Und was war dann ...?"

„Dann habe ich mich gefragt, warum es mich jucken soll, wenn der stimmführende Bratschist das Einspielen versäumt. Also bin ich wieder auf die Bühne."

Falls das wirklich die Wahrheit war, hätte sie Braunschweiger ohne Weiteres auch schon früher präsentieren können. Aber vielleicht hatte er sich diese Version erst hier im Krankenhaus zurechtgelegt. Denkbar war sie allemal.

Weniger denkbar war das Übungszimmer, das Braunschweiger für seinen Aufenthalt in der Justizanstalt einforderte, als Schinagl das Krankenzimmer verließ. Auch seine Ankündigung, dass er dort täglich mindestens vier Stunden auf seiner Bratsche üben werde, hatte wenig Aussicht auf Verwirklichung.

War auch gut so. Braunschweiger musste bei den Mithäftlingen nicht gleich Minuspunkte sammeln.

Auf Minuspunkte drohte aber Sabine Schinagl zuzusteuern. Und das bei ihrem ersten Auftritt in dieser

Sonderkommission. Im allgemeinen Arbeitsschluss ging nichts ohne Stau und Stoßverkehr. Zwanzig Minuten Verspätung würden es auf alle Fälle werden.

Außer, sie klemmte sich das Blaulicht aufs Autodach. War nicht unbedingt erlaubt, aber eventuellen Beschwerden blickte die Kommissarin mit Gelassenheit entgegen. Schlimmer als ein Nachzipf in Spanisch würde es schon nicht werden.

29

Den Job hatte Elena nur angenommen, weil sie bei Gewittern bereits mehrere Eimer und Schüsseln brauchten, um das Wasser abzufangen, das durchs lecke Stalldach tropfte. Da nützte auch die Abdeckung nichts, die sie provisorisch über die kaputten Schindeln gelegt hatten, dachte Elena, während sie Handtücher in die Waschmaschine stopfte.

Sie konnte sich noch gut erinnern, wie verschmiert hier im Badezimmer die Fliesen und wie verstopft die Abflüsse waren, als sie nach ihrer Rückkehr ihre erste Dusche nahm. Unvorstellbar, wie ihr Bruder Lorenzo den Hof während ihrer Abwesenheit vernachlässigt hatte.

Zuerst musste sie die dicke Staub- und Dreckschicht entfernen, die sich im Wohnhaus, im Stall und in der Werkstatt gebildet hatte. Dann machte sie sich daran, die Zimmer im Wohnhaus zu streichen, mit Hilfe eines Malers die abblätternde Fassade zu erneuern und den in Wahrheit nicht mehr fahrtüchtigen Lieferwagen in die Werkstatt zu bringen. Auf die tropfende Waschmaschine setzte sie ihren Bruder höchstpersönlich an.

Zum Reparieren des Dampfbügeleisens konnte sich der Kerl aber nicht bequemen. Dabei sonderte es immer wieder viel zu viel Wasser ab, was unansehnliche Flecken verursachte, die man auch mit mehrfachem Bügeln nicht wegbekam.

Aber er sei nun einmal kein Elektriker, betonte er immer wieder. Was für Elena nicht zählte. Was auch immer mit Wasser zu tun hatte, gehörte für sie zum Installateurgewerbe. Und damit basta!

Aber mit seiner fragwürdigen Arbeitshaltung hatte dieser faule Sack seinen Betrieb derartig heruntergewirtschaftet, dass seine Auftragslage und damit sein Umsatz ein vernachlässigbares Ausmaß angenommen hatte. Und weil er nicht im Geringsten darauf erpicht war, seine Firma wieder auf Vordermann zu bringen, blieb Elena nichts übrig, als ihr Erspartes und ihr laufendes Einkommen in die Renovierung zu investieren.

Aber fürs Dach reichte es eben nicht mehr. Genau deshalb nahm sie den Auftrag für diese idiotische Entführung an. Immerhin ließ ihr Auftraggeber dafür satte dreitausend springen.

Ihr Bruder war von Anfang an dagegen. Eine so richtig kriminelle Handlung habe er noch nie begangen, dafür sei er nicht gebaut, außerdem wollte er seinen Couchplatz vor dem Fernseher nicht mit einer Gefängniszelle tauschen. Andererseits sah er ein, dass sie zu Geld kommen mussten, weil das lecke Stalldach auf die Dauer ein unmöglicher Zustand war.

Zugleich fragte er sich, wie seine Schwester überhaupt an Typen kam, die Handlanger für ein echtes Kidnapping engagierten. So etwas kannte man nicht in echt, sondern höchstens aus dem Fernsehen. Ob Elena überhaupt klar war, in welche Schwierigkeiten sie sich selbst und ihn damit bringen konnte? Wenn die Sache scheiterte und aufflog, würde er seine nächsten Jahre garantiert inmitten von Mördern und Pädophilen fristen!

Elena wiegelte ab, erzählte von einem Bekannten, der auf sie zugekommen sei. Redete die auf sie zukommende Aufgabe klein und erwähnte mit keinem Wort, dass sie über Vermittlung einer früheren Straßenstrichkollegin schon seit geraumer Zeit für ihren Auftraggeber tätig war. Als Kurier. Für den mittelitalienischen Raum. Verantwortlich für die Zustellung von Falschgeld an andere Kuriere. Zugleich musste sie die Blüten auch selbst unter die Leute bringen.

Das System war überhaupt nicht kompliziert: Man bestellt zehn Kilo Spaghetti (= zehntausend Euro), bezahlt aber nur sechs (= sechstausend Euro). Ergibt immerhin vierzig Prozent Gewinn, dessen Erreichung allerdings mit einem hohen Risiko verbunden war.

Wer aufflog, hielt ganz allein den Schädel hin. Von der Organisation im Hintergrund war keine Hilfe zu erwarten. Der Verrat von Hintermännern war nicht zu befürchten, weil weder Elena noch die anderen Kuriere ihre Auftraggeber kannten.

Man erhielt eine Nachricht oder einen Anruf, fuhr in ein kleines Ferienhaus, holte die dort bereitliegende Ware ab, überwies 60 Prozent des tatsächlichen Wertes auf ein anonymes Konto, machte sich an die Arbeit und war dabei nicht mit unnützem und gefährlichem Wissen belastet.

Deshalb durfte sie ihrem Bruder ja auch kein Sterbenswörtchen über ihren anonymen Auftraggeber erzählen. Sollte er ruhig meinen, dass sie ihre Kohle noch immer auf dem Strich verdiente, sagte sich Elena, füllte das Waschpulver und den Weichspüler ein, stellte den Drehschalter auf Kochwäsche und drückte den Einschaltknopf.

Als sich in diesem Moment ihr Handy mit dem Anruf einer unbekannten Nummer meldete, vermutete sie gleich, dass er es war.

„Pronto?"

„Buona sera. Come stai?" Ja, das war die volle, männliche und zugleich stets freundliche Stimme ihres Auftraggebers.

„Die Blinde macht Zicken. Nervt. Hält sich für was Besseres. Führt sich wie eine Prinzessin auf."

„Kann aber sein, dass die Prinzessin schon bald ein wenig leiden muss."

„Wieso leiden?“

„Steht euch eine Säge zur Verfügung?“

Elena verspürte deutliche Anzeichen von Übelkeit.

„Wieso eine Säge?“

„Habt ihr eine?“

„Wir haben alles, was Sie wollen.“

„Also ja?“

„Eine Säge ist vorhanden.“

„Dann besorgt euch bitte ausreichend Betäubungsmittel.“

Nächste Signale aus der Magengegend. Elena schluckte den plötzlich aufsteigenden, sauren Geschmack hinunter.

„Und was sollen wir damit?“

„Kann sein, dass ich von euch ihren kleinen Finger brauche.“

„Was? Wir sollen ihr den kleinen Finger ...?“

„Abschneiden, wegschnipseln, entfernen. Ein kleiner, schneller Schnitt. Ist doch hoffentlich kein Problem.“

„Nein, nein“, antwortete Elena schnell. „Das lässt sich sicher machen. Verursacht aber Extrakosten.“

„Darüber reden wir, wenn es wirklich so weit ist. Also haltet euch bereit.“

„Selbstverständlich. Jederzeit.“

Elena legte auf und hatte plötzlich das Gefühl, dass der Boden unter ihr nachgab. Nur nicht alles vollkotzen, sagte sie sich, hielt sich an der Waschmaschine mit der gemächlich kreisenden Trommel fest, hatte sich schnell wieder unter Kontrolle und hoffte inständig, dass Lorenzos alte Metallsäge noch funktionierte.

30

„Sind wir von der Via Dante Alighieri falsch abgebogen, Karoline?“

„Nein, wir sind vollkommen richtig, Bertl. Via Cadona, Strada Statale, und dann da vorne rechts.“

„Bist du dir sicher? Das Navi wäre für links gewesen.“

„Wem vertraust du eher? Dem Navi oder deiner Frau?“

In diesem Fall eher dem Navi, aber Worschädl war klug genug, so etwas nicht laut auszusprechen. Dabei hatte das intelligente elektronische Wundergerät sie problemlos an Salzburg und Villach vorbei ins Val Canale geführt. Direkt auf die Autostrada, die sich dominant und mächtig über die milchig-blau dahinfließende Fella spannte und die sie auf Anweisung der weiblichen Navi-Stimme bei Tarvis wieder verließen.

Bis dahin lief alles wie am Schnürchen, aber aus welchem Grund auch immer schien Karoline jetzt, knapp vor dem Ziel, das Vertrauen in das kleine, an der Windschutzscheibe angebrachte Kästchen verloren zu haben. Eventuell eine Konkurrenz unter Frauen, analysierte Worschädl anstelle von Karoline mit heimlichem Schmunzeln. Aber Ironie war jetzt nicht angebracht, weil sich gleich darauf herausstellte, dass seine Frau tatsächlich Unrecht hatte.

Trotz der auf ihrem Schoß ausgebreiteten Landkarte hatte sie es geschafft, sie entgegen der Hinweise des Navis auf eine Straße zu manövrieren, die sie in eine von nüchternen Gebäuden geprägte Gegend führte und mit der sie sich, bei aller Liebe, zielgerichtet von ihrem eigentlichen Ziel entfernten.

Auf seinen vorsichtigen Vorschlag, den Wagen zu wenden, ging sie erst nach mehreren Versuchen ein.

Worauf Worschädl zurück zur Strada Statale fuhr, sie überquerte und – diesmal wieder mit freundlicher Unterstützung der digitalisierten Damenstimme – in die Via Laghi einbog.

„Jeder Umweg erhöht die Ortskenntnis", brummte Karoline trotzig.

„Was so ein digitales Navigationsgerät natürlich nicht begreifen kann", antwortete Worschädl.

„Aber warte ab, wenn diese Dinger erst einmal selbstständig denken können und auf Zuruf reagieren."

„Bessere Umwege als du werden sie trotzdem nicht zu Stande bringen."

„Bertl, danke für das Kompliment", antwortete Karoline und grinste.

„Gern geschehen, Karoline."

Wie zur Bestätigung empfahl ihnen die Navi-Stimme in diesem Moment, noch vier Kilometer der Straße zu folgen.

„Na bitte, so was von einfallslos", belustigte sich Karoline.

„Langweiliger geht's nicht mehr", bestätigte Worschädl, beugte sich nach vor zum Navi und schaltete es demonstrativ aus.

Zufriedenes Lächeln bei Karoline.

„Ärgerst du dich noch über diese Sonderkommission, Bertl?"

„Aber nein, das hab ich schon längst abgehakt."

„Abgehakt sieht für mich anders aus. Bei deinem Telefonat vorhin mit Sabine warst du ziemlich eingeschnappt."

Du meine Güte, Psychotherapeuten, dachte sich Worschädl, als er bei einem Hinweisschild zum *Bella Vista* nach rechts abbog. Die lassen einfach nicht locker, bis du mit dem herausrückst, was du dir wirklich denkst.

„Also gut: Mich macht es wahnsinnig, dass dieses Arschloch von Schweitzer aus heiterem Himmel einfach meine Kollegin abzieht."

„Und du ärgerst dich auch über Sabine?"

„Natürlich macht es mich nicht glücklich, dass sie das einfach akzeptiert."

„Da haben wir's."

„Was haben wir denn, Karoline?"

„Du bist beleidigt", brachte sie es auf den Punkt.

„Was? Wieso soll ich beleidigt sein."

„Weil ein weibliches Wesen einen Bertl Worschädl nicht so einfach im Stich zu lassen hat."

Jetzt musste Worschädl schmunzeln.

„Treffer?", setzte Karoline nach.

„Eventuell. Vielleicht. Wahrscheinlich", antwortete Bertl und legte einen niedrigeren Gang ein.

„Kannst du mir den Sinn und Zweck dieser Sonderkommission erklären?"

„Cyberattacke im Finanzressort. Von einem Konto wurden angeblich 300.000 Euro abgezweigt."

„Na bravo. Und verantwortlich dafür ..."

„... ist letzten Endes Stadtrat Sedlak. Aber Achtung, Top Secret. Also kein Wort an die Presse!"

Karoline musste unwillkürlich lächeln: „Ich stelle gerade fest, dass ich es mag, wenn Sedlak Probleme hat."

„Schadenfroh?"

„Und wie! Dem vergönne ich das richtig. Und dir ist hoffentlich bewusst, dass diese Sonderkommission auch etwas Gutes hat."

„Da bin ich aber neugierig."

„Du hast nicht Sabine, sondern mich an deiner Seite. Und ich komme zum ersten Mal in meinem Leben zu den Laghi di Fusine. Wir sind da!"

Sie stiegen am Parkplatz vor dem *Bella Vista* aus dem Auto, waren weitaus besser gelaunt als noch vor wenigen Minuten und stellten fest, dass der Hotelname absolut berechtigt war. Von der Terrasse mit mehreren Tischen und Sonnenschirmen hatte man einen herrlichen Ausblick auf das dunkelgrüne Wasser des kleinen, von Wald umsäumten Sees und die Nordwand der sogenannten Mangartgruppe.

Die freundliche Besitzerin, die ihnen persönlich einen Kaffee servierte, konnte sich noch gut an Markus Holl und dessen ‚Gattin' erinnern. Die seien ja erst vor wenigen Wochen hier gewesen.

Ob Herr Holl einmal ganz alleine mit dem Auto weggefahren war, konnte sie weder bejahen noch verneinen, aber nach ihrem Eindruck steckten die beiden ununterbrochen zusammen und verbrachten die meiste Zeit im Zimmer.

Die Hotelbesitzerin klärte Karoline darüber auf, dass es zwischen den beiden Seen zwar eine unterirdische Verbindung gab, dass man sie jedoch nicht umrunden konnte. Deshalb empfahl sie ihr eine Wanderung zu einer malerisch gelegenen Hütte. Die führe durch mittelsteiles Waldgelände und nehme nicht allzu viel Zeit in Anspruch. Währenddessen könne ihr Gatte in aller Ruhe seinen Erledigungen im nahegelegenen Camporosso nachgehen.

Etwa so hatten sich die Worschädls ihren Tagesablauf auch vorgestellt. Um exakt 12 Uhr 22 tauschte Karoline am Parkplatz des *Bella Vista* ihre Ballerinas gegen Wanderschuhe, schnallte sich ihren kleinen Rucksack um, gab Worschädl einen Abschiedskuss und marschierte los.

Der Kommissar machte sich hingegen auf den Weg zur Via Duomo 88 in Camporosso und hatte vor, möglichst bald wieder zurück zu sein. Auf jeden Fall würde er sich per Handy melden. Sollten alle Kommunikationsstricke reißen, würde der späteste Treffpunkt um 16 Uhr hier am Parkplatz sein.

Nach ihren ersten Schritten drehte sich Karoline noch einmal um und winkte dem Wagen nach, der mit ihrem Bertl hinter einer Biegung verschwand. Er hatte es für besser befunden, sie über sein Vorhaben in Camporosso nicht einzuweihen. Aber er hatte ihr hoch und heilig versprochen, keinerlei Risiko einzugehen und mit heiler Haut zurückzukommen.

Ihr war es nur recht, dass sie inzwischen die herrliche Luft genießen konnte, die hier, am spiegelglatten ruhigen Wasser wie frisch gewaschen roch. Im Gehen blitzte ihr der unselige Stadtrat durch den Kopf, außerdem die sympathisch chaotische Sabine Schinagl, und dann auch noch der sozial leider völlig untalentierte Schweitzer.

Eigentlich erstaunlich, dass Bertl trotz der ständigen Untergriffe seines Chefs meistens einen halbwegs ausgeglichenen Eindruck machte. Einerseits war Karoline sehr froh, jetzt ganz allein zu sein, andererseits freute sie sich schon wieder auf den Augenblick, wenn Bertl spätestens um 16 Uhr aus dem Auto steigen würde.

Zu diesem Zeitpunkt konnte Karoline noch nicht wissen, dass ihr Mann weder um 16, 17 oder 18 Uhr zurückkehren würde. Genauso wenig ahnte sie, dass ihr eine quälende Nacht bevorstand, in der sie als unvorhergesehener Gast des bezaubernden, hauptsächlich aus Holz erbauten Hotels *Bella Vista* vergeblich auf den von ihr geliebten Grantler warten würde.

31

Vom kleinen Ort Camporosso mit seiner beliebten Wallfahrtskirche am Monte Lussari wusste Worschädl nur, dass die Bevölkerung dort nicht italienisch, sondern vorwiegend slowenisch sprach. In einem besonderen Dialekt. Das ging auf die Zeit vor dem Ende des Ersten Weltkriegs zurück, in der diese Gegend noch zu Österreich und zum slowenischen Teil seines südlichsten Bundeslandes Kärnten gehörte.

Aber persönlich machte Worschädl mit dieser sprachlichen Besonderheit keine Bekanntschaft, weil er die Via Duomo dank seines Navis auch ohne verbalen Informationsaustausch mit der hier einheimischen Bevölkerung erreichte. Es lotste ihn auf einer schmalen Landstraße am Ortskern vorbei, führte ihn über mehrere Abbiegungen in den nördlich gelegenen Teil und leitete ihn durch eine Ansammlung von schmucken Einfamilienhäusern und gepflegten Gärten. Bis die Besiedelung immer dünner wurde. Am Rand eines Wäldchens hatte er schließlich sein Ziel erreicht.

Erst beim Aussteigen erkannte Worschädl das verwittert wirkende Hinweisschild mit der verblassten Ziffer 88, das in einen schmalen, mit einem Schranken versehenen Feldweg zeigte, der sich zwischen den Bäumen verlor.

Worschädl holte die Glock aus dem Handschuhfach, steckte die Waffe in seinen Hosengürtel, vergewisserte sich, dass er sein Handy in der Jackentasche hatte, und startete seine kleine, inoffizielle Ermittlungstour.

Einige Schritte später erreichte er eine Lichtung, auf deren rechter Seite ein kleines, nüchtern gehaltenes Wochenendhäuschen stand. Konnte durchaus sein, dass der untere Teil der Fassade etwas einnehmender aussah, aber das ließ sich nicht abschätzen, weil das Gebäude von einem zwei Meter hohen, blickdichten, hell gestrichenen Holzzaun umgeben war. Wie eine kleine Festung. Ganz so, als wollte sich da jemand nicht in die Karten sehen lassen.

Worschädl blieb stehen und horchte. Vogelgezwitscher. In der Ferne das Knattern eines Traktors. Dazu der Geruch von feuchtem Moos und nassem Gras. Aber keine Stimmen. Keine menschlichen Geräusche.

Das passte zu den geschlossenen Fensterläden, deren obere Teile Worschädl über den Zaun noch sehen konnte. An der ebenfalls blickdichten Gartentür neben einer geschlossenen Garage gab es kein Namensschild, aber eine Türglocke. Die schlug deutlich vernehmbar an, lockte aber auch nach zwei Minuten niemanden aus dem Haus.

Natürlich soll man sich als österreichischer Kriminalbeamter in Italien nicht ohne offizielle Befugnis Zutritt auf ein fremdes Grundstück und in das dazugehörige Haus verschaffen. Wenn aber gleich neben der Garageneinfahrt ein Hackstock von nahezu idealer Größe steht, muss man schon sehr hartgesotten sein, um der Versuchung zu widerstehen.

Während Worschädl den Hackstock zur Gartentür rollte, stellte er sich vor, dass sich auf einer der Fichten und Lärchen am Waldrand ein Jagdstand befand, von dem ihn ein Waidmann gerade durchs Fernglas beobachtete. Und während er auf den Hackstück und dann über die Gartentür kletterte, malte er sich aus, wie dieser Jäger gleich abdrücken und ihm eine Ladung Schrot in den Hintern pfeffern würde.

In Wahrheit setzte der Kommissar auf der anderen Seite des Zauns völlig unbeschadet auf. Mit einem Telemark, den jeder Punkterichter auf jeder Sprungschanze mit der Höchstnote bewertet hätte.

Lage sondieren. Ganz und gar schnörkelloses Haus. Keine Blumenkistchen an den Fenstern. Keine Gartengarnitur mit Holzkohlen- oder Gasgriller. Auf dieser Seite die verschlossene Haustür und drei Fenster mit geschlossenen Läden, von denen sich gleich der erste mit einem Taschenmesser problemlos öffnen ließ.

Worschädl spähte durchs Fenster, konnte aber nichts erkennen. Wie es der Zufall wollte, machte sich plötzlich sein Ellbogen selbständig, und zwar so kraftvoll, dass er die Scheibe durchschlug. Worauf dann auch noch Worschädls rechter Arm wie von selbst durch die kaputte Scheibe rutschte, innen fast automatisch nach dem Griff suchte, an ihm drehte, und siehe da, völlig ohne willentliches Zutun ging plötzlich das Fenster auf, was als eindeutige und nahezu herzliche Einladung zu verstehen war.

So sieht es also aus, wenn ein Haus seinem Gast die Pforten öffnet. Den Affront, dieser großzügigen Geste nicht nachzukommen, wollte Worschädl nun wirklich nicht begehen. Wenn er schon so freundlich willkommen geheißen wurde, gab es kein draußen mehr, dann musste er da rasch hinein.

Jene Person, die in einem dunklen Winkel der Stube stand, welche Worschädl sogleich betreten sollte, sah zuerst dessen linkes Bein. Wie es sich durchs Fenster schob, über den Fuß Kontakt mit dem Boden aufnahm und dann den dazugehörigen Körper nach sich zog, bis endlich ein ganzes Mannsbild im Raum stand, das die ersten Eindrücke hoch wachsam auf sich wirken ließ. Den geschmacklosen Plastiktisch mit vier ebensolchen Stühlen. Die darüber hängende, charakterlose Lampe. Den Null-acht-fünfzehn-Schrank aus billigem

Fichtenholz. Den einfachen Ofen mit vier Holzscheiten daneben.

Alles ausschließlich funktional, dachte sich Worschädl. Lieblos, nüchtern, absolut nichts Persönliches. Auffällig waren hier nur die beeindruckenden Stapel an Geldscheinen, die neben- und aufeinandergereiht auf dem Plastiktisch lagen. Und die plötzlich von einem Luftzug aufgescheucht wurden, in Bewegung kamen und durch die Stube segelten.

Ein kleiner Wirbelsturm aus über- und durcheinander flatternden Fünfzigern und Hundertern.

Selbstverständlich war dem Kommissar Robert Worschädl in dieser Sekunde klar, dass kein Mensch dieser Welt so viel Geld unbeaufsichtigt und quasi zur freien Entnahme herumliegen lässt. Nein, das musste gerade jetzt hier aufgestapelt worden sein. Mit hundertprozentiger Sicherheit war er also nicht allein im Haus und vielleicht nicht einmal in diesem Raum. Diese Erkenntnis hielt ihn davon ab, auch noch den Rest der Stube zu inspizieren und animierte ihn, sich blitzschnell umzudrehen.

Zu spät.

Genau um dieses eine Quäntchen.

Der erste Schlag krachte auf seine Schädeldecke und löste Schmerzwellen durch den gesamten Körper aus.

Der zweite explodierte mit einer derartigen Wucht an seiner linken Schläfe, dass er sein Gleichgewicht verlor und in Richtung des Ofens taumelte.

Der dritte fetzte in seine Kniekehlen und brachte ihn endgültig zu Fall.

Zuerst sackte Robert Worschädl auf die Knie. Dann kippte er zur Seite und schlug auf dem nackten Boden auf. Holzdielen, dachte er verbissen, während er im Liegen gegen die aufziehende Ohnmacht kämpfte. Lärche rustikal, dunkle Astlochflecken noch und nöcher, sagte er sich beim letzten Versuch, die Augen offenzuhalten.

Wer, verflucht, war verantwortlich für diesen Angriff aus dem Hinterhalt? Der Bratschist Gernot Braunschweiger, der eigentlich zum stimmführenden Bratschisten aufsteigen sollte, dem aber der ermordete Markus Holl vorgezogen wurde und der nach wie vor in U-Haft saß? Die betrogene und zutiefst enttäuschte Ehefrau des Toten, die am Abend des Mordes vielleicht doch nicht die ganze Zeit am Segelflugplatz gewesen war? Oder der gehörnte und womöglich vor Eifersucht rasende Süditaliener Antonio?

Mit seinem Ohr am Fußboden vernahm Worschädl leise Schritte. Jemand entfernte sich. Genauso wie sich der Kommissar entfernte. Nämlich in Richtung Finsternis. Ja, es war, als ob jemand den Dimmer rasant in Richtung „dunkel“ drehte. Bis dem Kommissar nahezu das gesamte Licht ausging. Bis auf das leise Flackern einer letzten, kleinen Flamme.

32

Wirklich äußerst ärgerlich, dass ihn sein Schmiss schon wieder juckte. Das kam vom Stress. Aber obwohl der 48-jährige Finanzstadtrat Raimund Sedlak auch jetzt, im Heck seines Dienstwagens, nach einem hitzigen Telefonat mit dem aufgebrachten Bürgermeister, unter Hochstrom stand, hielt er sich zurück und kratzte sich eben nicht an jener Narbe, die seit einer studentischen Mensur in jungen Jahren seine rechte Wange zierte.

Eigentlich wäre für einen kurzen Abstecher nach Hause keine Sekunde Zeit gewesen, aber bei seinem Auftritt vor der Sonderkommission hatte er sein Hemd derartig durchgeschwitzt, dass er unbedingt kurz unter die Dusche musste. Die Hyperaktivität seiner Schweißdrüsen wies genauso wie die Reizbarkeit seines Schmisses auf seinen enorm angespannten Zustand hin.

Dazu kam die Anstrengung, die es ihn kostete, seine Nervosität so gut wie möglich zu kaschieren. Er hatte nicht vor, irgendjemandem auch nur einen winzigen Einblick in seine Befindlichkeit zu gewähren. Weil Sedlak dafür bekannt war, dass ihn nichts so schnell aus der Ruhe brachte. Ein Sedlak steht seinen Mann, der zieht seine Sache durch, der ist durch und durch ein Siegertyp.

Deshalb wollte der Finanzstadtrat heute auch offensiv und abgebrüht wirken, als er den Polizisten und Kriminalbeamten gegenübertrat.

„Da draußen, werte Kolleginnen und Kollegen, hat uns jemand im Visier. Irgendwelche miese Kreaturen aus dem virtuellen Raum haben es auf uns abgesehen. Diese Verbrecher, die eiskalt 300.000 Euro von unseren Konten abräumen und Steuergelder einkassieren, sind aber ganz wirklich und real. Aber genau das sind wir auch. Und wir werden diesen Abschaum fassen. Ab sofort wird ihre Spur rund um die Uhr verfolgt. Ja, werte Kollegen, Sie haben schon richtig verstanden: Wir ermitteln Tag und Nacht!“

An den betroffenen und nachdenklichen Gesichtern der Beamten konnte Sedlak erkennen, dass sie im Begriff waren, den Ernst der Lage zu begreifen. An sich selbst stellte er fest, dass sich an den Hemdsärmeln unter seinen Achseln spürbar dunkle Flecken bildeten und sein Schmiss wie Feuer brannte.

Die Schnittverletzung hatte ihm ein Freund aus der schlagenden Burschenschaft zugefügt. Ein ehrenwerter Akt, der Sedlaks endgültige Aufnahme in jenen erlesenen Männerkreis besiegelte, der stolz darauf war, in manchen linken Medien immer wieder wegen nationalsozialistischer Tendenzen und Äußerungen angeprangert zu werden. Außerdem der Auftakt für dieses immer wiederkehrende Jucken, das sich gerade in emotional herausfordernden Situationen verlässlich meldete und ihm gehörig auf die Nerven ging.

Aber auch wenn seine rechte Hand unbedingt zur rechten Wange fahren und die Narbe kratzen wollte, konnte sich Sedlak beherrschen. Keiner der Beamten sollte ihm anmerken, dass es bei dieser leidigen Angelegenheit in Wahrheit genau um einen Kopf und einen Kragen ging, und das war seiner.

Es war sein Verantwortungsbereich, in dem die Cyberkriminellen eine Sicherheitslücke entdeckt und überwunden hatten. Niemand anderer als Sedlak selbst war der Hauptzuständige für jene Mitarbeiter, die ganz offensichtlich etwas nicht bedacht, zu wenig beachtet oder einfach übersehen hatten.

Das alles ging dem Finanzstadtrat durch den Kopf, während er eine kurze rhetorische Kunstpause einlegte, um dann mit deutlich gedämpfter Stimme fortzufahren.

„Noch etwas. Ich hoffe, allen ist klar, dass darüber kein einziges Sterbenswörtchen an die Presse dringen darf. Ich erwarte von Ihnen also absolute Loyalität. Haben Sie das gut verstanden? Falls jemand von Ihnen die Medien gerne mit Informationen füttert, verlässt er am besten jetzt den Raum."

Kunstpause. Kleines, nahezu entrüstetes Murmeln. Alle blieben, keiner ging.

„Na gut. Fein. Dann ist wohl allen bewusst, dass ich Sie beim kleinsten Fehlverhalten eigenhändig in den Boden ramme", fügte Sedlak mit sanftem Lächeln und freundlicher Stimme hinzu. „Ganz abgesehen davon, dass Sie dann bei uns von einer Sekunde auf die andere nichts mehr verloren hätten. Nur damit alle wissen, was die Konsequenzen wären."

Selbstverständlich wussten sie es alle. Vom stellvertretenden Bezirkspolizeikommandanten Stefan Schweitzer bis zu der in letzter Sekunde hereingekommenen Kriminalkommissarin Sabine Schinagl war den zwölf anwesenden Beamten völlig klar, dass Finanzstadtrat Sedlak keinen Moment zögern würde, einen „Verräter" in den Arsch und zur Tür hinaus zu treten.

„Also gut, werte Kollegen. Ab sofort herrscht für Sie alle ausnahmslos absolute Nachrichten- und Urlaubssperre! Und jetzt los! High Priority!"

Sedlak war durchaus daran gelegen, einen Hauch von amerikanischer FBI-Stimmung zu erzeugen, deshalb setzte er ans Ende seiner Ansprache ganz bewusst das „High Priority" anstelle des weitaus sperrigeren und harmloser klingenden „höchste Priorität“. Zugleich war er überzeugt davon, den Mitgliedern der Sonderkommission ausreichend Respekt beigebracht zu haben. Von den acht Männern und vier Frauen würde sich garantiert niemand dazu hinreißen lassen, hinter seinem Rücken mit den Medien in Kontakt zu treten.

Diese Hosenscheißer werden schweigen wie ein Grab, die werden spuren und parieren, denen geht schon jetzt vor lauter Angst ein Tröpfchen in die Hose, dachte Sedlak, als der Chauffeur vor seinem dreihundertfünfzig Quadratmeter großen Haus anhielt.

Noch im Wagen entriegelte Sedlak seine Haustür, indem er über sein Tablet wischte, dann stieg er aus, schaltete beim Eintreten mit einem nächsten Wischer das Licht im Flur ein und eilte die Stiege hoch, die zum Badezimmer im oberen Stockwerk führte.

Gut, dass in diesem verschlafenen und abgewirtschafteten Magistrat endlich ein eiserner Besen kehrt, sagte er sich, als er aus seinem Gewand schlüpfte und sich unter die Dusche stellte. Und gut, dass ich diese „Task Force“ aufgestellt und perfekt im Griff habe.

Sedlak hatte nämlich nicht die geringste Lust, sich seinen erfolgreichen Durchmarsch vom dreifachen Würstelstand-Pächter in die oberste Riege der Stadtregierung von dieser ordinären Journaille verderben zu lassen. Diese Reporter würden von dem Cyberangriff erst erfahren, wenn er, Sedlak, persönlich vor die Presse treten und von einer fulminanten Aufdeckung dieser Attacke gegen sein Linz, sein Oberösterreich und seine Heimat berichten konnte. Bevor die nach etwaigen Fehlern in seinem Ressort suchten, würde er ihnen eine Erfolgsstory erster Güte liefern und damit seinen Ruf als aufrichtiger, schlagkräftiger und volksnaher Politiker festigen.

Sehr lästig, dass jetzt das Handy läutete, wo das warme Wasser doch gerade so wohlig auf seine Haut prasselte und den Schweißgeruch von seinem Körper spülte.

„Sedlak, was gibt's?"

„Spreche ich mit Finanzstadtrat Raimund Sedlak?"

Weibliche Stimme. Angenehm.

„Richtig. Mit wem habe ich das Vergnügen?"

„Monika Kamm von der Oberösterreichischen Tageszeitung. Nur eine schnelle Frage: Ist es richtig, dass es in Ihrem Ressort ganz aktuell erhebliche Schwierigkeiten gibt?"

Sedlak, tropfnass und nackt unter der abgedrehten Dusche, musste unwillkürlich schlucken.

„Interessant, Frau Kamm. Das höre ich zum ersten Mal."

„Tatsächlich? Dann scheinen Sie über die Zustände in Ihrem Bereich nicht besonders informiert zu sein."

„Ich glaube nicht, dass Sie das beurteilen können. Ich bin mit meinen Mitarbeitern in ständigem Kontakt."

„Sehr gut, Herr Stadtrat. Dann können Sie mir sicher etwas über die 300.000 Euro erzählen, die nach einer Attacke aus dem Internet von einem Konto der Stadt Linz verschwunden sind."

Widerlich, wie schnell sich Sedlaks soeben frisch geduschte Poren wieder öffneten. Und wirklich schlimm, wie sehr sein Schmiss schon wieder juckte. „Keine Ahnung, wovon Sie reden."

„Wie bitte? Meinen Sie das im Ernst? Sie wollen wirklich keine Ahnung haben?"

Das klang gefährlich. Achtung Falle. Aber mindestens genauso heikel wäre es, mitten im Gespräch umzuschwenken und etwas ganz anderes zu behaupten. Also blieb Sedlak bei seiner Darstellung der Dinge.

„Nein, nicht die geringste.“

„Na gut. Ganz wie Sie meinen. Dann werde ich das genau so schreiben. Auf derselben Seite werde ich für unsere Leser allerdings auch von der Sonderkommission berichten, die angeblich auf Ihre Initiative hin zur Aufklärung der Cyber-Attacke einberufen wurde. Wird spannend, wie Sie das erklären, wenn doch gar nichts gewesen ist. Schönen Tag noch, Herr Stadtrat. Wiedersehen.“

Aufgelegt.

Sedlak ließ die Hand mit dem Handy sinken, während die andere wie automatisch nach oben fuhr.

Zu seinem Schmiss, der jetzt juckte wie noch nie.

Sich aber nicht wirklich kratzen ließ.

Dazu war sein Gesicht zu nass.

Vom kalten Schweiß.

33

Ein Schlag mit einem Scheit aus Buchenholz ist keine Kleinigkeit. Noch dazu, wenn er das Schädeldach genau an der heiklen Nahtstelle zwischen Stirn- und Scheitelbein traktiert. Das erschüttert nicht nur das Gehirn, sondern verursacht mitunter gefährliche Biegungs-, Berstungs- oder Scharnierbrüche, die das Opfer gar nicht so selten in lang anhaltende, womöglich nicht mehr behebbare, komatöse Zustände versetzen.

Aber die Schädeldecke des Kriminalhauptkommissars Robert Worschädl musste mit besonders widerstandsfähigen Knochen ausgestattet sein, weil sie nach der hinterhältigen Attacke in einem Ferienhäuschen im italienischen Camporosso weder Risse noch Frakturen aufwies.

Allerdings lieferte sie Schmerzimpulse von einer Heftigkeit, wie sie in Worschädls Leben zum Glück noch nicht oft vorgekommen war. Als ob jemand mit einem Spitzhammer von innen gegen die malträtierte Stelle klopfte.

Worschädls Aufstöhnen galt aber auch dem Umstand, dass ihm, der noch immer bäuchlings auf dem Stubenboden lag, die Arme gerade mitleidlos auf den Rücken gebogen und dort mit Handschellen fixiert wurden.

Dabei hätten die italienischen Kollegen schon alleine wegen der sogenannten Hutkrempenregel erkennen müssen, dass seine Kopfverletzung (oberhalb der Hutkrempe!) mit größter Wahrscheinlichkeit durch Fremdeinwirkung verursacht wurde. Aber auf eine genauere Analyse etwaiger Tatvorgänge schienen diese Wald- und Wiesencarabinieri nicht den geringsten Wert zu legen.

Da vertrauten sie lieber einem mit Rucksack und Gehstöcken ausgestatteten Wiener Wanderehepaar, das bei ihrem unbekümmerten Durchschreiten norditalienischer Wald- und Wiesenflächen auf genau jene Lichtung gestoßen war, wo vor ihren Augen ein ihnen unbekannter Mann die Fensterscheibe eines Ferienhäuschens einschlug und danach in das Haus eindrang.

Kühlere Wiener Gemüter hätten sich die Mühe, angesichts dieses Vorfalls die Exekutive zu verständigen, erst gar nicht angetan. War doch nicht ihre Angelegenheit, wenn der Einbrecher diese offenbar unzureichend abgesicherte Bude ausräumte beziehungsweise demolierte. Sicherheitsschlösser konnte man heutzutage wirklich in jedem Baumarkt kaufen. Und stabile Fensterläden hätten ebenfalls nicht geschadet. Außerdem würde kein vernünftiger Mensch in dieser Abgeschiedenheit größere Wertgenstände aufbewahren. Flohmarktsachen, altes Werkzeug, kitschiger alpenländischer Wandschmuck – viel mehr würde hier ohnehin nicht zu holen sein. Vielleicht würde der Hausbesitzer aus diesem Vorfall lernen, dass man nicht am falschen Ende sparen durfte.

Diese speziellen Wiener waren jedoch aus engagierterem Holz geschnitzt. Für sie beide stand fest, dass man diese Angelegenheit nicht einfach auf sich beruhen lassen konnte. Während er, von Berufs wegen Innenarchitekt, vorschlug, den Delinquenten sofort zu stellen und zu verscheuchen, bestand sie, eine Kinderkrankenschwester, darauf, die weitere Vorgangsweise den Profis zu überlassen.

Dank seines technischen Talents schaffte es der Innenarchitekt, auf seinem mit dem Internet verbundenen Smartphone innerhalb von nicht einmal einer

Minute die Telefonnummer der Polizeistation in Tarvis herauszufinden.

Die letzte diesbezügliche Aufgabe der Wiener bestand darin, den nach zwanzig Minuten anrückenden Beamten mitzuteilen, dass inzwischen ein silbergraues Auto, das offenbar hinter dem Haus parkte, sehr eilig abgefahren war. Die Insassen hatten sie wegen der abgedunkelten Scheiben leider nicht erkennen können.

Genauso wenig war das Erkennen der Automarke und das Ablesen der Nummernschilder möglich gewesen. Wegen eklatanter Kurzsichtigkeit sowohl bei ihr als auch bei ihm. Wahrscheinlich hatte ihre Liebesbeziehung mit einer Begegnung beim Optiker begonnen.

Inzwischen hatten sich beide ihre Brillen aufgesetzt, weil sie sich den Anblick des von ihnen entdeckten Verbrechers nicht entgehen lassen wollten, der gerade von zwei uniformierten Beamten aus dem Haus geführt wurde. Du meine Güte, so wie dieser rundliche, durchaus seriös gekleidete Bandit ständig „No, momento, sono collega, sono polizia" in die Gegend plärrte, musste das ein waschechter Österreicher sein. Und ein ausgebuffter noch dazu. Lässt sich bei einer Diebestour erwischen und behauptet ernsthaft, selbst ein Polizist zu sein.

Aber darauf stiegen die Italiener in keiner Weise ein. Im Gegenteil packten sie nur noch härter zu und zerrten ihn ziemlich grob zum Einsatzwagen. Aber dieser Gauner versuchte es gleich noch einmal und insistierte, dass sein Name Robert Worschädl sei, dass er im oberösterreichischen Linz wohne und dass er den Kollegen gerne die Telefonnummer seiner Dienststelle geben könne.

Das Interesse für diese Ausführungen hielt sich bei den Carabinieri in Grenzen. Mit seinem Ausweis, seinem Handy, seiner Glock und seiner Geldtasche war auch die Identität des Verhafteten verschwunden, und deshalb war er für sie ein ganz normaler Einbruchsdieb, um dessen Anliegen sich frühestens *domani* ein *tedesco* sprechender Kollege kümmern konnte. Deshalb durfte sich Worschädl auf eine Gefängniszelle im *Carabinieri Comando Compagnia Tarvisio* und eine Nacht mit echter italienischer Gastlichkeit freuen.

Etwa so übersetzte die Wanderin ihrem Partner die Worte, mit denen die Carabinieri diesen Gauner in ihren Wagen schoben, zu ihnen herüber grüßten und schließlich losfuhren.

„Wie will der geheißen haben?", fragte der Innenarchitekt, als wieder Ruhe eingekehrt war.

„Worschädl. Robert Worschädl", antwortete die Kinderkrankenschwester.

„Wenn der Worschädl heißt, darfst du mich ab jetzt Zipflhuber nennen", grinste der Wanderer aus Wien, ergriff die Hand seiner Gefährtin und verließ mit ihr die Lichtung.

34

Im zackigen, ganz und gar nicht entspannten Schwung von Schweitzers Schritten steckte jede Menge Zorn. Wie ein Soldat in Angriffslaune. Ohne Rücksicht auf Verluste. Das zeigte sich schon bei der Abzweigung, die er zu bewältigen hatte, um vom Gang seines Büros in jenen einzubiegen, der zu Worschädls Arbeitsplatz führte.

Abbiegen in einem gestochenen rechten Winkel und dann sofort wieder volle Kraft voraus. Wenn man da als weibliche anatolische Reinigungskraft gerade gedankenverloren Boden wischte und nicht augenblicklich zur Seite sprang, konnte es durchaus passieren, dass einem jene Kaffeemaschine, die Schweitzer unter seinen Arm geklemmt hatte, ungebremst in die Hüfte krachte.

„Lanet bok!", entfuhr der Reinigungsdame ein herber Fluch in ihrer Herkunftssprache.

„Oh, Verzeihung, hab ich Ihnen ...", bemühte sich der stellvertretende Bezirkskommandant um eine Entschuldigung.

„Überhaupt nicht, kein Problem." Die Reinigungsdame versuchte ein Lächeln, konnte ihre Schmerzen aber nicht verbergen und griff sich an die Hüfte.

„Keine gröberen Verstauchungen, Prellungen oder gar Knochenbrüche?", fragte Schweitzer mit einem scherzhaften Augenzwinkern.

„Nein, wirklich nicht, Herr Bezirkspolizeikommandant."

„Sehr gut. Beim nächsten Mal achten Sie bitte genauer auf den Querverkehr", schloss Schweitzer dieses Aufeinandertreffen ab und setzte seinen Weg zu Worschädls Büro fort.

Immerhin hatte die gute, aus der Türkei stammende Dame trotz der Aufregung nicht darauf vergessen, ihn mit „Herr Bezirkspolizeikommandant" anzusprechen. Diese Anrede hatte er sich von all jenen ausgebeten, die nicht zum ermittelnden Personal gehörten. Bei jemandem wie Worschädl hätte das natürlich wieder ein süffisantes Lächeln ausgelöst, aber dass man den ihm zustehenden Titel im normalen Arbeitsalltag um das sperrige „stellvertretender" entschlacken musste, stand für Stefan Schweitzer fest.

Außerdem hatte er den Bezirkskommandanten so gut wie in der Tasche. Immerhin war ihm vom Chefredakteur der wichtigsten Tageszeitung der Region ein Artikel über seine großartigen Verdienste zur Stärkung des allgemeinen Sicherheitsgefühls in Aussicht gestellt worden. Als kleine Gegenleistung für den Geheimtipp zu Stadtrat Sedlaks finanziellen Turbulenzen. Niemand würde je erfahren, dass es Schweitzer war, der Sedlak verpfiffen und eine äußerst heikle Information nach außen getragen hatte.

Nach Schweitzers Dafürhalten konnte man bei einem unsympathischen Zeitgenossen wie diesem Sedlak für eine kleine Gefälligkeit ruhig einmal eine Indiskretion begehen. Das hatte sich dieser Pfau schon alleine für die Art und Weise verdient, mit der er über Schweitzers Kopf hinweg von einem Augenblick auf den anderen diese Sonderkommission ins Leben rief. Ein derart ungenierter Zugriff auf Schweitzers Ressourcen hatte sich auf alle Fälle eine Retourkusche verdient. Dafür durfte er von der Presse gerne an die Wand genagelt werden.

Der nächste Kandidat, den Schweitzers rächender Arm treffen würde, war niemand anderer als Kollege Worschädl, der sich doch tatsächlich über eine nicht anwesende Kaffeemaschine mokierte. Und diesem seinem mit Abstand präpotentesten Ermittler würde er in etwa zehn Sekunden mit der vollen Wucht seines aktuellen sowie bevorstehenden Amtes diese Kaffeemaschine auf den Tisch knallen. Ein funkelnagelneues Gerät! Um sündteure 249 Euro!

Denn natürlich war bei Schweitzers privatem Grillfest ein tollpatschiger Gast über das Kabel der ausgeliehenen Kaffeemaschine gestolpert. Worauf der vom Alkohol bereits Illuminierte der Länge nach hin- und die Kaffeemaschine neben ihm aufschlug. Steinboden. Ein Riss quer übers Gehäuse. Totalschaden.

Wobei Schweitzer im Grunde seines Herzens auf sukzessives Versickern gehofft hatte. Auf ein allmähliches, stillschweigendes Vergessen, bis jene Kaffeemaschine, die eigentlich nur mehr als Ersatz diente, ganz aus dem Gedächtnis der Belegschaft verschwunden war.

Irgendwann wäre ihre Existenz völlig ausgelöscht gewesen und kein Hahn hätte mehr nach ihr gekräht. Ausschließlich dem unerbittlichen Worschädl hatte es Sedlak zu verdanken, dass dieser Plan wie ein schlampig gebautes Kartenhaus vollkommen in sich zusammenfiel.

Nur konnte sich Schweitzer als angehender Bezirkspolizeikommandant eventuelle Unreinheiten ganz unmöglich leisten. Man musste sich nur vorstellen, dass ausgerechnet während der hochfeierlichen Angelobung in sein neues Amt die Kaffeemaschinenbombe hochging und daraufhin in den Bezirksblättern und Regionalnachrichten nur mehr vom Kaffeemaschinenskandal des Stefan Schweitzer die Rede war, der sich ein von Steuergeldern finanziertes Gerät unter den Nagel gerissen hatte. In diesem Fall müsste sein Rücktritt erfolgen, noch bevor er hinter seinem neuen Schreibtisch Platz genommen hatte.

Nein, da griff er lieber etwas tiefer in sein Portemonnaie und konnte vor Worschädl nun mit einer selbstlosen Großtat auftrumpfen.

„Weißt du, Robert, ein anderer stellt euch einfach wieder die alte, schon in die Jahre gekommene Maschine hin. Einem anderen ist es aber sowas von egal, wenn euer Kaffeewasser nur mehr als dünner Strahl oder gar tröpfchenweise aus der vom Kalk bereits massiv mitgenommenen Maschine rinnt."

Ein idealer Moment für eine Kunstpause, dachte Schweitzer, als er seine messerscharfen Worte für sich noch einmal wiederholte und gedanklich fortfuhr.

„Nicht so der Stefan Schweitzer! Der beschafft euch nämlich ganz selbstverständlich eine funkelnagelneue. Weil er sich nun einmal nicht lumpen lässt! Weil er etwas für seine Leute übrighat! Weil einem Stefan Schweitzer seine Frau- und Mannschaft unglaublich am Herzen liegt!"

Na, da wird er aber schauen mit seinen schlauen Augen, der Kollege Worschädl, dachte Schweitzer, als er dessen Bürotür nach kurzem Klopfen öffnete. Und im selben Moment innehielt. Weil da nämlich keiner war. Worschädls Abwesenheit war unmöglich zu übersehen. War nur zu hoffen, dass er nicht wieder wie ein Wahnsinniger auf irgendwelchen Baukränen herumturnte, dachte Schweitzer, als sich sein Handy meldete.

Für einen kurzen Moment fühlte sich Schweitzer nicht in der Lage, jetzt mit jemandem zu reden. Weil ihn die Leere, in die er mit seiner Attacke gelaufen war, ganz fürchterlich enttäuschte. Wie genau hatte er sich doch Worschädls perplexen, überraschten und zugleich überrumpelten Blick ausgemalt. Wie sehr hatte er doch seine eigene Befriedigung und Genugtuung schon vorausgespürt. Und dann war da plötzlich nichts. Schade, jammerschade war das.

„Hallo, hier Schweitzer."

„Karoline Worschädl."

„Servus! Was für eine nette Überraschung."

„Ich brauche dringend deine Hilfe, Stefan."

„Selbstverständlich, Karoline. Geht es um etwas Privates?"

„Ganz und gar nicht. Bertl ist wegen dieses Bratschenmords nach Camporosso aufgebrochen."

„Wohin bitte?"

„Camporosso. Im Kanaltal."

„Was? Aber wo ...?"

„Wir sind in Italien."

„Wie bitte? Verdammt! Das wurde von mir nicht genehmigt! Er hat mich nicht einmal gefragt."

„Wie auch immer ... ich habe nach vielen Telefonaten herausgefunden, dass er zurzeit im Gefängnis von Tarvis einsitzt."

„Im Gefängnis in Tarvis?! Das darf doch nicht ..."

„Ist es aber. Stefan, bitte hol ihn da raus!"

„Dieser verfluchte ... verdammt ... entschuldige, aber ich bin sowas, aber sowas von ungehalten. Im Ausland auf eigene Faust ermitteln und sich dann auch noch erwischen lassen. Dämlicher geht es wirklich nicht!"

„Stefan, wie auch immer du darüber denkst, bitte ich dich eindringlich, meinen Mann unverzüglich da rauszuholen."

„Aber nur, weil du es bist, Karoline. Hast du verstanden? Wirklich nur, weil du es bist. Ich melde mich!"

Als er das Gespräch ausknipste, hätte Schweitzer sein Handy am liebsten durch die Tür geschossen. Oder aus dem Fenster geschleudert. Irgend sowas. Weil Worschädl die Grenze wieder einmal sowas von überschritten hatte. Italien! Diesmal würde es bitterernste Konsequenzen geben. Jetzt legt sich die Schlinge endgültig um seinen Hals, und diesmal ziehe ich sie eigenhändig zu, nahm sich Schweitzer vor, ging zurück in sein Büro und bellte seine Sekretärin an, ihn verdammt noch einmal mit der Polizei in Tarvis zu verbinden.

35

Worschädl war immer schon der Meinung, dass man Kriminellen, gleichgültig, welche Straftat sie begangen haben, in den Justizanstalten und Einrichtungen des Strafvollzuges am besten mit Respekt begegnet. Eine zivilisierte Gesellschaft muss in der Lage sein, selbst den schlimmsten Verbrechern eine möglichst würdevolle Behandlung zu ermöglichen. Für Gesetzesbrüche sind in einem hochentwickelten Rechtsstaat entsprechende Bestrafungen, nicht aber Diffamierung und Verachtung vorgesehen.

Genau damit war Worschädl nun aber seit gestern in der Haftanstalt von Tarvis konfrontiert. Auch wenn er weder ein Gesetz verletzt noch eine Straftat begangen hatte, betrachteten ihn die Beamten offenbar als einen kleinen *bandito* oder *delinquente* ohne irgendwelche Rechte.

Seine Wunde am Kopf hatten sie ja gnädiger Weise noch halbwegs gut versorgt. Aber auf sein Ersuchen, ihm doch bitte sein Handy auszuhändigen oder sonst wie telefonieren zu lassen, reagierten sie mit konsequenter Ignoranz.

„Signore! Vorrei telefonare con mia moglie, per favore!"

Für diese mehrmals vorgetragene Bitte erntete der Kommissar höchstens ein abschätziges Lächeln. Aber so schnell gab ein Worschädl nicht auf.

„Hallo, meine Frau wartet seit einer Ewigkeit auf mich. Ohne Auto, ohne Zimmer, ohne nichts! Ich will sie doch nur informieren! Vorrei informarla!"

Daraufhin zeigte man ihm ganz *subito* die kalte Schulter.

„Verdammt noch einmal. Sono un collega. Sono un commissario principale in Austria!"

Nach diesem letzten Versuch führte ihn ein schlaksiger, milchgesichtiger Justizwachebeamter in eine Einzelzelle mit der üblichen Grundausstattung: Tisch, Schrank, Klo und ein Bett mit erbärmlich durchgelegener Matratze, auf der sicher schon Totschläger, Mörder und Kinderschänder von der Freiheit geträumt hatten.

Sah alles ziemlich abgewohnt und schäbig aus, roch alles ein wenig nach Vernachlässigung und maroden Staatskassen, erfüllte aber seinen Zweck. Als Trost schoben sie ihm am Abend viel zu lang gekochte Spaghetti mit einer beispielhaft einfallslos gewürzten Tomatensauce durch die Kostklappe.

Während Worschädl über dem Plastikteller hockte und die klebrige Pampe in sich hineinlöffelte, brachte er sogar ein wenig Verständnis für die Beamten auf. Jemand, der in ein Wochenendhaus einbrach und sich bei seiner Verhaftung als Commissario ausgab, konnte nicht wirklich ernst genommen werden. Den hielt man eher für nicht ganz dicht oder, um es noch deutlicher auszudrücken, für geistig minderbemittelt oder sogar saudumm.

Außerdem hatte sich Worschädl diesen unwirtlichen Aufenthalt inklusive des rüden Umgangs und der geschmacklosen Kost zu einem guten Teil selber eingebrockt. Denn natürlich wäre es aus aktueller Sicht klüger gewesen, den üblichen amtlichen Weg einzuschlagen und seine Ermittlungen in Italien hochoffiziell anzumelden und durchzuführen. Das hätte ihm nicht nur seine gegenwärtige Misere erspart, sondern auch noch all die Wickel, die ihm mit Schweitzer und sonstigen Vorgesetzten bevorstanden.

Am meisten Sorgen machte er sich um Karoline, waren doch erst vor wenigen Monaten südlich von Villach sowohl ein Bärenpaar als auch ein Luchs gesichtet worden. Nachdem sich diese Raubtiere wohl weder von erst kürzlich neu errichteten Grenzzäunen noch von deren Grenzmanagern beeindrucken ließen, befanden sie sich womöglich längst auf norditalienischem Boden. In seiner ersten Nacht in einer Gefängniszelle träumte er davon, wie die Tiere durch die Wälder streiften, Karolines Fährte aufnahmen und danach lechzten, die Zähne in ihr Fleisch zu stoßen.

Quälende Gedanken, die kein Ende nehmen wollten. Mindestens so heftig setzten ihm die unzähligen Hiebe zu, die in dieser Nacht als Wiederholung der jüngsten Ereignisse gegen seinen Schädel knallten. Immer und immer wieder durchlebte der Kommissar diesen so unglaublich peinlichen Augenblick, in dem er sich wie ein Anfänger hatte überraschen lassen. Dabei hätte er den Luftzug, der die auf dem Tisch aufgestapelten Geldscheine aufwirbelte, noch viel schneller als Alarmzeichen deuten, gleichzeitig auf eine oder mehrere im Hintergrund anwesende Personen schließen und dann ohne auch nur das geringste Zögern handeln müssen. Stattdessen hatte er sich den Bruchteil einer Sekunde zu lange der berückenden Ästhetik hunderter durch die Luft tanzender Euroscheine hingegeben.

Während Worschädl am frühen Morgen auf der Pritsche seiner Einzelzelle im Schlaf mit sich hart ins Gericht ging, mischte sich plötzlich dieser Antonio Bianchi ein und sprach ihn mit Schinagls Stimme als Signor Roberto an. Worauf Worschädls Verstand zur Erkenntnis kam, dass da etwas nicht mit rechten Dingen zuging. Das bestätigte sich, als Antonio Bianchi, wieder mit Schinagls Stimme, fragte, was denn der Bertl nur wieder für Geschichten mache, ein Satz, dessen Copyright aber eindeutig und ausschließlich bei seiner Karoline lag.

Worschädl gab seinen Augen den Befehl, endlich die Lider hochzuklappen. Zuerst nahm er nur schemenhaft Menschen wahr. Ich muss, dachte Worschädl, den Blick scharf stellen. Ankommen in der Wirklichkeit. Endlich erkennen, wer da neben dem Milchgesicht vor ihm in der geöffneten Tür der Zelle stand.

„Dem Himmel sei Dank. Guten Morgen, Karoline."

„Du meine Güte, Bertl, was hast du mit deinem Kopf gemacht?", gab die Psychotherapeutin zurück. Die Bluse nachlässig zugeknöpft, leichte Ringe unter den Augen, alles Zeichen von stundenlanger Besorgnis und mangelhaftem Schlaf.

„Dem hat sich ein Holzscheit in den Weg gestellt."

„Also Holz auf Holz?", versuchte Karoline einen Scherz.

„Hartholz auf Hartholz", korrigierte Worschädl und brachte ein Lächeln zustande. „Und du?"

„Ich war für eine Nacht im *Bella Vista* einquartiert."

„Schöne Aussichten?"

„Eben nicht. Ich sag dir was. Bis ich herausgefunden habe, wo du steckst ..."

„Tut mir leid. Und mach dir nicht allzu viele Hoffnungen. Die halten mich für einen Schwerverbrecher."

„Jetzt nicht mehr. Dein Freund Schweitzer hat sie aufgeklärt", sagte Karoline, beugte sich über ihn und küsste ihn.

„Im Ernst? Karoline, wie hast du das nur angestellt?"

„Weiblicher Charme mit einem Schuss Hilflosigkeit. Und bei den Carabinieri hilft es enorm, wenn man ihnen einen offenherzigen Einblick ins Dekolleté gewährt."

„Das klingt ganz nach einer Frau, die alle Register zieht."

„Aber nur, wenn es um meinen Bertl geht. Und jetzt komm“, sagte Karoline und zeigte ihm seine Autoschlüssel. „Unseren Wagen haben sie uns schon vor die Tür geschleppt.“

„Von der Via Duomo in Camporosso? Schatz, du bist eine echte Sensation.“

„Mit einem wie dir geht es gar nicht anders.“

36

„Nicht mögen“ war viel zu wenig. Genauso wie „nicht gerne haben“. Beides beschrieb nur unzulänglich, wie Lorenzo Sorrentino zu seiner älteren Schwester stand. Es war mehr als nur ein Mangel an Zuneigung und Sympathie. Es war abgrundtiefer Hass.

Elena hätte ihn doch einfach in Ruhe lassen können. Am besten auf immer und ewig. Nachdem sie mit 17 abgehauen war. Kam eines Tages von der Schule nicht nach Hause und blieb verschwunden und verschollen.

Später stellte sich heraus, dass sie ihre Mutter suchen wollte. Die war schon vor Jahren abgetaucht. Angeblich wegen ihrer unstillbaren Lust auf schlanke, nicht schnarchende Männer. Aber wahrscheinlich hatte sie die tägliche Beschäftigung mit verstopften Pissoirs, Klomuscheln, nicht funktionierenden Dichtungen, Wasserrohrbrüchen, stinkenden Mastschweinen, legefaulen Hühnern und gefräßigen Kühen sattgehabt.

Ihr Ex, Elenas und Lorenzos Vater, hatte zwei Jahre später nicht der Grappa niedergerafft, sondern eine Überdosis an Gärgasen beim Reinigen des Getreidesilos. Die Tante, die nach seinem Dahinscheiden ein Auge auf Lorenzo und seine Schwester haben sollte, besuchte sie im Lauf der Jahre immer seltener. Und als Lorenzo längst in die Fußstapfen seines Vaters getreten war und für Nachbarn und Bekannte Installationsarbeiten übernahm, war Elena plötzlich weg.

Kein Herumschaffen und Keifen mehr, keine Besserwisserei, kein dauernder Kommandoton. Nur mehr Lorenzo, der Hof, die Tiere und seine abgeschlossene Lehre als Installateur mit eigener Werkstatt und Aufträgen, mit denen er sich halbwegs über Wasser halten konnte. So kam es, dass er es sich am elterlichen Hof ohne seine Schwester ganz gut eingerichtet hatte.

An den Vormittagen und Nachmittagen rückte er hin und wieder zu anstehenden Reparaturen aus und versorgte acht Hühner, vier Schweine und zwei Kühe, und am Abend schaute er Fußball, Serien und Pornos. Ein-, zweimal im Monat gönnte er sich einen Besuch im ein paar Kilometer entfernten *Vanilla*, wobei er zuletzt den Weg zu einem etwas weiter entfernten Etablissement auf sich nehmen musste. Wegen seiner ausgefallenen Wünsche und seiner beim Sex sogar für Nutten beängstigenden Aggressivität hatte er sich im *Vanilla* ein fünfmonatiges Hausverbot eingehandelt.

Ganz selten schleppte er auch eine ganz Normale ab. Keine Hure, sondern wirklich eine ganz normal gestrickte Frau. Die nahm er mit auf den Hof, aber nach höchstens zwei, drei Nächten hauten die wieder ab. Weil ihm beim Sex angeblich derart die Pferde durchgingen, dass es kein Spaß mehr war. Was er völlig übertrieben fand.

Aber gut. Die verließen ihn eben wieder. Kein Problem. Weiber gab es wie Sand am Meer. Alles vollkommen in Ordnung. Bis sie ihm nach dem Ablauf des Hausverbotes im *Vanilla* eine neu eingetroffene Hardcore-Nutte schmackhaft machten. Eine, die sich würgen ließ, und nichts gegen Fesseln und Latex hatte.

Nannte sich Francesca. Stand mit dem Rücken zu ihm, als er zu ihr ins Zimmer trat. Schwarzrote Strapse, blonde Haare, geiler Arsch. Er legte ihr von hinten gleich einmal die Hand um den Hals, massierte ihr den Kehlkopf und kündigte ihr an, dass er ihr das Hirn aus dem Schädel ficken würde. Aber kaum war seine Stimme im Raum, verspannte sich ihr Rücken.

„Du hast noch immer keine, die es dir umsonst besorgt?“

Damit drehte sie sich um. Extrem geschminkt. Neue Haarfarbe. Sechs Jahre älter. Aber zweifelsohne Elena. Die eigene Schwester. Im Puff. Perverser geht es nicht mehr.

„He, kleiner Bruder, was starrst du mich so blöd an. Bist du erschüttert, weil deine große Schwester auch nicht besser ist als die Nutten, die du hier regelmäßig fickst?“

Nein, das war ihm total egal. Ihn störte, dass sie ihn „kleiner Bruder“ nannte. Und dass sie wieder hier war. Das konnte nichts Gutes heißen.

Sie öffnete einen Nuttensekt, nahm einen Schluck aus der Flasche und drückte sie ihm dann in die Hand.

„Komm, trink was auf diesen Schreck. Und dann gehst du ins Nachbarzimmer. Tschetschenin. Hat ganz schön was drauf. Aber tu ihr ja nicht weh.“

„Wieso sollte ich ihr weh tun?“

„Keine Ahnung. Aber sie reden hier über dich. Dass du da oben krank bist.“ Elena tippte auf Lorenzos Stirn. „Und hier unten sowieso.“ Sie richtete ihren Zeigefinger auf seinen Schwanz. „Wird höchste Zeit, dass wieder jemand auf dich aufpasst.“

Lorenzo brachte keinen einzigen Ton heraus. Hörte einfach nur zu. Ahnte das Unausweichliche.

„Am besten, ich zieh wieder ein. Ja, kleiner Bruder, du darfst dich freuen. Deine große Schwester kommt wieder heim.“

Später erzählte sie ihm, dass sie sich damals, nach ihrem Verschwinden, irgendwie durchgeschlagen hatte. Mit nichts. Wollte einfach nur ihre Mutter finden. Bemerkte bald, dass sich als junge Frau am Strich ganz gut verdienen lässt, und entdeckte ihre Mutter erst fünf

Jahre später in Salerno. Herausgeputztes Reihenhaus, neuer, ehemals schlanker Ehemann mit deutlichem Bauchansatz, und zwei funkelnagelneue Kinder. Mädchen. Eines hübscher als das andere.

Elena stand nur am Zaun. Schaffte es nicht, ihre Mutter anzusprechen. Ehrlich, die hat zu dieser Schlampe kein Wort gesagt. Das erzählte sie Lorenzo ein paar Tage, nachdem sie mit ihren wenigen Sachen wieder eingezogen war. Da hatte sie schon längst wieder das Kommando übernommen. Da hatte sie ihren Bruder schon längst wieder zur Weißglut gebracht.

Und jetzt tischte sie ihm plötzlich auf, dass sie der Prinzessin wahrscheinlich einen kleinen Finger kappen sollten. Absägen. Da hat er sie gefragt, ob sie komplett verrückt geworden sei. Ein derart attraktives Weib darf man doch nicht beschädigen. Reichte doch völlig, dass sie blind war. Wobei die Blindheit ja schon wieder etwas hatte. Das machte einen sogar geil.

Aber Lorenzo war völlig bewusst, dass es bei dieser Geschichte im Hintergrund einen Auftraggeber gab, der letztendlich das Sagen hatte. Wenn dieser Wahnsinnige tatsächlich auf die Idee kommen sollte, ihr einen Finger absägen zu lassen, musste er sie vorher unbedingt noch quer durch den Kobel ficken, dachte Lorenzo, als er den Stall betrat.

Er rechnete mit Gegenwehr. Er war darauf eingestellt, sie zuerst einmal zu züchtigen und sozusagen weich zu klopfen. Niemals hätte er damit gerechnet, dass sie ihn erwartete.

Als er ihren Kobel betrat, traute er seinen Augen nicht. Die Prinzessin hatte sich auf ihn vorbereitet. Hatte damit gerechnet, dass er kommt. Sie war splitterfasernackt.

Zuerst blieb er wie angewurzelt stehen. Betrachtete ihren wunderschönen Körper. Die prallen Brüste, den flachen Bauch, den schmal rasierten Streifen zwischen ihren Beinen. Dabei durchflutete ihn das ihm unbekannte Gefühl einer tiefen Dankbarkeit. Eine weiche, zarte Empfindung. So etwas wie Rührung. Rührung darüber, dass ihn eine junge und derart schöne Frau tatsächlich empfangen und haben wollte.

Er würde sie nicht schlagen müssen.

Er würde ihr die Kleider nicht gewaltsam vom Leib reißen müssen.

Er würde ihr die Beine nicht auseinanderzwingen müssen.

Er würde einfach mit ihr schlafen.

Sie würde es nicht bereuen.

Seinen Irrtum erkannte Lorenzo im Halbdunkel des Stalls erst, als er ganz nahe bei Nina war und überall auf ihrer Haut die braunen Flecken und Spuren sah. Zugleich bemerkte er, welch üblen Geruch sie verbreitete. Wie bestialisch sie stank.

Lorenzo wich angeekelt und entsetzt zurück. Unglaublich, mit welchem Tempo sich sein ganzes Hoffen zerschlagen hatte. Wie sehr sie ihn enttäuscht und erniedrigt hatte. Diese Sau. Diese Drecksau.

Zuerst schlug er ihr ins Gesicht. Immer und immer wieder. Dann öffnete er ihre Handfesseln, packte sie an den Haaren und zerrte sie hinter sich her. Zur Tür hinaus. Über den Hof. Zur Werkstatt, wo seine Metallbandsäge zum Zuschneiden von Rohren und Eisenteilen stand. Ziemlich verstaubt und eingerostet. Aber für ein paar Prinzessinnenfinger reichte es allemal.

37

Eine Leidenschaft der langgedienten Floristin Rosi Seipel bestand darin, den dienstjüngeren Kolleginnen im Blumenladen beizubringen, wie man empfindlicheren Sorten den Kopf, wie sie es nannte, wieder gerade richtete. Das betraf zum Beispiel die Rosen oder auch das Vergissmeinnicht, die gerne alles hängen ließen, wenn ihnen die Zugluft nicht behagte.

„Einfach bis oben hin in Zeitungspapier einwickeln, dann wieder frisch anschneiden und über Nacht in den Eimer oder in die Vase stellen. Morgen merkt kein Kunde, dass die am Vortag eigentlich schon erledigt waren."

In diesem Zusammenhang erwies es sich als überaus günstig, dass vor dem Nachbarhaus des Blumenladens ein Container für Altpapier stand. War im Geschäft selbst nicht genug altes Zeitungspapier vorhanden, musste man nur ein paar Schritte zur Tür hinaus.

Heute war der Container sogar bis oben hin vollgestopft, weshalb sich Rosis Blick fast automatisch an der Überschrift verfing, die da im Chronikteil eines Lokalblattes von der Vorwoche prangte: MÖRDERISCHE JAGD AUF KRAN.

Rosi packte nicht wie sonst gleich einen ganzen Zeitungsstoß, sondern zog dieses eine Blatt hervor und suchte nach dem Datum, das sie schließlich auf der Seite rechts oben fand. Nein, es bestand kein Zweifel daran, dass die Verfolgungsjagd auf Edis Kran stattgefunden hatte. Jetzt fiel ihr das schwarze Büchlein wieder ein, das Edi eingeklemmt im Krangestänge und sie dann in seiner Jackentasche gefunden hatte. Es gehörte, sagte er, wahrscheinlich einem dieser Volldeppen, die sich nachts auf seinem Kran herumgetrieben hatten.

Ob Edi wusste, dass es um einen Einbruch und vielleicht sogar um einen Mord ging? Wahrscheinlich nicht. Weil er ja schon lange keine Zeitung mehr las. Zum Einwickeln der Blumen wollte Rosi dieses Zeitungsblatt jedenfalls nicht mehr verwenden. Sie steckte es ein, griff nach anderen Zeitungen, ging zurück zum Blumenladen und war richtig froh, dass heute erst Mittwoch war.

Wäre nämlich schon Donnerstag gewesen, hätte sie den Altpapierstoß bereits entsorgt, der sich im Lauf einer Woche in der Küche auf dem Stapel gleich neben der Kaffeemaschine ansammelte. Hauptsächlich Werbungen und Prospekte. Zeitungen fielen ja bei ihnen keine an. Da reichte es völlig, wenn sie den Stoß einmal pro Woche in den Hof zur Altpapiertonne brachte. Und das passierte immer am Donnerstag früh, wenn sie in die Arbeit ging. Das hatte sich so eingebürgert.

Deshalb nahm sich Rosi Seipel auf dem Heimweg fest vor, das schwarze Notizbüchlein vor der Entsorgung zu bewahren und gleich morgen abzugeben. Bei der nächsten Polizeidienststelle. Natürlich mit einem entsprechenden Hinweis auf diesen Zeitungsartikel.

Doch der Weg zur Hölle ist bekanntlich mit guten Vorsätzen gepflastert. Was überhaupt nicht bedeutet, dass Rosi Seipel auch nur ansatzweise in Richtung Hölle unterwegs gewesen wäre. Allerdings hatte sie sich ja dieses Büchlein noch nie genau angesehen. Und als sie es an diesem Abend auf- und durchblätterte, tat sich in ihr ein kleiner persönlicher Abgrund auf, von dem vor allem ihr Mann kein Wort erfahren durfte. Und der sie dazu verleitete, das schwarze Notizbüchlein doch nicht zu einer Polizeidienststelle zu bringen, sondern es still und heimlich selber in Besitz zu nehmen.

38

Es kostete Nina extreme Überwindung, ihr T-Shirt an einer Nahtstelle aufzureißen, auch ihre restliche Kleidung auszuziehen und sich von oben bis unten mit getrocknetem Schweine- und Kuhmist einzureiben. Aber immer noch besser, als diesem Vieh als Sexobjekt zu dienen. Als sie in die Scheiße griff, sie zwischen ihren Fingern zerbröselte und dann auf ihrer Haut einmassierte, zwang sie sich, an schlimme Phasen beim Laufen zu denken. Wenn du glaubst, du kannst nicht mehr. Wenn die Beine wie Hölle brennen. Wenn dich jeder Muskel und Knochen schmerzt. Wenn du dich mit deinem letzten Rest von Willen überwinden musst. Absolute Selbstverleugnung.

Auch als er sie schlug, voller Wut, mit ganzer Kraft, immer und immer wieder, redete sie sich ein, dass sie das ertragen musste, damit ihr Schlimmeres erspart blieb. Sie nahm es genauso hin wie seinen brutalen Griff nach ihren Haaren, an denen er sie nackt durch den Stall hinter sich her zog.

Nackt. Bis auf ihre Smartwatch mit jener E-Mail, die im Postausgang geparkt war. Und die draußen im Hof vielleicht doch die Chance hatte, ein Schlupfloch ins Netz zu finden.

Lorenzo hatte noch nie darüber nachgedacht, was der Begriff WLAN wirklich hieß. Hauptsache, er hatte eines und konnte Pornos konsumieren. Auch mit der Übertragungsgeschwindigkeit seines Wireless Local Area Networks hatte er sich noch nie beschäftigt. Die war entsetzlich langsam. Völlig ungewiss, ob es Ninas Nachricht schaffen würde.

Der Hof war schnell überquert, und der reichweitenschwache Router stand im zwölf Meter entfernten

Wohnzimmer unter dem Fernsehgerät. Alleine aus technischen Gründen hätte es also beinahe nicht geklappt. Aber in der Sekunde, in der Lorenzo die Prinzessin in die Werkstatt zerrte, signalisierte ihre Smartwatch ein leises, sehr dezentes „Ping“.

Der Mann hatte dafür keine Ohren, aber Nina wusste, dass ihre Nachricht den Postausgang verlassen hatte. Dass es ab jetzt zumindest einen kleinen Hoffnungsschimmer gab.

Während sich ihre E-Mail also in der vorsintflutlichen Geschwindigkeit von 54 Mbit pro Sekunde den Weg über den SMTP-Server zur richtigen IP-Adresse und zum Server des Providers bis ins Postfach ihres Großvaters bahnte, zerrte der Mann die Blinde hinüber zu seiner Werkstatt.

Von Ordnung konnte hier keine Rede sein. Aber in diesem Durcheinander aus Armaturen, Rohren, Waschbecken, Klomuscheln, Heizkörpern und Werkzeugen behauptete auch eine Metallsäge ihren Platz. Bei einem der breiten Fenster. Das gute Stück hatte schon bessere Zeiten gesehen und ließ sich gleich einmal nicht einschalten. Aber das war nur der übliche Wackelkontakt. Davon ließ sich ein Lorenzo Sorrentino nicht beirren. Das ließ sich ganz bestimmt beheben. Und dann würde die Prinzessin ihre Finger nie wieder in irgendeine Scheiße stecken.

39

„Kaffee?"

„Neue Maschine?"

„Mit Milchschäumer. Für euch ist mir nichts zu schade."

„Und die alte?"

„Hab ich entsorgt. Aber jetzt zu Italien. Du hast dieses Wochenendhaus in Camporosso mit den italienischen Kollegen noch einmal gründlich untersucht?"

„Millimeter für Millimeter."

„Und nichts gefunden?"

„Doch."

Worschädl legte Schweitzer sein Handy hin. Das Display zeigte das Foto jener beiden Hunderter, die ein Spurensicherer zwischen den Holzscheiten neben dem Ofen in der Stube gefunden hatte. Das war immerhin der Beweis, dass Worschädls Bericht von herumwirbelnden Geldscheinen nicht ganz aus der Luft gegriffen war.

„Könnten die aus derselben Werkstatt stammen wie der Fünfziger von deiner nächtlichen Kranaktion?"

„Laut unseren Spezialisten ja."

Schweitzer nickte und lehnte sich zurück.

„Dann hat dein Ausflug nach Italien ja doch auch ein wenig Sinn gemacht."

Worschädl, der vor Schweitzers Schreibtisch saß und eigentlich eines der üblichen Schweitzerischen Donnerwetter erwartet hatte, spürte sehr wohl, dass hinter den betont ruhig und überlegt gesetzten Worten seines Chefs eine geballte Ladung Ärger lauerte. Niemals würde Schweitzer über Worschädls illegalen Ausflug großzügig hinwegsehen und sich nur auf die daraus gewonnenen Erkenntnisse konzentrieren. Ein nachtragender Mensch wie sein Chef würde sich die

Gelegenheit, ihm eins auszuwischen, nie und nimmer entgehen lassen.

Also sei auf der Hut, dachte sich Worschädl, als er antwortete.

„Abgesehen von meiner Kopfverletzung, meiner Verhaftung und einer Nacht in einer italienischen Gefängniszelle bleiben unterm Strich die gefälschten Geldnoten und ein Wochenendhaus, das als Lager für größere Mengen an Falschgeld dienen könnte."

„Was nicht mehr als eine Vermutung ist."

„Aber auch nicht weniger. Gut möglich, dass ich einen Kurier überrascht habe, der gerade ein Geldpaket abgeholt hat, um es in den mittel-, west- oder osteuropäischen Raum zu schmuggeln und dort unters Volk zu bringen."

„Was du aber nicht beweisen kannst."

„Noch nicht. Aber ich kann Hypothesen bilden. Und aus denen leite ich die nächsten Schritte ab."

„Die nächsten Schritte?"

„Im Hotel *Bella Vista* kann sich niemand daran erinnern, dass der ermordete Bratschist jemals alleine weggefahren ist. Also ist es sehr wahrscheinlich, dass Clarissa Bianchi mit Holl in dem Wochenendhaus in Camporosso war."

„Aus welchem Grund?"

„Vielleicht, um Falschgeld abzuholen."

„Du meine Güte! Patz mir eine Berühmtheit wie diese Bianchi ja nicht mit einer derart dünnen Suppe an!"

„Die sich noch als sehr gehaltvoll erweisen könnte. Deshalb habe ich die italienischen Kollegen gebeten, den Besitzer des Wochenendhauses zu eruieren. Und ich werde mich noch einmal eingehend mit Clarissa Bianchi unterhalten."

„Irrtum, Robert. Das wirst du nicht."

Stefan Schweitzer genoss die kurze Stille, die den Raum bei seinen letzten Worten füllte. Machtworte. Ausgesprochen von dem Mann, der nicht vor, sondern hinter dem Schreibtisch saß. Auf dem Drehstuhl des Chefs. Vor ihm der aufgeschlagene Chefkalender. Mit Terminen, die man nur wahrnehmen durfte, wenn man die hierarchische Ebene einer Führungskraft erklommen hatte: Mittagessen mit dem Verkehrsstadtrat, Empfang beim oberösterreichischen Polizeipräsidenten, ein fixer Ehrenplatz beim Sommerempfang des Bürgermeisers. So weit musste man es erst einmal gebracht haben, so weit musste man erst einmal gekommen sein, und in dieser Hinsicht würde ihm, Stefan Schweitzer, der ganz normale und simple Hauptkommissar Robert Worschädl niemals das Wasser reichen können.

Natürlich konnte sich Schweitzer problemlos ausmalen, weshalb Worschädl ohne vorherige offizielle Meldung nach Italien gefahren war. Zum Ersten wollte er gezielt eine eventuelle Verzögerung vermeiden, zum Zweiten wich er dem damit zwangsläufig verbundenen Bürokratismus aus. Vor ein paar Jahren, als Schweitzer noch zusammen mit Worschädl ermittelte und mit ihm die heikelsten Fälle knackte, hätte er genauso gehandelt. Ein Ermittler mit Biss lässt sich nur sehr ungern bremsen. Bei jedem anderen Mitarbeiter hätte Schweitzer ein derartiges Vorgehen als verzeihlich qualifiziert.

Aber bei Worschädl war unbedingt eine deutliche Zurechtweisung vonnöten, weil ihn dieser Kerl seine Abneigung ständig spüren ließ. Und das wollte und konnte Schweitzer nicht mehr auf sich sitzen lassen. Ein Chef ist zu respektieren. Einen Chef muss man anerkennen. Einem Chef ist prinzipiell mit Freundlichkeit, Wertschätzung und Kooperationsbereitschaft zu begegnen. Punkt.

Wenn Worschädl das von sich aus nicht begreifen wollte, musste man es ihm eben beibringen. Also folgte nun das nächste Machtwort. Indirekt. Verkleidet. In Form einer Entschuldigung.

„Robert, es tut mir unendlich leid, aber bei dieser Italiengeschichte kommen wir an einem Disziplinarverfahren unmöglich vorbei."

Ein Satz, mit dem sich der Mann an der anderen Seite des Schreibtischs bestätigt sah. Damit hatte sein Vorgesetzter die Katze aus dem Sack gelassen, jetzt lag die Keule auf dem Tisch, jetzt führte Schweitzer eins zu null.

Worschädl hätte nun wütend werden, mit der Faust auf den Tisch schlagen, schreien und toben können. Auch ein Abgleiten in einen Zustand aus Enttäuschung und Entmutigung wäre denkbar gewesen. Aber nichts von all dem hatte er für seinen Chef im Angebot. Ganz im Gegenteil blieb er erstaunlich ruhig, steckte sein Handy ein, stand auf und ging zur Tür. Ein Verhalten, das Schweitzer innerlich zur Weißglut trieb, was ihn zu einem viel zu grell ausgerufenen „He, hallo, stopp!" veranlasste, womit er sich, rein kampftechnisch betrachtet, eine leichte Blöße gab.

Worauf Worschädl stehenblieb, sich umdrehte und Schweitzer einen gelassenen, entspannten Blick zuwarf.

„Keine Sorge, Stefan, ich weiß schon, was das bedeutet."

„Ich sage es nicht gern: vorläufige Suspendierung."

„Und Abgabe meines Dienstausweises. Genau das werde ich jetzt tun. Die Waffe ist ja in Italien."

Irritiertes Nicken bei Schweitzer. Konnte es tatsächlich sein, dass Worschädl diese für ihn beschämende, demütigende Situation so ganz ohne Emotionen hinnahm? Nein. Das war alles nur gespielt. Sein ehemals bester Freund bot ihm billiges Schmierentheater, während es in ihm brodeln und kochen musste. Aber gut. Dann bekommt er es eben mit gleicher Münze zurückgezahlt.

„Jammerschade, Robert. Aber du weißt, dass mir da leider die Hände gebunden sind. Ich persönlich hätte das natürlich viel lieber ganz anders gelöst."

„Ich auch, Stefan. Weil das für dich sehr unangenehme Folgen haben wird. Die hätte ich dir gerne erspart."

Du meine Güte, was war denn das jetzt? Ein Angriff? Eine Drohgebärde? Steht mit dem Rücken zur Wand, seine berufliche Existenz ist gefährdet, und dennoch wagt es dieser Kerl, eine Gegenaktion zu starten und dabei auch noch entschuldigend zu lächeln?

Nur jetzt nicht straucheln, nur jetzt keine Schwäche zeigen, dachte sich Schweitzer und setzte nach.

„Danke, Robert, aber um mich musst du dir wirklich keine Sorgen machen."

„Schön, dass du dir da so sicher bist."

„Aber freilich. Wieso sollte ich Bedenken haben?"

„Weil ich meine Italienreise damit begründen werde, dass mein Chef die gerade erst ernannte Ermittlungsleiterin Sabine Schinagl aus heiterem Himmel zu einer Sonderkommission abgezogen hat, ohne mich darüber mit auch nur einem Wort zu informieren."

„Robert, das ist doch lächerlich."

„Nicht lächerlich, sondern über alle Maßen verwirrend und irritierend. Du hast mich total im Stich gelassen."

„Hallo, du bist kein Anfänger. Du hast deine Arbeit immer perfekt im Griff."

„Dann wirst du erklären müssen, warum du mir zuerst den Fall entzogen hast ..."

„Sei doch nicht so zimperlich!"

„Um mich nur 48 Stunden später ohne jede Unterstützung vollkommen alleine zu lassen? Gut, meine Fahrt nach Italien war vielleicht etwas eigenmächtig, aber mit wem hätte ich mich denn unterhalten sollen? Mit einer Sekretärin? Oder mit meinem Chef, der mir doch gerade erst das Vertrauen entzogen hatte."

„Was heißt ‚das Vertrauen entzogen'? Das ist völlig übertrieben!"

„Mal sehen, wie das Kollegin Schinagl sieht. Ich will, dass sie als Zeugin auftritt."

„Als Zeugin?! Das ist doch kein Gerichtsverfahren."

„Für mich schon. Du hast es angezettelt. Ich sitze auf der Anklagebank. Aber ich werde mich verteidigen. Und an mir wird da ganz sicher nichts hängen bleiben".

Rhetorisches Dribbling. Ein Haken nach links, dann einer nach rechts, und schließlich eiskalt ins Netz. Damit stand es unentschieden. Bei deutlicher Feldüberlegenheit von Worschädl. Denn Schweitzer sah jetzt in seinem Drehsessel wie ein Torwart aus, der sich gründlich verschätzt und danebengegriffen hatte. Von den Rängen hätten sie ihn mit einem laut skandierten „Eiergoalie" vom Feld gejagt.

Und weil Schweitzer nicht dumm war, erkannte er sehr schnell, dass dieses Match mit einem Mal überhaupt nicht zu seinen Gunsten lief. Also musste er sich eine Volte überlegen. Einen Spielzug, der Worschädl überraschte, mit dem er nicht gerechnet hatte.

Aber etwas Schlaueres als sofortiger Rückzug und Spielabbruch fiel Schweitzer so spontan nicht ein.

„Robert, wenn dich das wirklich so fassungslos macht und dich wirklich so bewegt, werde ich noch einmal darüber schlafen. Okay?“

„Mein Dienstausweis ...?“

„Bleibt vorerst bei dir.“

„Und was ist mit einer Waffe?“

„Ich regle das. Und ich sehe zu, dass die obere Etage diese Entscheidung noch einmal überdenkt. Okay?“

„Und der Bratschisten-Mord ...?“

„Bleibt bis auf Widerruf in deinen Händen. Okay?“

„Was ist mit dem Kontakt zu den italienischen Kollegen?“

„Der wird weiterhin von dir gepflegt. Einverstanden? Und vertrau mir, alter Freund, mir fällt da schon noch was ein.“

Worschädl nickte nur. Der bedankt sich nicht einmal, dachte Schweitzer. Dieser präpotente Kerl zeigt nicht auch nur einen Funken irgendeiner Erleichterung. Nur dieses eine kleine Nicken. So, als ob das jetzt ganz in seinem Sinn erledigt wäre. So, als hätte er während dieses ganzen Gespräches nichts anderes vorgehabt. So, als hätte er diesen Ausgang von Anfang an geplant.

Zum Glück läutete Schweitzers Festnetztelefon. Ablenkung tat seinem Chef jetzt gut, dachte sich Worschädl, als er das Büro verließ. Wenn seine Frau dran war, würde er ihr sicher erzählen, dass er gerade einem seiner Mitarbeiter die Leviten gelesen und ihm so richtig eingeschenkt habe.

Gravierend verschobenes Selbstbild, hätte Karoline gesagt. Jede Menge blinder Flecken bei zugleich mangelndem Reflexionsvermögen, dafür mit jeder Menge Zulagen ausgestattet und hervorragend bezahlt.

Worschädl betrat sein und Sabine Schinagls Büro, ließ sich in seinen Schreibtischstuhl fallen und schrieb seiner Kollegin eine SMS: „Pfeif auf die Sonderkommission. Ich bin ab zwölf beim Lieblingsgriechen."

40

Ihr Bruder, der faule Arsch, hatte so gut wie nichts gespart. Aber sie war als Nutte so gefragt gewesen, dass sie sich schon nach kürzerer Zeit in nicht ganz so heruntergekommenen und hygienisch gewissenhafter geführten Laufhäusern und Nachtclubs einmieten konnte. Wo die Kunden betuchter waren und wo man auch mehr verlangen und sich kleinere und dann auch größere Beträge zur Seite legen konnte. Es gab genug Kolleginnen, die ihr Geld für Drogen brauchten, aber darauf ließ sie sich erst gar nicht ein, das Zeug konnte ihr gestohlen bleiben. Da war es ihr weitaus lieber, wenn sie etwas auf der sicheren Seite hatte.

Mit dem Einstieg ins Geldgeschäft erhielt ihr Einkommen noch einmal enormen Auftrieb. Es gab keinen besseren Deal, als einen Teil der ersparten Kohle in Blüten zu investieren und die Prozente zu kassieren. Natürlich durfte man sich nicht erwischen lassen. Das war die Voraussetzung. Absolut fehlerloses Arbeiten. Akribisches Sondieren der besten Absatzmöglichkeiten. Toppünktliches und verlässliches Agieren. Und das bestmögliche Verhältnis mit dem nach wie vor anonymen Auftraggeber.

Während ihr das alles durch den Kopf ging, stand Elena im Wohn- und Esszimmer und bügelte eine türkise Bluse. Sie musste zur Bank. Die Anzahlung fürs Dach abheben.

Verfluchtes Bügeleisen. Tropfte schon wieder wie wild. Aber Elena kam ohne größeren Wasserfleck davon.

Als sie die Bluse auf einen Kleiderbügel hängen wollte, zerriss ein Geräusch die Stille. Ging ihr sofort durch Mark und Bein. Laut, schrill und unerträglich.

Und dazu die lauten Schreie eines Menschen. Einer Frau. Der Prinzessin.

Elena brauchte drei Sekunden, um die Situation zu erfassen, eine weitere, um den Stecker aus der Dose zu reißen und mit dem Bügeleisen loszurennen. Raus aus dem Haus und durch den Hof rüber zur Werkstatt.

Schiebetor öffnen. Lorenzo neben der eingeschalteten Metallsäge. In einer Hand die Grappaflasche, in der anderen, an den Haaren, die Prinzessin. Ihren Kopf nach hinten gerissen, die Flasche an ihren Mund gesetzt.

„Trink, du Drecksau. Na los, trink!"

Lorenzo besoffen. Und gerade dabei, auch die Prinzessin abzufüllen. Wofür, lag auf der Hand.

„He, Lorenzo! Was ist los?"

„Diese Drecksau gehört bestraft. Dieser Drecksau schneide ich jeden Finger einzeln ab!"

„Spinnst du? Bist du total verrückt? Hör sofort auf damit!"

„Du hältst jetzt einfach deine Klappe. Du hast mir nichts mehr zu sagen, Elena. Diese Drecksau gehört jetzt mir. Hörst du, Schwesterherz? Mir ganz allein. Dein Bruder hat das Kommando!"

Irrtum, dachte Elena. Aber vielleicht war er noch umzustimmen. Vielleicht konnte er noch die Kurve kratzen.

„Lorenzo, bitte sei vernünftig. Ich hab das hier eingefädelt. Solange sich mein Auftraggeber nicht meldet, wird hier niemandem was abgeschnitten."

Das unentwegte Brüllen und Wimmern der Prinzessin. Die hatte kapiert, worum es ging. Um ihren hübschen, süßen Körper. Der Elena scheißegal war. Sie wollte den Auftrag retten und schob sich zwischen Lorenzo, die Blinde und die Säge.

„Drecksfotze, geh mir aus dem Weg." Lorenzos Stimme überschlug sich.

„Keinen Millimeter. Lass sie los!"

Jetzt machte ihr Bruder einen Fehler. Weil er die Prinzessin zwar weiter unerbittlich an den Haaren hielt, aber mit der Flasche nach seiner Schwester zielte. Verlangsamt wegen des Alkohols. Tollpatschig wegen der mangelnden Standfestigkeit.

Elena ahnte es voraus. Und sah keine Alternative mehr. Sie hatte nur diese eine Möglichkeit.

Ein Schritt zur Seite. Lorenzos Schlag ins Leere. Sein Stolpern und sein Taumeln. Und sein tierisches Gebrüll, als ihm seine Schwester das noch heiße Bügeleisen in seine feiste Wampe rammte.

41

Die SMS ihres Kollegen Robert Worschädl erreichte Sabine Schinagl nicht in jenem muffigen Besprechungsraum im 3. Stock des Präsidiums, in dem die Sonderkommission zu tagen pflegte und in dem man auch tagsüber das künstliche Licht einschalten musste.

Wenn nämlich deine Tochter unerlaubt eine Nacht lang nicht nach Hause kommt, und dann auch den ganzen nächsten Vormittag weder ans Handy geht noch zurückruft, erscheint eine Cyberattacke auf die Stadtkasse vergleichsweise bedeutungslos. Daran kann auch die Aufforderung eines cholerischen Stadtrats zum ununterbrochenen Einsatz rund um die Uhr nichts ändern. Irgendwann biegst du auf dem Weg zur Toilette automatisch in Richtung Ausgang ab.

Nur zweiunddreißig Minuten später stehst du vor einem fünfstöckigen Wohnhaus, läutest bei *Jenicek* und diskutierst eine Liftfahrt später mit einer fünfundvierzigjährigen, esoterisch angehauchten, von sich selbst sehr überzeugten Frau über das ihrer Meinung nach noch kaum entwickelte Geschlechtsverkehrsbedürfnis ihres Sohnes.

„Frau Schinagl, wenn Ihre Tochter bei uns in Olivers Zimmer übernachtet, heißt das doch noch lange nicht, dass die beiden miteinander, also ...“

„Wenn die beiden halbwegs normal ticken, dann heißt es das mit sehr großer Wahrscheinlichkeit.“

„Aber nein, Oliver ist doch noch ein halbes Kind, bei ihm bin ich mir ganz sicher, dass er ...“

„... seine Hände immer brav dort lässt, wo sie in seinem Alter noch hingehören? Wenn er das schafft, ist er ein Wunderknabe. Von meiner Tochter wird ihm das ganz sicher nicht leicht gemacht.“

„Sie trauen Kerstin also wirklich zu, dass sie …?“

„Hochaktiv ist? Selbstverständlich.“

Immerhin kennt sie ihren Namen und weiß, wen ihr Herr Sohn mit in sein Zimmer schleppt, dachte Schinagl aufgebracht. Jetzt wäre es noch nett gewesen, wenn die gute Dame mit ihren blond gefärbten Haaren in ihrem hellen, provokant sauber zusammengeräumten Wohnzimmer mit Teelichtern und orientalischen Lampenschirmen einmal mehr als nur halbe Sätze hervorgebracht hätte.

Die beginnt einen Gedankengang, stockt mittendrin, verdreht die Augen und wartet darauf, dass ihr Gegenüber die Lücke füllt.

Aber Schinagl hatte keine Lust mehr, so mühsam zu kommunizieren. Sie wollte Nägel mit Köpfen machen, möglichst rasch und effizient.

„Ich will, dass Sie meiner Tochter verbieten, bei Ihnen zu übernachten.“

„Tut mir leid, aber das müssen Sie schon selber …“

„Nein, das müssen wir zu zweit. Mein Verbot geht ins Leere, wenn wir nicht zusammenspielen.“

„Nur dürften wir beide eine sehr unterschiedliche Auffassung von Erziehung haben, Frau Schinagl.“

Aha, der erste ganze Satz. Wenn man ihr zu nahe tritt, scheint das in ihr eine Art Widerstand zu aktivieren.

„Und die Unterschiede wären?“

„Sie ziehen Ihr Kind beziehungsweise Ihre Kinder mit Verboten groß, und mein Mann und ich arbeiten mit Vertrauen.“

Sabine Schinagl meinte, ihren Ohren nicht zu trauen, als in dieser Sekunde aus einem der Zimmer draußen im Flur laut Justin Timberlake zu hören war.

„Und dieses Vertrauen, Frau Jenicek, führt dazu, dass Ihr Sohn zur besten Schulzeit einfach so zu Hause ist?“

„Sieht so aus, als ob sich die beiden genau dafür entschieden hätten."

Olivers Mutter verzog den Mund zu einem unglaublich verständnisvollen Erziehungslächeln, das wohl ausdrücken sollte, dass sich Sabine am fortschrittlichen pädagogischen Zugang der Frau Jenicek ruhig ein Beispiel nehmen konnte. Nur war exakt das Gegenteil der Fall. Schinagl hätte auf der Stelle aus der Haut fahren und Amok laufen können.

Am liebsten wäre sie gewaltsam in Olivers Zimmer gestürmt, hätte Kerstin gepackt, ins Auto gezerrt und mitgenommen. Allerdings vermutete sie, dass sich die Situation dadurch nur verschlimmern würde. Also atmete sie ganz tief durch, stand auf, ging hinaus in den Flur, wo auf einem Haken Kerstins Jacke hing, holte aus der Tasche ihren Wohnungsschlüssel und wandte sich noch einmal vertrauensvoll an die erzieherisch so einwandfreie Frau Jenicek.

„Teilen Sie meiner Tochter bitte mit, dass ich ihren Wohnungsschlüssel an mich genommen habe. Und dass ich zur Kenntnis nehme, dass sie ab sofort bei Ihnen wohnt. Falls sie mich besuchen möchte, soll sie mich bitte vorher kontaktieren. Vielen Dank für den Kaffee."

Schinagl drehte sich um und verließ ohne ein weiteres Wort die Wohnung. Im Lift wischte sie sich über ihre feuchten Augen.

Sie war sich keinesfalls sicher, ob die Schlüsselaktion vernünftig oder sinnvoll war. Sie hatte keine Ahnung, mit welcher Vehemenz Kerstin auf diesen faktischen Rauswurf reagieren würde. Sie wusste nur, dass sie es unmöglich gestatten konnte, dass ihr neben Kerstin auch noch dieser Oliver und dessen durchgeknallte Mutter auf der Nase herumtanzten.

Als sie sich um gefühlte zehn Jahre älter aus dem Wohnhaus schleppte, traf Worschädls Nachricht ein. Der kurz angebundene, saloppe Tonfall kam ihr gerade zu Recht. Ihre Antwort fiel ebenso kurz und bündig aus: „Lieblingsgrieche super. Bin auf dem Weg. Bestell mir Moussaka."

Das köstliche Auflaufgericht, von dessen sämiger und geschmackvoller Zusammensetzung man sich zu jeder Zeit Seelenstärkung und Trost erhoffen darf, wurde gerade in zweifacher Ausfertigung und mit griechischem Salat serviert, als sie die gemütlich eingerichtete Gaststube betrat.

Worschädl saß an einem der Tische nahe beim Fenster und winkte sie mit einem Glas zu sich. Retsina. Alkohol in der Dienstzeit war zwar überhaupt nicht üblich, aber Sabine schien auf Worschädl den Eindruck zu machen, als könnte sie einen Schluck vertragen.

„Gegen das, was du als Mutter gerade stemmen musst, ist mein italienisches Abenteuer ein Spaziergang gewesen", meinte Worschädl, nachdem sie sich über ihre jüngsten Ereignisse ausgetauscht hatten.

„Robert, entschuldige. Kopfverletzung, Gefängnis, Androhung der Suspendierung ..."

„Ist aber alles gut gegangen. Nur hätte ich mir davon weitaus mehr neue Erkenntnisse erhofft."

„Interessant wäre, wieso der ermordete Bratschist zu diesem Ferienhaus wollte. Ob ihn die Cellistin begleitet hat, oder ob er dort tatsächlich alleine war."

„Kann sein, dass uns dazu die italienischen Kollegen in Kürze etwas liefern können. Was macht die Sonderkommission?"

„Darf ich dir nicht sagen. Man hat uns zur absoluten Verschwiegenheit verpflichtet", meinte Schinagl und steckte ihre Gabel in eine Auberginenscheibe.

„Eine Verletzung der Verschwiegenheitspflicht kommt natürlich nicht in Frage." Worschädl klang überzeugend. „Schmeckt köstlich, oder?"

„Wunderbar", antwortete Schinagl und schob sich das Auberginenstück in den Mund. „Und danke für dein Verständnis. Dabei würde dich wahrscheinlich brennend interessieren, wohin die 300.000 Euro verschwunden sind ..."

„... die vom Konto der Stadt Linz abgesaugt wurden?"

„Genau. Aber wie gesagt, Schweigepflicht."

„Eben."

Schinagl dämpfte ihre Stimme.

„Deshalb kann ich dir unmöglich erzählen, dass wir den Weg des Geldes bis zu einem Offshore-Konto in der Karibik zurückverfolgen konnten."

Worschädl grinste. „Ich hab gar nicht zugehört. War ja nicht für mich bestimmt."

„Richtig. Darum behalte ich auch für mich, dass der Betrag von dort per Kreditkarte abgezogen wurde und über mehrere Umwege schließlich auf einem Konto einer süditalienischen Bank gelandet ist."

„In Süditalien?"

„Genauer auf dem Konto einer Gartenbau-Firma namens *Colori Fiori*."

„Moment: Das Geld ging von Linz in die Karibik ..."

„... und von dort nach Neapel zu *Colori Fiori*. Aber das Beste kommt erst, Robert."

„Sabine, mach es nicht so spannend."

„Von Spannung kann keine Rede sein, weil du von mir ohnehin nichts erfahren wirst. Auch nicht, wie der Inhaber der Gartenbau-Firma mit Familiennamen heißt."

„Ich will es auch gar nicht wissen."

„Wie gut ist dein Italienisch?“

„Berühmt werde ich damit sicher nicht.“

„Welchen Wein trinken wir gerade?“

„Was?“

„Rosso?“

„Nein, Sabine. Bianchi.“

Robert Worschädl brauchte ein paar Sekunden, bis er realisierte, welches enorme Potential in diesem kleinen Hinweis steckte.

Und das trotz strikter Einhaltung der Verschwiegenheitspflicht.

Jamas. Salute. Prost.

42

Ich darf ihr nicht vertrauen, nur weil sie mich vor dem Mann gerettet hat.

Ich darf sie nicht mögen, nur weil sie mich duschen lässt.

Ich darf kein Stockholm-Syndrom entwickeln.

Ich muss vernünftig und wachsam bleiben.

Vernünftig und wachsam.

Vernünftig und wachsam.

Denken. Mitdenken. Abspeichern. Merken.

Der Weg über den Hof. Ins Haus. Durch den sieben Schritte langen Gang. Dann zwölf Stufen. Beton mit Teppichfliesen. Im ersten Stock fünf Schritte nach vor, dann acht nach links. Die Tür rechts. Quietschende Schnalle. Niedrige Schwelle. Kühle Fliesen. Badewanne mit hohem Rand. Warmes Wasser, Billigseife, raues Handtuch. Endlich Klamotten.

Dann an der Hand der Frau wieder hinaus. Vier Schritte nach links, also den Gang zurück, dann nach rechts durch eine geöffnete Tür ins Zimmer.

„Wie geht es Ihrem Bruder?“

„Halb so schlimm. Zum Glück war das Hemd dazwischen. Klar, dass es höllisch brennt. Aber mit viel Wundsalbe wird das schon wieder.“

„Muss ich zurück in den Stall?“

„Nein. Er kriegt dich nicht mehr in die Finger. Du bleibst bei mir. Dafür schmierst du dich nicht mehr mit Scheiße ein oder treibst sonst einen Blödsinn.“

„Okay.“

Das Zittern in Ninas Stimme. Sie hatte sich nicht im Griff. Die Angst saß ihr noch in den Knochen. In jeder Faser ihres Körpers. Sie bewegte ihre Finger. Keine kurzen, blutigen Stumpen. Ganze und gesunde Finger.

„Wie lange soll das hier noch dauern?“, fragte sie, als sie die Frau hinunter auf den Boden drückte.

„Das, Prinzessin, steht noch in den Sternen.“

Nina spürte die Schnüre, mit denen ihre Hände ans Bettgestell gefesselt wurden.

„Und wir wissen auch nicht, ob du morgen noch alle deine Finger hast. Das hängt einzig und allein von deinem alten Opa ab.“

Die zuschlagende Tür. Nicht abgesperrt. Die Schritte der Frau, die sich entfernten. Stille.

Nina erlaubte sich jetzt keine Tränen. Auf keinen Fall weinen. Nein. Sie musste ihre Siege feiern. Sie war diesem Vieh entkommen. Und dann auch noch der Säge. Sie war nicht mehr in diesem Stall.

Und jetzt hatte sich auch noch die Frau ihrer angenommen. Die passte jetzt auf sie auf. Und hatte zugleich Ninas Großvater ins Spiel gebracht. Hatten die beiden auch ihm etwas angetan? Oder erpressten sie ihn und hatten ihn mit irgendetwas in der Hand?

Nina hielt sich davon ab, darüber weiter nachzudenken.

Sie durfte sich nicht verrückt machen.

Musste vernünftig und wachsam bleiben.

Weil die Frau sicher noch gefährlicher als dieser Irre war.

43

„Ulrich 1 an Ulrich 2. Bitte kommen."

„Hier Ulrich 2."

„Sind Sie noch mit der psychisch kranken Person beschäftigt, die im Spielpark des Volksgartens auf dem Kletterturm sitzt und Zähne putzt?"

„Die psychisch kranke Person hat sich als Kunststudentin herausgestellt. Die hat da angeblich eine Performance durchgeführt. Als Abschlussarbeit für ihren Bachelor."

„Den Vorfall haben Sie also abgeschlossen?"

„Jawohl. Und die Studentin hat ihre Performance abgebrochen. Wir streifen wieder."

„Gut. Dann fahren Sie bitte ins Sportcenter in der Lidlstraße. Bergsportabteilung. Da hat jemand mit acht falschen Fünfzigern bezahlt. Der Hausdetektiv wertet gerade die Bilder der Videokamera aus."

„Lidlstraße, Sportcenter, Bergsportabteilung. Verstanden."

44

Das Faszinierende an der toskanischen Landschaft waren die verschiedenen Grüntöne. Von leuchtend bis matt, saftig bis staubig, grell bis dezent und prall bis verhalten kann eine einzige Anhöhe unzählige Varianten liefern.

Ein Fest fürs Auge. Gut möglich, dass man seinen Blick minutenlang von dem einen zum anderen Grün wandern ließ und sich dabei nur die vom Wind bewegten Grashalme, Zweige und Blätter rührten. Vielleicht flog auch ein Vogel auf. Gerade in diesem Wenigen lag der maximale Reiz. Der Reichtum der reduzierten Mittel. Das Potential des Minimalen.

Wenn dann mittendrin ein roter Farbfleck auftaucht, der sich auf einem grauschwarzen, kurvigen Band durch die Grüns bewegte, konnte das durchaus als Störung empfunden werden.

Oder doch als Bereicherung, wurde die in sich gekehrte Natur doch von einer genialen technischen Erfindung heimgesucht, die auch in dieser so ruhig anmutenden Gegend einen raschen Transport von A nach B ermöglichte. Zum Beispiel von einem so profanen wie lebensnotwendigen Gut wie Geld.

Am heutigen Tag wurden zum Beispiel fünfzigtausend Euro in kunstfertig gefälschten 50-Euro-Scheinen im Kofferraum eines kirschfarbenen Jeeps aus dem Umfeld von Montepulciano in die Nähe von Chiusi verfrachtet. Verstaut waren sie in Weinkisten unter jeweils sechs Flaschen Sangiovese aus dem Jahr 2014. Ein schwieriges Weinjahr. Aber ein Tropfen, der dem Gaumen durchaus Freude bereiten konnte.

Der Fahrer des Jeeps hielt sein Lenkrad fest umklammert, blickte konzentriert in Richtung der Schlieren, die seine Scheibenwischer hinterließen, und wirkte wie jemand, der alles richtig und nur ja keinen Fehler machen wollte. Also verkrampft.

Kein Deut von Liebe für die Landschaft. Kein Hauch von Erlösungsgefühl wegen der endlich geöffneten Himmelsschleusen. Kein Funke an Freude über die dicken, hochwillkommenen Regentropfen, die das zeitgerechte Heranreifen der Trauben garantierten.

Nein, der Mann auf dem Fahrersitz des roten Jeeps war durch und durch angespannt. Von der Zehe bis zum schon etwas schütteren, heute schlampig gekämmten Haar. Wegen der heiklen Mission, in der er heute unterwegs war. Er musste seinen liebsten Menschen, sein Ein und Alles, aus den Fängen eines unberechenbaren Gegners befreien, der zu allem fähig war.

Immer wieder sah er Ninas kleinen Finger vor sich, den ihm der Postbote in einer kleinen Schachtel lieferte. Ständig hörte er ihre vor Schmerzen gellenden Schreie, als das Gelenk des Fingerknöchels durchschnitten wurde. Dauernd tauchte Ninas Hand vor seinen Augen auf. Blutig und komplett verstümmelt.

Giuseppe Bertini nahm die linke Hand vom Lenkrad und wischte sich über die schweißnasse Stirn. Natürlich hatte er mit dem verwegenen Gedanken gespielt, seinen Feinden mit einem winzigen, bewusst gesetzten Fehler eine Falle zu stellen, sie über die Klinge springen zu lassen und ein für alle Mal aus dem Verkehr zu ziehen.

Ein Ansinnen, das mit Mitgliedern der Mafia allerdings unmöglich gelingen konnte. Es ist wie bei einem Krebsgeschwür. Besiegst du die einen Metastasen, tauchen auch schon die nächsten auf. Rottest du das eine Geschwür aus, bilden sich sofort unzählige weitere.

Insofern pfiff sich Giuseppe Bertini rasch zurück. Zwang sich zu äußerster Disziplin und peniblem Einhalten der Regeln. Bis auf den Betrag. Federico verlangte hunderttausend, und Giuseppe würde ihm nicht mehr als fünfzigtausend geben. Ein kleines Druckmittel, mit dem Giuseppe Stärke demonstrieren und den Preis für weitere Geschäfte hochtreiben wollte. Und ein Spiel, auf das sich Federico einlassen würde. Daran würde er den Tausch des Geldes gegen Nina nicht scheitern lassen. Das würde außerdem signalisieren, dass Giuseppe wieder im Geschäft und zu weiteren Deals bereit war.

In einer Viertelstunde sollte er sich auf einem Parkplatz in einem Waldstück bei Chiusi mit den Entführern treffen. Und dann würde er Nina endlich wieder in seine Arme schließen und mit nach Hause nehmen können.

Jetzt waren es Tränen, die sich Giuseppe aus den Augen wischte. Wodurch er jenes Verkehrsschild übersah, das auf eine Geschwindigkeitsbeschränkung von 60 Kilometern pro Stunde hinwies. Natürlich hatte er auch kein Auge für das Polizeifahrzeug, das sich kurz danach hinter einer großen Reklametafel verbarg, und in dem ein beleibter Beamter mit einer Radarpistole seinen roten Jeep verfolgte.

98 km/h. Grund genug, das Polizeifahrzeug zu starten und die Verfolgung aufzunehmen. Mit Blaulicht und Folgetonhorn. Was bei Giuseppe Bertini ganz automatisch bewirkte, dass er den Gasfuß nach unten drückte. Aber noch im Vorwärtsschießen besann sich der Alte eines Besseren, ermahnte sich zur Vernunft, verlangsamte sein Tempo, schaltete den Blinker ein und hielt bei der ersten sich bietenden Gelegenheit am rechten Fahrbahnrand.

Es würde, sagte er sich, Nina nur schaden, wenn er ausgerechnet jetzt Aufmerksamkeit erweckte. Außerdem konnte er ruhig seinem Bonus vollkommener Unbescholtenheit vertrauen.

Es war ganz und gar üblich, dass er den beiden Beamten seine Papiere zeigen musste. Es war auch gar nicht ungewöhnlich, dass er den Kofferraum zu öffnen und das Pannendreieck und den Verbandskasten vorzuweisen hatte. Und es war auch logisch, dass sie von Giuseppe Bertini hundertfünfzig Euro einkassierten.

Was allerdings aus der Reihe fiel, war das große Interesse des dickeren Carabiniere für Bertinis Sangiovese-Kisten. Weil er selbst in seiner Freizeit einen kleinen Weingarten betrieb. Ob Giuseppe so wie viele andere Winzer auf Biodüngung umgestellt habe? Wo denn genau die Lage seiner Rieden sei? Und welche Sorten er sonst noch in seinen Gärten stehen habe?

Seine ganze Geduld brachte Giuseppe auf, um bei der Beantwortung dieser Fragen ruhig zu bleiben. Am Ende seiner Ausführungen legte er wie nebenbei die Hand auf den Kofferraumdeckel, um ihn endlich zu schließen. Doch da musste der Dicke wirklich noch nach einer Flasche greifen und das Etikett betrachten.

Aus diesem Anlass warf auch dessen Kollege noch einen Blick in die nun geöffnete Kiste. Und dabei erfassten seine Augen akkurat jenes Geldbündel, das unter der nächsten Flaschenschicht verborgen war.

Für einen Moment setzte Giuseppe alles darauf, dass der Carabiniere seinem Fund einfach keine Bedeutung zumaß. Ja, er gab sich der trügerischen Vorstellung hin, seine so wichtige Fahrt doch noch problemlos fortsetzen zu können.

Doch Giuseppe Bertinis letzter Funken Hoffnung schwand, als der Carabiniere zu seinem Halfter griff und seine Pistole zog.

45

Die hundertprozentige Wahrheit ist selbst in den besten Ehen nicht immer die klügste Wahl, pflegte Karoline gern zu sagen. Lebenspartner müssten ihrer Meinung nach voneinander nicht immer alles bis ins letzte Detail erfahren. Gerade ein langes Zusammenleben brauche auch ein gewisses Maß an gegenseitiger Schonung. Deshalb fand sie kleinere Auslassungen respektive Nachjustierungen von Berichten oder Schilderungen durchaus vertretbar und manchmal sogar beziehungsförderlich.

Eine Lebensweisheit, die Worschädl seinerseits zur Anwendung brachte, als ihm Karoline beim Heimkommen völlig überraschend im langen Abendkleid die Tür öffnete. Ihm dämmerte sofort, dass er etwas verdrängt oder vergessen hatte.

„Bertl! Die Kaminskis haben schon zweimal angerufen. Wir sitzen auf Nadeln."

Rigoletto, schoss es dem Kommissar sofort durch den Kopf, und er betonte sogleich, dass er sich genauso wie sie auf den Opernbesuch freue, den sie mit den Kaminskis als Kompensation für das abgesagte Cellokonzert vereinbart hatten. Er habe sich, setzte er während eines rasanten Kleidungswechsels fort, nur wegen eines Anrufs eines Kollegen aus Tarvis etwas verspätet.

Die Reinigung habe übrigens beim Smoking aus dem Kostümverleih genauso Hervorragendes geleistet wie die Italiener bei ihren Recherchen. Die hätten nämlich festgestellt, dass einem gewissen Federico Bianchi nicht nur diese Gartenbaufirma namens *Colori Fiori* gehörte, sondern auch jenes Wochenendhaus in Camporosso, in dem Worschädls Schädel einem beachtlichen Holzscheit standgehalten hatte.

„Alles wunderbar. Aber du bist nicht mehr im Dienst, rückst bitte deinen Kummerbund gerade, und dann raus mit uns, das Taxi wartet. Wie seh ich aus?"

Knapp sitzendes, schwarzes Kleid, zartfließende, leicht transparente Stola, hochgestecktes Haar mit einer dezent verruchten Strähne. Wie eine Göttin.

„Grandios."

„Genau das wollte ich hören. Freust du dich auf Rigoletto?"

„Und wie", schwärmte Worschädl. Die zweite Halbwahrheit innerhalb kürzester Zeit, aber eine Antwort, die in Karolines Ohren bestimmt besser klang als die Tatsache, dass er heute nicht die geringste Lust auf Arien, Duette oder Chöre hatte.

Opern schläferten ihn seit jeher ein. Aber mit einem kurzen Nickerchen im ersten, zweiten oder dritten Akt hat er noch jede überstanden.

Diesmal kippte ihm der Kopf auf die Brust, als der Höfling Marullo seinen Höflingskollegen die Nachricht überbrachte, dass Rigoletto eine Geliebte hatte. Worschädl erwachte durch einen Rempler von Karoline. Aufpassen, Bertl! Nichts versäumen!

Der Kommissar war danach nicht nur hellwach, sondern schaffte es sogar, zu den genialen Klängen des Giuseppe Verdi musikalisch etwas beizutragen. Weil sich ausgerechnet bei Rigolettos hochdramatischer Arie *„Sì, vendetta, tremenda vendetta! – Ha, bald schlägt sie, die blutige Stunde!"* sein Handy meldete.

Im Hochschrecken traf ihn ein vernichtender Blick von Karoline. Neben ihr drehten sich auch die Köpfe der Kaminskis ruckartig in seine Richtung. Überhaupt schienen sich alle in seinem näheren Umfeld platzierten Zuschauer plötzlich ausschließlich auf ihn zu konzentrieren, der gerade die sehr enge Innentasche seines

Smoking-Sakkos verfluchte, weil sie das Herausfischen des schmalen Gerätes enorm erschwerte.

Als er mit seinem Daumen endlich über „Ablehnen" wischen konnte, hatte sich Rigolettos Aufgebrachtheit auf der Bühne, welche sich nicht am Handysignal, sondern an Rachegefühlen gegenüber dem Herzog entzündete, um einige Nuancen gesteigert.

Trotz der zunehmenden Dramatik war zumindest ein Zuschauer überhaupt nicht bei der Sache, sondern ausschließlich bei seinem aktuellen Fall. Was hatte ihm Sabine bloß mitteilen wollen? Gab es neue Erkenntnisse beziehungsweise Entwicklungen? Oder hatte sie schon wieder Zoff mit ihrer Tochter und brauchte jemanden zum Reden?

Die Antwort in Form einer SMS langte mit einem lauten Piepsen ein. Wie erfrischend und lebenserhaltend, dass Blicke doch nicht töten können. In Worschädl tummelten sich jede Menge Schuldgefühle, aber noch wichtiger war ihm, was Schinagl mitzuteilen hatte: „Diese Dame hat heute in Linz mit Falschgeld bezahlt."

Worschädl schirmte das Display mit der Hand ab, betrachtete das beigefügte Foto aus einer Überwachungskamera, das eine junge Frau im Sweater mit übergezogener Kapuze an einer Geschäftskassa zeigte, und wusste sofort, dass er dieser Person schon einmal begegnet war. Und weil die mathematische Struktur von Musik auch das logische Denken fördert, fiel ihm sofort ein, in welchem Zusammenhang.

Auf Grund dieser Erkenntnis war für den Hauptkommissar Robert Worschädl, der eigentlich gerade sehr privat in der Oper saß, jetzt eine berufsbezogene Entscheidung fällig, die ihn in der Beliebtheitsskala seiner Frau sowie der versammelten Opernliebhabergemeinschaft keinesfalls nach oben bringen würde. Aber wenn auf den Opernbühnen dieser Welt zumeist extrem verlangsamtes dramatisches Handeln stattfand, war im ganz normalen Leben oft rasches Zupacken gefragt. Noch dazu, wenn es die Aufklärung eines schweren Verbrechens in einem bühnennahen Milieu betraf.

Der Kommissar im Smoking nickte seiner nicht gerade wohlwollend gestimmten Karoline zu, erhob sich zu Rigolettos *„Keine Macht wird vom Tod dich befreien!“* von seinem Platz, drängte sich mit entschuldigendem Blick an den Sitzenden in Richtung Gang vorbei und wusste, dass sich sowohl Karoline als auch das Publikum in diesem Moment mit dem buckligen Hofnarren auf der Bühne vollkommen einig waren: „Gleich des Himmels verheerenden Blitzen bricht auf dich das Verderben herein!“

Derartige Verwünschungen hätte sich Worschädl nicht unbedingt verdient, weil er seine Kollegin Schinagl erst nach dem Verlassen des Saales bat, das Foto mit der Personalliste des Konzerthauses zu vergleichen. Als er nur eine Minute später in ein Taxi stieg, teilte sie ihm bereits mit, um wen es sich handelte.

46

Jede Bewegung hat ihren Anfang, ihre Mitte und ihren Schluss. Bereits der allererste Impuls muss mit allen darauf folgenden Abläufen auf sein Ziel gerichtet sein. Weil es gerade in besonders ausgesetzten und heiklen Situationen einen oft und oft trainierten, perfekt eingeübten und in jeder Phase hoch konzentrierten Ablauf braucht. Im Ernstfall könnte ein Fehlgriff oder Fehltritt nicht nur einen enormen Krafteinsatz erfordern, sondern böse und sogar lebensbedrohliche Folgen haben.

Der Körperschwerpunkt muss sich unter der Haltehand befinden, sagte sich Tanja Lindinger, als sie ganz oben in der Wand hing und das Bewältigen eines Überhangs trainierte. Dafür musste man den Körper besonders sauber eindrehen und mit den Beinen einen regelrechten Zug auf die Tritte entwickeln. Aus diesem Grund hatte sie sich ja heute für einen ultrasensiblen Kletterschuh entschieden, der mit seinem Schnitt und der Vorspannung auch an winzigen Kanten, Löchern und Rissen für besondere Effizienz sorgte.

Wir haben, sagte ihr Vater gerne, nicht genug Geld, um billig einzukaufen. Eine Lebenswahrheit, die sich auch heute als goldrichtig erwies. Mit den günstigeren Schuhen, die sicher weniger Grip geboten hätten, wäre sie bereits jetzt unzufrieden gewesen. Von ihrem Entschluss, zwei weitere Fünfziger draufzulegen und zur exquisiten Kletterkleidung inklusive Handschuhen, Chalkbag, Klettergurt und einem sündteuren, superleichten Daunenschlafsack mit enormer Wärmeleistung auch noch das perfekte Schuhwerk zu erstehen, war sie rundherum begeistert.

Weitaus weniger angetan war sie von den seltsamen Gestalten, die in ihr Blickfeld rückten, als sie gerade

Schwung holte, um einen ziemlich weit entfernten Griff zu erreichen. Die Frau Mitte dreißig und der Herr um die fünfzig betraten die Kletterhalle doch glatt in voller Straßenmontur und blickten dann auch noch, begleitet vom sie hereinführenden Trainer, geradewegs zu ihr herauf.

Selbstverständlich erkannte Tanja im männlichen Teil des Duos sofort jenen Wahnsinnigen, der ihr auf den Träger des Krans nachgesprungen war. Somit wurde ihr auch sofort klar, dass die beiden wegen ihr hier aufkreuzten. Scheiß Bullen, flüsterte sie, während sie die Hand nach oben streckte und zupackte.

Zart besaitete Gemüter hätten das jetzt ganz gewiss nicht durchgezogen. Die hätten gezögert, den Schwung verloren, wären abgeglitten und ins Seil gefallen. Aber Tanja Lindinger durfte man im Umgang mit der Polizei durchaus als abgebrüht bezeichnen. Ihre rechte Hand erreichte präzise den angepeilten Griff, sie zog sich hoch, suchte zugleich nach einem neuen Tritt und stand nur Augenblicke später wieder sicher in der Wand. Überhang überwunden. Die größere Herausforderung sollte weiter unten auf sie warten.

Als der Trainer ihren Namen rief, versuchte sie, überrascht zu wirken, war aber in Wahrheit fieberhaft damit beschäftigt, herauszufinden, wie ihr die Polizei auf die Spur gekommen war. Beim Einbruch ins Haus der Holls trug sie doch ihre Sturmhaube. Und hier in der Halle war sie ein Niemand. Ein absoluter No-Name. Eine, die kam und ging, ohne mit anderen intensiver in Kontakt zu treten. Eine, die sich nicht anquatschen und überreden ließ, nach dem Klettern noch ein Bier zu trinken.

Ich muss alles abstreiten, sagte sie sich. Die können mir nichts beweisen. Ich behaupte einfach, dass ich die ganze Zeit im Konzerthaus gewesen bin. Ich gebe überhaupt nichts zu.

Standfestigkeit ist die eine Sache. Am falschen Fuß erwischt zu werden die andere. Da hilft auch ein hervorragend entwickelter und gearbeiteter Qualitätsschuh mit ausgezeichneten Reibungseigenschaften nichts. Ein einziger Blick kann alles durcheinander bringen.

Im heutigen Fall reichte dieser eine Moment, in dem sich die Augen des Kommissars mit denen von Tanja trafen. Schärfer durchleuchtet und geröntgt hatte sich die junge Frau noch nie gefühlt. Er weiß es, dachte sie. Warum und wie auch immer er mich erkannt hat.

Der Schreck, der Tanja Lindinger in dieser Sekunde durch alle Glieder fuhr, war so heftig, dass ihr rechter Fuß seine gegenwärtige Aufgabe vergaß, aus der Spannung geriet, kurzum versagte, abrutschte und mit ihm den gesamten zweiundsechzig Kilogramm schweren Körper der Saalwartin des Linzer Konzerthauses in die in der Kletterhalle nicht ganz so dramatische Tiefe riss.

Dabei war Robert Worschädl von einem Erkennen weit entfernt, als er wie automatisch die Arme ausstreckte, um die junge, drahtige Frau aufzufangen. Er hielt es aber für gut möglich, dass sie, die jetzt über ihm ins Seil fiel, jene Diebin sein konnte, die ihm einen Vertrauensverlust in die Heilkraft der Bachblüte, eine höchst unangenehme mediale Präsenz und eine heftige Auseinandersetzung mit seiner Frau und seinem Chef Stefan Schweitzer beschert hatte.

Dazu kam dieser übertrieben selbstbewusste Blick, mit dem sich die Kletterin von ihrem Gurt befreite. Die betonte Lockerheit, mit der sie Schinagl und ihm die Hand entgegenstreckte. Als ob ihr nichts passieren konnte. Als ob ihre Welt vollkommen in Ordnung wäre.

Zu viel des Guten, dachte der Kommissar, als er seinen Ausweis zückte und sich vorstellte. Ziemlich dick aufgetragen, sagte sich zur selben Zeit Sabine Schinagl, die es ihrem Kollegen gleichtat.

„Sie müssen Frau Lindinger sein", meinte Schinagl, während sich der Trainer wieder Richtung Ausgang bewegte.

„Wieso interessiert das die Polizei?"

„Und beruflich sind Sie im Konzerthaus tätig?", überging Worschädl die Gegenfrage.

„Ist das etwa verboten?"

„Haben Sie heute im Sportcenter eingekauft?"

„Warum wollen Sie das wissen?"

Tanja stieg von einem Bein aufs andere. Ihr Blick flog an den beiden Bullen vorbei quer durch die Kletterhalle und registrierte eine ganze Menge neugieriger Augen, die auf sie gerichtet waren.

„Beantworten Sie einfach seine Frage", empfahl ihr die Kommissarin, die auf Tanja ganz sympathisch wirkte. Im Gegensatz zu ihrem Kollegen, der sie von oben bis unten bis auf die Haut zu scannen schien und offenbar nach irgendeinem Hinweis suchte.

„Und wenn es so gewesen wäre?", fragte Tanja.

„Ich glaube, es ist besser, wenn du Frau Lindinger in die Garderobe begleitest", wandte sich Worschädl an Schinagl.

„Gute Idee. Sie ziehen sich um und kommen mit aufs Präsidium", gab Schinagl zurück.

„Aber wieso? Wir können das auch hier besprechen."

„Nicht, solange auf jede unserer Fragen eine Gegenfrage kommt", wurde sie von Worschädl aufgeklärt.

„Also gut. Okay. Ja. Ich hab da eingekauft. Kletterzeug. Ist das verboten?"

„Frau Lindinger, bitte“, ermahnte Schinagl.

„Alles klar. Keine Gegenfragen mehr. Ich bin dort einkaufen gewesen. Punkt. Sonst noch etwas?“

Worschädl lächelte: „Na ja, nur eine Kleinigkeit, die aber von Bedeutung ist.“

Pause. Fragender Blick von Lindinger. Worschädl ließ sie ein paar Sekunden zappeln.

„Sie haben mit Falschgeld bezahlt.“

„Wie bitte, was?“

„Mit echten Blüten“, ergänzte Schinagl.

„So eine verdammte Scheiße! Nein, Sie wollen mich verarschen!“

Sehr gut. Lindinger stand auf dem falschen Fuß. Jetzt konnte man sie zum Straucheln bringen. Für Worschädl der exakt richtige Zeitpunkt für einen Vorstoß. Eine Attacke. Mit möglichst harmlosem Stimmton, als ginge es um nichts: „Frau Lindinger, haben Sie Herrn Holl getötet, um an sein Geld zu kommen?“

„Was? Sie spinnen ja. Ehrlich. Ich soll den Holl ...? He, ich meine, sorry, aber ihr zwei ... ihr seid da oben nicht ganz dicht.“

Es war keine überlegte oder vernünftige Entscheidung, die Tanja Lindinger jetzt traf. Eher eine spontane, von Emotionen geleitete und vermutlich nicht ganz kluge. Weil sich auch die tollsten Kletterschuhe nicht unbedingt zum Laufen eignen.

Dennoch sprintete sie los. In Richtung Ausgang. Rasant angelegtes Tempo, aber kletterschuhgebremst.

Mit den Sneakers von Schinagl lief es sich deutlich besser. Auch rein lauftechnisch konnte die gut trainierte Kommissarin schon bald leichte Vorteile erzielen.

Den Ausgang der Kletterhalle erreichte Tanja noch mit deutlichem Vorsprung. In der Eingangshalle holte Schinagl bereits auf. Draußen auf dem Parkplatz kam sie schließlich auf gleiche Höhe, brachte Lindinger mit einem kräftigen Bodycheck zu Fall und kniete gleich darauf auf ihr.

„Du dumme Nuss rührst dich jetzt keinen Zentimeter."

„Du tust mir weh, verdammte Schlampe", zischte Tanja zurück.

„Du hältst jetzt die Klappe, sonst reitest du dich nur noch weiter in die Scheiße."

Völlig unpassend, dass sich in diesem Moment Sabines Handy meldete. Aber Worschädl kam herangetrabt, deshalb konnte sie aufstehen und diese durchgeknallte Kletterhexe ihrem Kollegen überlassen.

„Muss ich Ihnen Handschellen anlegen?", fragte Worschädl einigermaßen außer Atem.

„Nein, nicht nötig."

„Na gut. Aber noch so eine Schnapsidee ..."

„War eine Kurzschlusshandlung. Kommt nicht wieder vor."

„Hoffentlich."

Worschädl blickte zu Schinagl, die ein paar Schritte zur Seite getreten war und telefonierte. Sie erklärte ihrer Tochter Kerstin gerade, dass sie ihren Schlüssel nicht einfach so wieder zurückhaben könne. Und dass sich Sabine freuen würde, wenn Kerstin wieder nach Hause käme. Allerdings werde es dann nötig sein, ein paar Grundregeln zu klären. An diesem Punkt dürfte Kerstin das Gespräch beendet haben, weil Sabine noch mehrmals ihren Namen rief, aber keine Antwort bekam.

„Alles okay?", fragte Worschädl wenig später.

„Alles okay", antwortete Schinagl.

Aber Tanja Lindinger, die zwischen den beiden zu Worschädls Octavia taumelte, spürte genau, dass nichts okay war.

Weder bei der jungen Kommissarin noch bei ihr.

Weil sie ihren Lebenskarren wieder einmal bis zum Anschlag in den Dreck gefahren hatte.

47

„Ciao."

„Ciao Elena. Tutti va bene?"

„Überhaupt nichts ist va bene. Der Opa der Prinzessin hat scheinbar etwas Besseres vorgehabt."

„Was?"

„Der ist einfach nicht aufgetaucht."

„Das ist unmöglich. Das kann es nicht geben!"

„Ist aber leider so gewesen."

„Und du bist dir sicher, dass du am richtigen Parkplatz gewesen bist?"

„Genau, wie du es beschrieben hast. Zur vereinbarten Zeit. Hab eine Ewigkeit gewartet. Fehlanzeige."

„Porco dio! Idiot! Was ist da, verdammt, passiert?"

„Dieses Arschloch wollte offenbar nicht parieren. Und seine Prinzessin ist ihm scheißegal. Der wird das erst kapieren, wenn wir ihm den ersten Finger schicken."

„Aber damit warten wir noch. Also nur nichts übereilen. Ich melde mich."

„Wie du willst. Wir sind bereit."

Federico Bianchi, etwas kleiner als sein Bruder, Kurzhaarschnitt, dazu bullig und untersetzt, knallte sein Handy auf den Verkaufstisch seiner Firma *Colori Fiori* im neapolitanischen Stadtteil Borgo Santa Lucia, packte einen gleich neben ihm am Boden stehenden Orangenbaum, wuchtete ihn hoch und schleuderte ihn quer durch den Verkaufsraum.

Beim Knall des auf den Bodenfliesen aufschlagenden Keramiktopfs und dem Splittern der Scherben flüchteten zwei Mitarbeiterinnen in einen Nebenraum. Bei den hinlänglich bekannten, notorischen Wutausbrüchen ihres Padrone musste man nicht unbedingt in seiner Nähe sein.

Und Federico Bianchi hätte in diesem Moment liebend gerne jemanden erschlagen, erdolcht oder erwürgt. Vor allem diesen alterssturen, komplett vertrottelten Bertini. Wollte der tatsächlich, dass Federico die Anweisung gab, seiner hübschen Enkeltochter einen Finger zu amputieren? Zwang ihn der am Ende wirklich, eine derart wahnwitzige Methode anzuwenden?

Nicht, dass Federico bei solchen manchmal notwendigen Maßnahmen so etwas wie Skrupel kannte. Drastische Bestrafungen waren hin und wieder unerlässlich, und sein Repertoire an Grausamkeiten war kaum zu überbieten. Aber diesmal stand nicht die Züchtigung im Vordergrund, sondern die Wiederbelebung eines Arbeitsverhältnisses, das sowohl für die Bianchis als auch für Bertini extrem gewinnbringend verlaufen war! Das musste der Alte doch kapieren!

Aber wer wusste schon, was da im Busch war. Federico war sich sicher, dass Bertini das Leben seiner Enkeltochter niemals leichtfertig gefährden würde. Ihm musste klar sein, das sein Nichterscheinen üble Konsequenzen haben könnte. Deshalb war die Verzögerung vermutlich nicht auf seinem Mist gewachsen.

Also kühlen Kopf bewahren.

Auf keinen Fall voreilig handeln.

Bertini wird alles unternehmen, um mit mir Kontakt aufzunehmen, dachte Federico. Und er wird alles tun, um Nina die angekündigten Qualen zu ersparen.

Wenn Giuseppe Bertini allerdings dumme Spiele mit ihm spielte, würde Federico schon aus Prinzip nichts anderes übrig bleiben, als seine Drohung wahrzumachen. Dann würde es der hübschen Nina zwar nicht gleich an den Kragen, aber immerhin an ihre Finger gehen.

48

„Entschuldigung, bin ich der Typ, der einen Menschen killen könnte? Da, bitte, sehen Sie sich meine Hände an. Die murksen doch keinen ab. Noch dazu derartig entsetzlich! Mit so einer Bratschensaite. Wenn das nicht zum Kotzen ist."

Auf den Mund gefallen ist die Kleine nicht, dachte Worschädl, als er Tanja Lindinger im Verhörraum gegenübersaß. Außerdem erschien ihm ihre Empörung nicht gespielt. Vielleicht einen Tick zu laut, weil sie mit Sicherheit etwas zu verbergen hatte, aber den Mord hatte diese schmale, sportliche, an den Armen tätowierte Frau seiner Einschätzung nach nicht begangen.

„Trotzdem stellt sich die Frage, wie Sie zu den falschen Fünfzigern gekommen sind."

„Keine Ahnung. Ich bin ja selbst total perplex. Aber wie wird so etwas schon laufen? Du kaufst ein, bekommst Wechselgeld, und schon haben sie dir das scheiß Falschgeld reingebuttert. Eine echte Frechheit sowas!"

„Stimmt, genau so kann das laufen. Zehn falsche Scheine auf einmal kommen allerdings selten vor."

Tanja hatte sich schon im Sportgeschäft gedacht, dass es nicht unbedingt klug war, der Kassiererin so viel Geld hinzulegen, aber es war verdammt verlockend, einmal richtig einzukaufen. Konnte ja niemand ahnen, dass der stimmführende Bratschist einen Haufen Falschgeld hortete.

„Na ja, diese Fünfziger läppern sich halt im Lauf der Zeit zusammen. Ich lege die immer in eine Lade, und plötzlich waren's eben zehn", setzte Tanja zu einer Erklärung an.

„Und diese zehn Scheine haben Sie nicht zufällig in der Wohnung von Markus Holl gefunden?"

„Was? Woher soll ich wissen, wo der wohnt? Na gut, dann zum zehnten Mal: Ich war im Konzerthaus. Die ganze Zeit. Ich habe dort meinen Job gemacht."

Angriffshaltung. Sie schießt zurück, um mir den Blick auf das Dahinter zu verstellen, dachte sich Worschädl. Wird Zeit, die Dame in die Enge zu treiben.

„Frau Lindinger, nur zu Ihrer Information: Das ist ein Mordfall. Hier wird also sehr genau ermittelt."

„Als Staatsbürgerin will ich das doch hoffen."

„Im Moment sind wir dabei, die Aufzeichnungen aller Videokameras des Konzerthauses zu überprüfen. Und dann kommen die Kameras aus der näheren Umgebung dran. Falls Sie das Haus also doch verlassen haben, stellen wir das sicher fest."

„Ist okay, machen Sie nur." Tanja biss sich auf die Unterlippe.

„Für Sie wäre es natürlich besser, wenn wir das nicht erst im Nachhinein, sondern möglichst jetzt erfahren würden."

„Ach so. Und wieso soll das besser sein?"

„Weil Sie damit signalisieren, dass Sie mit uns kooperieren wollen."

Tanja kaute nun noch intensiver an ihrer Unterlippe, rieb sich dazu die Nase, dachte angestrengt nach und beobachtete dabei Worschädls Handy, das auf der Tischplatte vibrierte und auf dessen Display der Name „Sabine" blinkte.

Der Kommissar griff nach dem Handy und drückte auf den grünen Knopf.

„Hallo."

„Hi Robert. Schöne Grüße aus dem Labor. Die zehn gefälschten Fünfziger aus dem Sportgeschäft und deiner vom Kran gehören eindeutig zur selben Familie."

„Hochinteressant."

„Finde ich auch. Jetzt spricht alles dafür, dass dir die Einbrecherin aus der Wohnung der Holls gegenübersitzt."

„Ja, so sehe ich das auch. Danke für den Hinweis."

„Für dich immer."

Worschädl legte auf, schickte ein kleines Lächeln in Richtung der Spiegelwand, hinter der Sabine das Verhör beobachtete und wandte sich wieder Tanja zu.

„Es wird immer wichtiger, dass Ihnen ganz schnell etwas einfällt."

„Mit ganz schnell meinen Sie ...?"

„Jetzt."

Tanja erkannte an seiner Stimme, dass er nicht scherzte, dass es ihm ernst war, dass er sie, warum auch immer, vor Schlimmeren bewahren wollte.

„Trifft sich gut. Hab mich gerade daran erinnert, dass ich vielleicht doch ganz kurz weg gewesen bin."

„Sehr schön. Und wo sind Sie da hingegangen?"

„Nur raus an die frische Luft. Die Füße vertreten."

„Wenn Sie mir jetzt von sich aus sagen, dass Sie dabei in der Wohnung von Markus Holl gelandet sind, wäre das für Sie von Vorteil."

„Ach du liebe Kacke. Nein, bin ich nicht!" Tanja fixierte Worschädl, der tief durchatmete, als würde er sich um Tanja echte Sorgen machen.

„Oder doch?", stellte Tanja in den Raum und sah ihr Gegenüber fragend an. Worschädl streckte bestätigend seinen rechten Daumen hoch.

„Okay, also doch, ja, es fällt mir wieder ein. Ich bin in der Wohnung der Holls gewesen", setzte Tanja fort und hatte das Gefühl, dass der Kommissar zumindest ein wenig auf ihrer Seite stand.

„Ich halte ausdrücklich fest, dass sich die Befragte kooperationsbereit zeigt", sagte Worschädl, zückte einen Schreiber und kritzelte in den vor ihm liegenden Collegeblock.

„*Außerordentlich* kooperationsbereit“, wollte Tanja berichtigen.

„Das müssen Sie erst beweisen.“

„Ach so? Und wie soll das gehen?“

„Indem Sie erzählen, wie es war.“

„Entschuldigung! Das wissen Sie so gut wie ich.“

Jetzt war es raus. Jetzt hatte sie zugegeben, dass sie Worschädl schon einmal begegnet war. In einer fremden Wohnung. Und außerdem auf einem Kran.

Aber Tanja war sich überhaupt nicht sicher, ob sie dem Bullen trauen konnte. So leutselig er wirkte, machte er doch nur seinen Job, und der war es nun einmal, alle möglichen Leute irgendwelcher Verbrechen zu überführen. Das hier war keine Plauderstunde, sondern ein knallhartes Verhör, und deshalb tat sie gut daran, ihren Einbruch in etwas anderes, nicht ganz so Verbrechensnahes zu verwandeln.

„Okay. Ich hab das alles nur gut gemeint. Also drehen Sie mir bitte keinen Strick daraus. Ich bin in seine Garderobe. Noch vor der Putzfrau. Und wie ich ihn so mausetot da liegen sehe, frage ich mich, wie ich jetzt zu den 200 Euro komme, die ich ihm einen Tag davor geliehen habe.“

„Wozu hat er das Geld gebraucht?“

„Keine Ahnung, aber der verdiente das Zehnfache von mir, von dem kann man das zurückverlangen, auch wenn er nicht mehr am Leben ist. Und nachdem auf dem Schminktisch seine Wohnungsschlüssel lagen ...“

„Und sein Portemonnaie?“

„Nein. Das war nicht dabei.“ Gut, dass sie das noch in derselben Nacht in die Donau geschmissen hatte, dachte Tanja und rutschte auf ihrem Stuhl etwas nach vor.

„Na gut. Und dann sind Sie einfach in seine Wohnung?“, machte Worschädl weiter.

„Aber nur, weil mir Markus prinzipiell vertraut hat. Ehrlich, der hätte das so gewollt. Außerdem hat er mir erzählt, dass seine Frau am Flugplatz war. Die hätte das also gar nicht mitbekommen.“

„Sehr rücksichtsvoll.“

„Eben. Nur habe ich da ewig lang nichts gefunden. Aber dann ist dieser Geigenkasten auf den Boden gekracht und der Deckel aufgesprungen. Der Anblick, der sich da geboten hat, hat mich ehrlich umgehauen.“

„Geldscheine?“

„Jede Menge Fünfziger.“

„Und die haben Sie dann in Ihren Rucksack ...“

„Ja. Und zuerst dachte ich noch, dass ich das Geld behalten sollte. Weil es doch sehr verlockend war. Aber nach der ersten Euphorie war mir noch in der Wohnung klar, dass ich das zum Fundamt bringe.“

„Zum Fundamt?“ Bei der Erfindungsgabe dieser quirligen jungen Frau musste Worschädl innerlich lächeln.

„Zum Fundamt! Klar! Aber dann sind plötzlich Sie auf der Bildfläche erschienen. Und da hab ich dann echt panisch reagiert.“

„Panisch? Die Strumpfmaske hat nach Profieinbrecher ausgesehen.“

„Entschuldigung, aber erstens hat man sowas als Mopedfahrerin immer dabei. Und zweitens wollte ich für alle Fälle gerüstet sein.“

„Sie sind mit dem Geld abgehauen.“

„Hallo, mit Falschgeld. Also mit nichts. Man kann nicht wirklich sagen, dass ich etwas entwendet habe. Und das mit dem Fundamt hatte ich für morgen fix auf meiner Liste.“

Nach wie vor fand Worschädl Gefallen an den rasanten rhetorischen Wendungen, mit denen sich die junge Frau durch ihr Schlamassel manövrierte. Er vermutete, dass die Geschichte mit den geliehenen 200 Euro gelogen, aber wenigstens gut erfunden war.

Wenn es so weiterging, beanspruchte die zum Schluss noch zwanzig Prozent Finderlohn.

„Wie viel ist von dem Geld noch übrig?“

„Alles. Bis auf die Ausgaben im Sportgeschäft.“

„Und wie viel ist dieses Alles?“

„Hunderttausend und ein paar Zerquetschte.“

Worschädl beugte sich nach vorn.

„Frau Lindinger. Wissen Sie, was Sie da sagen?“

„Entschuldigung, wirke ich irgendwie verblödet? Zweitausend Fünfziger ergibt hunderttausend Euro, oder?“

„Sie behaupten also ganz im Ernst, dass der stimmführende Bratschist Markus Holl bei sich zu Hause hunderttausend Euro Falschgeld gelagert hatte?“

„Sicher. Liegt abholbereit bei mir daheim. Herzogstraße 97. Das Kellerabteil mit der Nummer 43. Der schwarze Müllsack hinten links.“

49

Der Wind schob schwere, tief hängende Wolken durch das Donautal herein. Die Gewitter waren in den letzten Jahren eindeutig heftiger geworden. Diese minutenschnellen Entladungen enormer Regenmengen, die kleine Rinnsale in Sturzfluten verwandelten.

Auch jetzt gellten wieder Feuerwehrsirenen durch die Nacht, während Blitze das Linzer Schloss in gleißende Momentaufnahmen tauchten. Gespenstisch, wie schnell ein heißer, schwüler Tag in eine Katastrophenstimmung münden konnte.

Aber während im Mühlviertel garantiert wieder Häuser abgedeckt und Hänge abgetragen wurden, fegten in Linz nur einzelne Plakatständer und Mülltonnen über die Gehsteige und Straßen.

Auch in der hundertzehn Quadratmeter großen Wohnung der Worschädls am Linzer Hafenbecken war es außer dem Prasseln des Dauerregens angenehm ruhig. Bis auf das leise Rascheln der Decke, als sich Karoline Worschädl an ihren Bertl schmiegte.

„Fürs Handyläuten während einer Oper wird man geteert und gefedert und schmort auch noch im Fegefeuer."

„Aber nachdem ich mir sonst nichts zu Schulden kommen lasse ...", antwortete Worschädl und genoss es ungemein, seine Frau im Bett so nahe bei sich zu spüren.

„Ach so? Wer behauptet das?", fragte Karoline, während sie ihre Fingerspitzen über seinen Rücken tanzen ließ.

„Unser Bundespräsident, der Bundeskanzler, der Vorsitzende des Europarates, die Direktorin des Internationalen Währungsfonds ...", meinte Worschädl und schickte auch seine Hände auf eine kleine Forschungsreise.

„Und vielleicht auch noch dein bestes Stück", antwortete Karoline, inzwischen mit anderen Körpergegenden beschäftigt.

„Sowieso", bestätigte Worschädl und beugte sich über Karoline.

Viele ans Fenster klatschende Regentropfen später nippte eine gut gelaunte Karoline an ihrer Sektflöte und stellte sie auf Bertls Bauch.

„Nicht atmen."

Worschädl hielt ein paar Sekunden still und lag völlig regungslos.

„Sensationell!" Karoline war begeistert. „Drei, zwei, eins ... und jetzt!"

Worschädl holte tief Luft, das Glas kippte, wurde aber von der laut auflachenden Karoline noch rechtzeitig aufgefangen.

„Hat sich das Schwänzen von Rigoletto für dich wenigstens ausgezahlt?"

„Kann man sagen. Die italienische Polizei hat herausgefunden, wem das Ferienhaus in Tarvis gehört."

„Darf ich das vielleicht auch erfahren?"

„Nur unter dem Siegel absoluter Verschwiegenheit."

„Versprochen."

„Einem gewissen Federico Bianchi."

„Bianchi? Moment. So heißt doch auch diese Cellistin."

„Sie ist seine Schwägerin."

„Dann ist also ihr Mann ..."

„... Antonio der Bruder von Federico. Gehören laut den italienischen Kollegen zu einer traditionellen Geldfälscher-Dynastie."

„Na hallo, da kommt ja einiges zusammen", meinte Karoline, stellte ihr Glas aufs Nachtkästchen und stützte sich auf den Ellbogen. „Zuerst die Bianchis, dann die beiden Hunderter zwischen den Holzscheiten in Camporosso, vorher noch dein falscher Fünfziger vom Kran ..."

„Und während du in der Oper warst, haben wir den Einbrecher vom Kran geschnappt."

„Also, wenn sich die Ereignisse derart überstürzen, brauche ich noch einen Schluck."

Worschädl schenkte ihr ein.

„Danke, Bertl. Und dieser Einbrecher vom Kran ...?"

„... ist eine junge Frau."

„Das wird ja immer besser."

„Und die hat uns zu den hunderttausend Euro Falschgeld geführt, die sie im Bratschenkasten des Toten gefunden hat."

„Wie bitte? Der Bratschist ..."

„War der Liebhaber der Cellistin."

„Da muss man sich natürlich fragen, was die beiden aneinander gebunden hat. Das Vögeln oder das Geld."

„Vielleicht ihn das Vögeln ..."

„... und sie das Geld", vermutete Karoline.

„Oder beide beides", meinte Worschädl. „Wobei der eigentliche Schlüssel wahrscheinlich ganz woanders liegt."

„Unter der Fußmatte, im Blumentopf, auf dem Autoreifen ..."

„Nein." Worschädl versetzte Karoline eine zärtliche Kopfnuss. „Ich hab da etwas übersehen. Dabei liegt es auf der Hand."

„Versuch es mit Geografie. Schatzsuche." Kopfnuss retour. „Bertl, los, wo liegt der Schlüssel?"

„Irgendwo zwischen Linz, der Karibik und Neapel. Na klar! Gut, dass wir reden. Der Softwarespezialist Antonio Bianchi und Raimund Sedlak!"

„Dieser Ungustl von einem Stadtrat?"

„Genau. Zwischen den beiden muss es eine Verbindung geben."

50

Man muss einem Zeitungsverleger nur mit dem Ausbleiben der ganz- und halbseitigen Inserate beim nächsten Wahlkampf drohen, und schon verrät er dir die Körbchengröße seiner Frau, die Höhe der Ersparnisse seiner Schwiegermutter oder den Namen jenes Schweinehunds, der ihm die Infos über die Cyberattacke und die Installierung einer damit zusammenhängenden Sonderkommission zugespielt hat.

Insofern hätte Stadtrat Raimund Sedlak der Beginn des heutigen Tages durchaus zufrieden stimmen können. Immerhin konnte er sich zwischen seinen Terminen genüsslich mit der Frage auseinandersetzen, wie er dem stellvertretenden Bezirksinspektor Stefan Schweitzer bei seiner Karriereplanung mit dem Kopf voran gegen die Wand fahren lassen konnte.

Das Ziel war klar: Dieser Judas musste degradiert und zum brunzordinären Dienst auf der Straße verdonnert werden. Strafzettel ausfüllen, angepisste Betrunkene vom Gehsteig auflesen, rumänische Bettlerbanden aus leerstehenden Abbruchhäusern vertreiben, randalierende Ehemänner aus Familienwohnungen verweisen, bei eiskaltem Schneetreiben und elendigem Regenwetter inmitten der Abgase einer dichtbefahrenen Kreuzung den Verkehr regeln – so sah die Zukunft dieses unbelehrbaren Mannes aus.

Große Pläne, tiefer Fall.

Akkurat während dieser so niederträchtigen wie lustvollen Gedanken stellte die Sekretärin diesen lästigen Worschädl durch, der ganz dringend nach einem Termin verlangte. Als Sedlak eine Menge anderer Verpflichtungen ins Treffen führte und den Kommissar zwecks weiterer Absprachen zurück an seine Sekretärin verwies, kündigte ihm dieser präpotente Wichtigtuer doch glatt eine offizielle Vorladung an! Natürlich erklärte sich der Stadtrat nun fast zwangsläufig bereit, den Kommissar ehestens zu empfangen.

Und nun saß dieser sturschädelige Worschädl auch schon leibhaftig vor ihm und stellte Fragen, die der Stadtrat alle nicht hören wollte. Weil sie auf eine Wunde zielten, deren Existenz er überhaupt erst jetzt bemerkte. Und es war ihm vor sich selbst und natürlich auch vor diesem Worschädl und der gesamten Welt sagenhaft peinlich, dass er den Kommissar benötigt hatte, um einen Schwachpunkt zu erkennen, den er ausschließlich sich selber zuzuschreiben hatte.

„Ja, es gibt diese Verbindung zu Antonio Bianchi. Einerseits durch eine Art Tätigkeit, und andererseits durch eine Art Freundschaft, die sich durch die Art Tätigkeit entwickelt hat“, erklärte Sedlak und knetete dabei ununterbrochen seine Finger.

Begonnen hatte alles mit einer Art großzügiger Sonderförderung für das *Diavolo Strings*-Quartett, die er der Cellistin Clarissa Bianchi bewilligt hatte.

„Wegen ihres Cello-Spiels oder wegen ihrer schönen Augen?“, erkundigte sich der Kommissar.

„Ich bitte Sie! Die Dame ist zwar außerordentlich attraktiv ...“

„Was Sie doch großzügig gestimmt hat ...“

„Ach so, Sie meinen ... nein ... das beeinflusst mich in keiner Weise.“

„Entschuldigen Sie, bevor da so ein blasses Hühnchen mit vierfachen Brillengläsern kommt ...“

Lautes Auflachen des Stadtrats.

„Stimmt. Wenn Sie es so betrachten, ist mir die Bianchi lieber.“

Na also. Worschädls Taktik schien aufzugehen. Sedlak zeigte erste Anzeichen von männerbündlerischer Einigkeit.

„Sag ich doch", setzte der Kommissar nach. „Es kommt nicht nur darauf an, wer Brecht und Schiller zitieren oder ein Lied aus der Winterreise von Schubert auswendig singen kann."

„Da wären wir dann außerdem im Kulturressort."

„Aber auch denen ist es lieber, wenn jemand abseits der ehrwürdigen Kunst noch etwas vorzuweisen hat."

„Und da ist die Bianchi bestens ausgestattet", bestätigte Sedlak.

„Da bin ich ganz bei Ihnen, Herr Stadtrat. Und den einen oder anderen Tausender ist Ihnen das hoffentlich wert gewesen."

„Sagen wir so: Man wird gerade in solchen Fällen nicht besonders knausrig sein. Wobei, ich sage Ihnen, diese Bianchi ist nicht dumm. Die drückt einem beim Verabschieden gleich die Visitenkarte ihres Mannes in die Hand."

„Damit die nächsten Geschäfte ins Laufen kommen."

„Mit *TechnoSolution*."

„Seine Firma?"

„Alarmanlagen und Softwarelösungen. Alle auf die jeweiligen Kundenbedürfnisse abgestimmt."

„Und Sie hatten so ein Kundenbedürfnis?"

„Privater Natur. Kann man so sagen."

Sedlak führte aus, dass er sich schon länger überlegte, sein eigenes Haus mit einer Alarmanlage auszustatten. Deshalb ließ er sich von seiner Sekretärin nach ein paar Tagen mit *TechnoSolution* verbinden, vereinbarte einen Termin, führte Federico Bianchi durch sein am südlichen Stadtrand gelegenes Domizil, erhielt einen ersten Kostenvoranschlag, stellte daraufhin auch Aufträge aus öffentlicher Hand in Aussicht und bekam dadurch selbstverständlich einen beträchtlichen Rabatt.

„Und wenn man das dann auch noch ohne offizielle Rechnung macht ...“, stellte Worschädl eine Vermutung in den Raum.

Zögern bei Sedlak, weil er sich verplappert und auf dünnes Eis begeben hatte. Würde er nun behaupten, dass alles mit rechten Dingen zugegangen war, würde Worschädl Mittel und Wege finden, das Gegenteil festzustellen. Demnach war es wohl besser, die Kumpelei fortzusetzen.

„Weil es sonst zu kompliziert wird.“

„Weil einem da die Mehrwertsteuer sehr unangenehm im Weg steht. Oder, Herr Stadtrat?“

„Sie sagen es. Und diese Kleinigkeit wird ja hoffentlich keine weitere Beachtung finden.“

„Natürlich nicht. Völlig uninteressant. Wobei es da einen anderen kleinen Haken gibt.“

„Inwiefern?“ Straffe Körperhaltung, gestreckter Hals, erhöhter Aufmerksamkeitsgrad.

„Nun, Herr Bianchi hat sich vermutlich häufig bei Ihnen zu Hause aufgehalten.“

„So ist es. Neben der Alarmanlage sollten auch alle anderen elektronischen Geräte per Tablet bedienbar sein.“

„Mit einem Wischer.“

„Sie sagen es.“

„Dann hatte Herr Bianchi auch zu Ihrem Computer Zugang?“

„Na sicher, anders lässt sich das gar nicht machen.“

„Womit Sie ihm vermutlich Tür und Tor zu den Konten der Stadt geöffnet haben.“

Ein schön und überraschend gesetzter Angriff, fand Worschädl und stellte fest, dass die Attacke bei Sedlak Wirkung zeigte.

Gesichtsfarbenwechsel. Von normal rötlich zu kreidebleich und dann ins extreme Purpurrot. Dazu hastiges Kneten und Quetschen der Finger. Bis Sedlaks Hand unkontrolliert zum Schmiss an seiner rechten Wange fuhr und sich dort kratzend betätigte, während sich auf seiner Stirn ein intensiver Schweißfilm bildete.

Was, wenn dieser Worschädl Recht hatte? Wenn nicht seine Mitarbeiter, sondern er selbst, der Stadtrat und ihr Chef, den Hauptfehler begangen hatte? Wenn tatsächlich Antonio Bianchi hinter der Sache steckte und von Sedlak dazu förmlich eingeladen wurde? Wenn dieser Worschädl das alles genüsslich aufdeckte und sich die Presse darauf stürzte? Und wenn für Sedlak schließlich als einzige Option ein Wiedereinstieg ins Würstelstandgeschäft übrig bliebe?

Nein, so weit durfte er es auf keinen Fall kommen lassen. Deshalb stellte er, noch während er jeglichen Zusammenhang zwischen seinen privaten und beruflichen Angelegenheiten zurückwies und den Kommissar unfreundlich hinauskomplimentierte, seine Strategie in Bezug auf seinen nächsten Besucher völlig auf den Kopf.

Eine Viertelstunde später fiel die Begrüßung des stellvertretenden Bezirkspolizeikommandanten Stefan Schweitzer deshalb betont freundlich aus. Sedlak kredenzte sogar den teuren Marillenschnaps.

„Herr Stadtrat, was gibt es am frühen Vormittag zu feiern?“, erkundigte sich Schweitzer etwas verwirrt.

„Mein schlechtes Erinnerungsvermögen“, meinte Sedlak mit süffisantem Unterton und schenkte ein.

„Ach so?“ Schweitzers Irritation hatte sich noch nicht gelegt.

„Vor nicht einmal zwei Stunden hat mir der Redaktionschef vom Linzer Tagesblatt gesteckt, welcher heimtückische Fiesling ihm den Tipp wegen des Cyberangriffs und der Sonderkommission gegeben hat."

Jetzt blickte Schweitzer schon wesentlich besser durch.

„Aber ich hab's schon wieder vergessen", setzte Sedlak fort und hob sein Glas. „Wie schnell das gehen kann. Unglaublich, Herr Schweitzer, oder?"

„Ja, unglaublich", stammelte Schweitzer, wirkte plötzlich sehr angespannt, hob ebenfalls das Glas und verschluckte sich gleich danach am Schnaps.

„Dafür merken Sie sich jetzt ganz genau, was ich mir von Ihnen erwarte. Haben Sie verstanden, Schweitzer?" Schneidende Stimme. Schluss mit lustig.

„Ja, alles klar." Schweitzer klang leicht gepresst.

„Dieser Worschädl, der hat sich in etwas verrannt."

„Das macht er mit Leidenschaft", versuchte Schweitzer etwas Terrain zurückzugewinnen. Jetzt mit gespielter Entrüstung. „Er war doch nicht etwa bei Ihnen?"

„Vor einer halben Stunde. Wie ein respektloser und ungenierter Elefant. Wenn wir den nicht einbremsen, stellt er mir mein Privatleben auf den Kopf. Schweitzer, hat er das mit Ihnen abgesprochen?"

„In keiner Weise. Er überschreitet seine Kompetenzen aber nicht zum ersten Mal."

„Dabei schießt er sich auch noch völlig unbegründet auf meinen Freund Antonio Bianchi ein."

„Und sollte sich doch eigentlich ausschließlich um diesen Bratschenmörder kümmern."

„Dann sind wir uns ja einig: Sie pfeifen den Kerl sofort zurück."

„Alles klar."

„Sie legen ihm Zügel an."

„Wird gemacht."
„Mit dem Cyberattacken-Fall hat er ab sofort nichts mehr zu tun."
„Nicht das Geringste."
„Gut, Schweitzer. Sie sind mir persönlich dafür verantwortlich, dass meine Weste sauber bleibt."
„Sie können sich auf mich verlassen."
„Hoffentlich. Weil ein Aufstieg zum leitenden Bezirkspolizeikommandanten für Sie sonst in weite Ferne rückt."
Verblüffter Blick von Schweitzer. Wieso wusste der Stadtrat über seine Pläne so gut Bescheid?
„Sie sehen, ich bin bestens informiert. Und ich habe meine Möglichkeiten. Es hängt ganz von Ihnen ab." Sedlak signalisierte das Ende der Unterhaltung mit dem Lächeln eines Diktators, der die Fäden in der Hand hält.
Stefan Schweitzer schluckte, nickte, stand auf, schüttelte Sedlak die Hand und bewegte sich zur Tür. Einerseits mit weichen Knien, weil seine Karriere auf dem Spiel stand. Andererseits mit einem gerüttelten Maß an Zorn, weil er sich ganz ungern wie ein Lakai behandeln ließ. Wie ungehobelt der ihn einfach auf „Schweitzer" reduzierte. Wie einen besseren Fußabstreifer. So was von oben herab.
Nein, Freund Sedlak, nicht mit mir, mir pinkelst du nicht ans Bein, dachte Schweitzer und überlegte sich schon im Lift nach unten, wie er den Stadtrat unterwandern und in Schwierigkeiten bringen konnte.
Der schändliche Umfaller des Chefredakteurs des Linzer Tagesblattes war überhaupt kein Ruhmeszeichen, ließ sich aber vielleicht später zum eigenen Vorteil verwenden.
Jetzt hingegen konnte interessant sein, welche Pfeile Worschädl tatsächlich im Köcher hatte. Falls sie aus-

reichend mit Gift versehen waren, verspürte Schweitzer durchaus die Neigung, sie auch abschießen zu lassen. Ganz ohne angezogene Bremsen oder angelegte Zügel. „Worschädl Unchained“ sozusagen. So einem Rotzlöffel wie Sedlak war das durchaus zu vergönnen.

51

Zuerst zierte sich der Richter.

Dann zierte sich der Staatsanwalt.

Nur Schweitzer zierte sich diesmal nicht. Überraschenderweise war ihm die Suppe nicht zu dünn.

Ganz im Gegenteil lobte er Hauptkommissar Worschädl ausdrücklich für sein Erkennen fallübergreifender Zusammenhänge und seinen risikobereiten und zielgerichteten Einsatz auf internationaler Ebene. Und eminent wichtig, dass er, Schweitzer, erkannt hatte, dass man mit diesem Fall in den Dunstkreis der internationalen Kriminalität und des organisierten Verbrechens geraten sei. Somit gehe es auf Grund der aktuellen Lage vordringlich darum, die Stadt Linz vor größerem Schaden zu bewahren.

Mit diesen Argumentationskeulen sorgte Schweitzer bei den Verantwortlichen für den entscheidenden Gesinnungswandel. Erstaunlich, mit welcher Vehemenz er Worschädls Plan unterstützte. Noch erstaunlicher, mit welcher Geschwindigkeit er Kollegin Schinagl von der Sonderkommission abberief.

Schweitzer ließ es sich nicht einmal nehmen, selber mit dabei zu sein. Weil es für so einen Einsatz die allerbesten Leute brauchte. Ein Satz, der ihm im Zusammenhang mit Worschädl sonst nur unter schwerer Folter über die Lippen gekommen wäre.

Bis auf die schon veralteten und mürben schusssicheren Westen lief alles wie am Schnürchen. Sie kamen noch in derselben Nacht. Überfallsartig. Wie ein Tornado.

Ortszeit 22.34.

Polizeiliches Deaktivieren der Alarmanlage.

Abdunkeln der Videokamera in der Hauseinfahrt.

Austricksen des Türschlosses.

Lautloses Heranpirschen durch den Märchenpark.

Heftiges Klopfen gegen die Haustür.

Antonio Bianchi in der Unterhose. Geblümte Boxershorts. Sein gestammeltes „Mamma mia". Clarissa Bianchi im übergeworfenen Schlafmantel. Völlig perplex. Und mit einem entsetzten „Bist net g'scheit".

Und gleich in den ersten Sekunden Antonios reflexhafte, neapolitanische Fluchttendenz. Zischte plötzlich durch den Vorraum und hinaus auf die Terrasse. Familiengene. So etwas ist angeboren.

Aber im Verfolgen über Terrassen wies Worschädl eine gewisse Übung auf. Respektgebietend, wie wieselflink er trotz seiner zweiundfünfzig Jahre und der Schutzweste agierte.

Was ihm diesmal entgegenkam: Vor der Terrasse wartete kein Kran, sondern ein Teich. Dort bremste er das Muskelpaket von einem Italiener aus, indem er ihn mit der gesamten ihm zur Verfügung stehenden Masse von der Seite kommend rammte, dadurch ins Wasser katapultierte, ihm nachhechtete, sofort einen Polizeigriff anwandte und Herrn Antonio Bianchis Kopf unters Wasser drückte. Gnadenlos. Mehrere Sekunden lang.

„Tun S' sofort was, der ersäuft ihn!", schrie Clarissa mit sich überschlagender, keinesfalls konzertreifer Stimme.

Aber weder Schinagl noch Schweitzer oder die Kollegen rührten auch nur einen Finger.

Kopf raus, kurz nach Luft schnappen lassen, und dann Kopf wieder hinein.

„Ihr Schweine! Das ist Folter!"

„Das ist nur Abkühlung, Frau Bianchi", erklärte Worschädl.

Kopf raus. Hochroter Schädel.

„Sehen Sie? Ihrem Mann ist furchtbar heiß."

Kopf wieder rein. Jeder konnte erkennen, dass der sonst so gelassene Kriminalkommissar Robert Worschädl irgendwie in Rage war.

Jetzt erst sagte Sabine Schinagl: „Robert, ich glaube, es reicht."

Dann meldete sich auch Schweitzer: „Es ist genug."

Robert Worschädl hielt inne, riss den unter Wasser zappelnden Antonio Bianchi hoch, hielt ihn ein paar gierige Atemzüge lang oben und ließ ihn schließlich einfach los. Dann stapfte er tropfnass aus dem Teich und wandte sich an die Cellistin.

„Vor mir davonzulaufen ist Unsinn. Kurz-, mittel- oder langfristig geht das auf alle Fälle schief. Sagen Sie das Ihrem Herrn Italiener."

„Für diese Schweinerei bringe ich Sie in die Zeitung. Ich werde Sie so fertigmachen, dass man Sie in Zukunft auf Ihrer Polizeidienststelle nicht einmal das Scheißhaus putzen lässt", fauchte Clarissa.

Auch wenn sich Worschädls Vorgesetzter Stefan Schweitzer in diesem Augenblick über die Wortwahl dieser international erfolgreichen Musikerin wunderte, stellte er für sich fest, dass sie ihm aus dem Herzen sprach. Ihren letzten Satz musste er sich für seinen nächsten Konflikt mit Worschädl merken. Obwohl er mit dessen Verhalten in den letzten Minuten höchst zufrieden war.

Als die Kollegin Schinagl dem nach wie vor atemlosen Italiener in der Unterhose und der protestierenden Cellistin im Schlafmantel erklärte, dass sie verhaftet seien und dass man ihr Haus nun auf den Kopf stellen, jeden Zettel umdrehen und jedes Staubkörnchen untersuchen würde, und als die beiden dabei zumindest mental erbleichten, stand Schweitzer sogar unter Hochgenuss.

Weil es nicht lange dauern würde, bis jemand diesem vertrottelten Raimund Sedlak von der Aktion berichtete. Und weil Sedlak dann hundertprozentig zu einem Schlag gegen Schweitzer ausholen wollte. Nur gab es zu diesem Zeitpunkt garantiert schon ausreichendes Pressematerial darüber, wie fahrlässig, leichtfertig und naiv der Linzer Finanzstadtrat mit geheimen Daten und Passwörtern umgegangen war.

Guerilla-Taktik. Keinen großen Wirbel machen. Nicht mit der Faust auf den Tisch schlagen. Keinesfalls den allwissenden Zampano spielen. Nein. Anschleichen. Möglichst geräuschlos und dezent. Ganz langsam. Schritt für Schritt. Und dann, wenn sich der Gegner in Sicherheit wiegt, eine gezielte Attacke reiten. Aus dem Hinterhalt.

„Herr Bianchi, unsere rüde Vorgangsweise tut mir leid."

„Entschuldigung abgelehnt. Ich werde Sie klagen."

Der Italiener war ernsthaft aufgebracht.

„Genau das habe ich befürchtet. Dabei hätte ich so sehr auf ein kooperatives Gespräch gehofft." Worschädl bemühte sich um einen bedauernden Tonfall.

„Kooperativ? Mit einem wie Ihnen? Nein, das können Sie vergessen", schimpfte Antonio.

„Schade, das hab ich wohl selbst verbockt. Dabei, als ich erfahren habe, dass Sie aus Neapel stammen ..."

„Na und. Ist das vielleicht verboten?"

„Du meine Güte. Das nächste Missverständnis. Nein, im Ernst, ich liebe diese Stadt."

Kleine Veränderung bei Bianchi, der Worschädl am kleinen Tisch im Verhörraum gegenübersaß. Kaum bemerkbares Aufblitzen von Neugier.

„Sie sind schon einmal da gewesen?"

„Zum ersten Mal Anfang der 80er Jahre. Mit Freunden und einem klapprigen, halb verrosteten VW-Bus. Ich sage Ihnen, als junger Mitteleuropäer mit dem Auto durch den Verkehr in dieser Stadt, da brauchst du ganz schön starke Nerven ..."

„Kann ich mir denken. Da geht es wilder zu als in Ihrem beschaulichen, kleinen Linz."

„Bei Grün, Gelb oder Rot, völlig egal, ob Moped, Auto, Fahrrad, Bus oder Eselkarren ... alle sind gleichzeitig in die Kreuzung eingefahren."

„Aber man kommt auch wieder heil heraus."

„Fragt sich nur, wie."

„Ganz einfach: Wer hupt, gewinnt."

Jetzt, dachte sich Worschädl und beugte sich abrupt nach vor.

„Apropos Gewinn. Wie viel fallen für Sie von den 300.000 ab?"

„Was?"

„Das Linzer Konto, Sie wissen schon. 50, 60, 70 Prozent? Ein Viertel, ein Drittel? Wären immerhin noch 100.000."

„Non capisco."

Nachsetzen, in die Ecke treiben. Nur jetzt nicht lockerlassen.

„Ach, kommen Sie, ist alles am Computer in Ihrem Arbeitszimmer."

„Völliger Unsinn."

„Gratuliere zum Passwort. ‚Colorifiori'. Sehr originell. Unsere Spezialisten waren beinahe am Verzweifeln, aber inzwischen sind sie drin."

Zuckende Mundwinkel bei Antonio Bianchi.

„Sie haben es ja nicht nur mit der Stadt Linz so bunt getrieben", setzte Worschädl nach. „Ein großer Autoverkäufer in Niederösterreich, eine Schifabrik in Salzburg, ein Hersteller für Flugzeugteile in München. Und wer weiß, was wir sonst noch entdecken. Ganz schön stressig, so viele gleichzeitig abzuzocken."

„Das muss ich mir nicht bieten lassen."

„Und dann stellen Sie auch noch fest, dass es Ihre Frau mit einem Bratschenkollegen treibt."

„Schluss jetzt! Basta!

„Entschuldigung, aus den Mails der beiden geht doch unmissverständlich hervor, dass die nicht nur elektronischen Verkehr miteinander hatten. Und diese Mails haben Sie, Herr Bianchi, fein säuberlich in eine Word-Datei kopiert."

Antonio atmete durch und fuhr sich mit beiden Händen übers Gesicht.

„Wie kommt man eigentlich da ran?", setzte Worschädl nach.

„An was?"

„An so einen Mailverkehr. Ich als kompletter Computerlaie ... Ihre Frau muss doch ein eigenes Passwort haben."

„Ja, aber da gibt es Möglichkeiten." Spitze Lippen. Ein kleiner Hauch von Arroganz.

„Und die gibt es auch für fremde Konten", bohrte Worschädl weiter. „Sie haben sich da reingehackt, sich per E-Mail bei Angestellten der Finanzabteilungen als Vorgesetzter ausgegeben und sie angewiesen, hohe Zahlungen auf fingierte Konten vorzunehmen."

„Ach so, hab ich das?"

„Die Kollegen vom FBI nennen das Business-E-Mail Compromise."

„Ich bin schon sehr gespannt, wie Sie das beweisen wollen."

„Das lassen Sie ruhig unsere Sorge sein. Wann haben Sie eigentlich beschlossen, Ihren Nebenbuhler umzubringen?"

„Porco dio! Merda! Cazzo!"

Neapolitanische Emotionen. Schwerer Fehler, dachte Worschädl. Jetzt lässt er seine Deckung fallen.

Der Kommissar rückte seinen Sessel ganz dicht heran und stach mit seinem Zeigefinger in Bianchis Richtung.

„Signore Bianchi! Ich habe Sie etwas gefragt!"

„Aber du bekommst keine Antwort, du kleiner, verpisster Polizist. Ich will meinen Anwalt sprechen."

„Sehr gerne. Und wie wollen Sie den bezahlen?" Linker Haken.

„Was?"

„Den Anwalt." Rechter Haken.

„Wie bitte?"

„Mit echtem Geld oder mit Blüten aus Napoli?"

Uppercut.

Mitten aufs Kinn.

Angezählt.

Jetzt hing Bianchi in den Seilen.

Weil er in diesem Moment begriff, dass sie die Zusammenhänge kannten. Dass die mühsam aufgebauten Netzwerke des neapolitanischen Clans Löcher und Risse bekommen hatten. Dass sich das Blatt gegen die Bianchis wendete.

Antonio schickte einen verzweifelten Blick nach oben.

„Falls Sie auf den Spirito Santo hoffen – dazu müsste Ihre Weste wirklich bianchi sein", setzte Worschädl noch eins drauf, stand auf, schenkte dem Softwarespezialisten und Internetbetrüger Antonio Bianchi noch ein mitleidiges Nicken und ließ ihn mit sich allein. Der Italiener bemühte sich um Haltung. Aber Bella Napoli sah anders aus.

53

Zwei Türen weiter schaffte es Sabine Schinagl kaum, sich auf ihr Verhör mit Clarissa Bianchi zu konzentrieren, weil sie ständig diese verpeilte Ulrike Jenicek vor Augen hatte.

Die Kommissarin hatte ihrem inneren Drängen heute nämlich nachgegeben, war wider jede Vernunft zur Wohnung von Olivers Mutter gefahren und hatte dort ihren Finger auf den Klingelknopf gedrückt. Worauf dieser Trampel zwar an die Tür kam, sie aber nicht auch nur einen Millimeter in ihr Vorzimmer treten ließ.

„Wenn Kerstin Sie nicht sehen will, dann haben Sie das zu akzeptieren."

„Hallo, ich bin ihre Mutter. Ich will mit meiner Tochter reden."

„Aber Ihre Tochter nicht mit Ihnen. Das müssen Sie zur Kenntnis nehmen."

„Wissen Sie was? Sie beenden auf der Stelle Ihre stumpfsinnigen Belehrungen und treten zur Seite!"

„Haben Sie schon einmal darüber nachgedacht, warum Sie die von Ihrer Tochter gesetzten Grenzen nicht akzeptieren können?"

„Sorry, aber hirnrissiger geht's nicht mehr."

„Und warum es Ihnen dermaßen an Respekt vor Kerstins Entscheidungen mangelt?"

„Wenn Sie die Entscheidung meinen, nicht zur Schularbeit anzutreten und dafür mit Ihrem Sohn ins Bett zu steigen ..."

„Vielleicht wäre es sinnvoller, die Schuld nicht bei Oliver, sondern bei sich selbst zu suchen."

„Das darf doch nicht wahr sein. So viel gequirlter Mist auf einmal ... das ist echt nicht auszuhalten", stöhnte Schinagl und war drauf und dran, dieses saublöde Weib einfach zur Seite zu schieben. Die nächste Bemerkung der Ulrike Jenicek hebelte sie aber völlig aus.

„Sieht so aus, als würde Kerstin von Ihnen einfach nicht die Liebe kriegen, die sie braucht", meinte die Dame des Hauses, würzte die Bemerkung mit einem süffisanten Lächeln und knallte Schinagl die Tür vor der Nase zu.

Da hätte die Kommissarin beinahe ihre Faust durch das Türholz geknallt. Aber die Nachbarin, die gerade aus der danebenliegenden Wohnungstür trat, half ihr unwissentlich, sich zu beherrschen, höflich zu grüßen, zum Lift zu gehen und ohne peinliche Gefühlsausbrüche aus dem Haus zu kommen.

Dafür wollte der letzte Satz dieser Übermutter nicht mehr aus ihrem Kopf verschwinden. War da was dran? Bekam Kerstin von ihrer Mutter nicht das, was sie wirklich brauchte? War sie zu streng zu ihr? Zu hart?

Während ihr Denken auch jetzt, im Verhörraum, um diese Fragen kreiste, betonte die zweifellos sehr schöne Clarissa Bianchi vor ihr zum wiederholten Mal, dass sie keine Ahnung habe, wie die vielen 50-Euro-Scheine in den Cellokoffer in ihrem Übungszimmer im 1. Stock gekommen seien. Und sie merkte noch einmal an, dass sie und ihr Mann die Opfer eines schrecklichen Irrtums seien.

Während sich also Sabine Schinagl fragte, ob sie tatsächlich eine schlechte Mutter war, und dabei wie beiläufig dem Dahinlamentieren der Cellistin lauschte, platzte ihr plötzlich der Kragen.

„Sendepause, Frau Bianchi", begann sie mit fester, lauter Stimme. „Ich kann keinen Ton am Cello spielen, aber ich merke sehr schnell, wenn mich wer verarschen will."

„Wieso verarschen?"

„Sie halten mich wohl für minderbemittelt? Für begrenzt intelligent?"

Schinagl hielt es nicht mehr auf ihrem Stuhl. Sie stemmte sich hoch und verschränkte die Arme.

„Falschgeld bei Ihrem heimlichen Geliebten Markus Holl, Falschgeld in einem Wochenendhaus in Camporosso, das dem Bruder Ihres Mannes gehört, und jetzt auch noch Falschgeld in Ihrem Haus! Und das soll ein Zufall sein? Bin ich denn komplett bescheuert?"

„Hallo! Sie vergreifen sich im Ton", schoss die Bianchi zurück.

„Und Sie verschwenden meine Zeit. Viel besser, wenn Sie gleich einen Eindruck über Ihre Lebenssituation in den nächsten Jahren bekommen. Für die erste Nacht in der Justizanstalt stecke ich Sie in eine Viererzelle."

„Viererzelle?"

„Vier Frauen in einem Raum. Eine Waschgelegenheit, ein Klo, Gemeinschaftsdusche am Gang."

„Sagen Sie, sind Sie komplett ... haben Sie noch alle ... Und überhaupt ... wieso in eine Scheiß-Justizanstalt?"

„Ganz einfach: wegen Mordverdacht."

„So ein Schwachsinn! So ein Irrsinn! Ich will sofort Ihre Vorgesetzten sprechen!"

Sabine war gerade im Begriff, kommentarlos den Verhörraum zu verlassen, als ein Kollege der Spurensicherung eintrat und ihr ein bedrucktes Blatt Papier überreichte. Aus dem Safe der Bianchis, wie ihr der Kollege leise zuflüsterte.

Sabine überflog das Blatt und wandte sich dann doch noch einmal an die Cellistin.

„Sie sind ganz sicher, dass Sie mir nichts zu erzählen haben?"

„Wenn Sie mir endlich sagen würden, was Sie wissen wollen.“

„Wie man Geldkurier für den Bruder Ihres Mannes wird“, meinte Sabine und knallte das Papier auf den Tisch. „Das ist doch die Liste der Geldverteiler, oder? Sie und Markus Holl sind da namentlich genannt. Und wer immer Ihren Liebhaber getötet hat, Frau Bianchi ... für Sie ist vorläufig Schluss mit Cello-Spielen!“

Jetzt rollten Clarissa Bianchi doch ein paar Tränen über die Wangen. Sie schien erkannt zu haben, dass sich ihre Position gerade enorm verschlechtert hatte. Mitleid konnte Schinagl für die Frau aber nicht empfinden. Auch wenn sie es noch nicht hieb- und stichfest beweisen konnten: Wer als gefragte Musikerin zu den Besserverdienenden zählte, sein Gehalt mit kriminellen Mitteln vervielfachte und vielleicht auch noch an einem Mord beteiligt war, hatte es nicht besser verdient. Wer ständig am Baum rüttelt, muss nun einmal damit rechnen, dass ihm ein fauler Apfel auf den Kopf fällt.

Und genau das musste leider auch Schinagls Tochter lernen. Nämlich rechtzeitig. Klare Regeln sorgen für Orientierung. Eine schlechte Mutter wäre ich dann, dachte Sabine Schinagl, während sie das Aufnahmegerät ausknipste und aufstand, wenn die Nichteinhaltung dieser Regeln überhaupt keine Folgen hätte.

Und Liebe. Mein Gott. Die kommt einmal so und dann wieder ganz anders daher. Als Zärtlichkeit und Güte, Wut und Überforderung, Zuneigung und Behütung, Gereiztheit und Zurückweisung. Man will sie umarmen und küssen und zum Mond schießen und in die Wüste schicken. Aus Liebe. So viel, so wenig, und immer das meiste. Mehr wäre nicht drin gewesen.

Schinagl war völlig bewusst, dass die Cellistin gerade einiges von ihrem Zorn auf diese Jenicek abbekommen hatte. Aber erstens sind auch Kripo-Beamte nur Menschen, und zweitens konnte sich diese Pseudo-Italienerin ruhig schon einmal an einen raueren Ton gewöhnen.

„Mit Ihnen reicht es mir für heute. Ich wünsche eine gute Nacht."

Dem hinter ihr anschwellenden Protest schenkte Sabine keine Beachtung, weil sie draußen schon von Worschädl erwartet wurde.

„Sabine, die italienischen Kollegen haben mich gerade angerufen. Florentinische Carabinieri haben bei einer Anhaltung wegen überhöhter Geschwindigkeit einen großen Fisch an Land gezogen."

„Branzino, Thunfisch oder Hai?"

„Den Fälscherkönig von Italien."

54

Sie sperrte die Wohnungstür auf und fiel fast über Kerstins Schuhe. Wie immer waren sie mitten im Vorraum platziert, damit möglichst alle anderen verlässlich darüber stolperten. Heute stellte Schinagl die blaugelb gestreiften Converse aber ausnahmsweise gern zur Seite. Sie ärgerte sich auch nicht über den neben die Kommode hingeschlampten Rucksack oder über die blaue Jacke, die wieder nur halb über dem Kleiderbügel hing. Sabine Schinagl genoss es unendlich, dass sie aus dem Wohnzimmer Kerstins Stimme hörte, aufgeweckt und hell, als ob nie etwas gewesen wäre.

Als Schinagl ins Wohnzimmer trat, saß ihre kleine Familie am Esstisch und spielte UNO. Michael war bestens aufgelegt, weil aus der erfolgreichen Präsentation seines Toilettenpapier-Jingles ein fetter Auftrag geworden war. Tobias wirkte ausgelassen wie ein Hutschpferd, weil er seine große Schwester wiederhatte. Und Kerstin schien zu spüren, wo sie wirklich zu Hause war. Nicht bei dieser durchgeknallten Wunderpädagogin, sondern hier, bei ihrer Familie.

„Hi Mami“, rief sie zur Begrüßung. „Ich will euch nicht zur Last fallen, aber ich bin in einer katastrophalen Lage. Du wirst es nicht glauben, Oliver und ich ... wir haben uns getrennt.“

Atemberaubend, wie das pubertierende Jungvolk tickt. Was diesen Mädels und Jungs wirklich wichtig ist. Auf welchen seltsamen Planeten sie sich befinden. Manchmal bleibt einem da schon die Spucke weg. Oder man möchte einfach schmunzeln. Sich über diese Mischung aus Unbeschwertheit und Kompliziertheit freuen.

Ich muss sie einfach ernst nehmen, dachte sich Schinagl. Weil es ihrer kleinen Großen jetzt eben um die Liebe ging. Nicht um dieses komische Spanisch. Oder um irgendwelche Zerwürfnisse mit ihrer Mutter. Nein, Kerstins Welt kreiste nach wie vor um ihre Erfahrungen mit und die aktuelle Trennung von diesem eigenartigen Wesen namens Oliver.

„Superschön, dass du wieder da bist", sagte Schinagl, fuhr Kerstin durch die Haare, zwickte Tobias in die Nase, küsste ihren Lebensgefährten, sah im Kühlschrank nach, ob die Flasche Hugo, die sie gestern gekauft hatte, noch da war, schenkte sich und Michael ein Gläschen ein, wischte sich dabei eine plötzlich auftauchende Träne aus den Augenwinkeln und war nichts als glücklich und erleichtert.

Auch Kerstin schien irgendwie froh zu sein, als sich ihre Mutter neben sie setzte, kein Wort über Schule, Ordnung oder Pünktlichkeit verlor, sondern ihr kommentarlos den Wohnungsschlüssel hinlegte und mit ihnen UNO spielte. Einfach nur dieses simple UNO und einfach nur zwei Stunden Familie.

Und später ging sich sogar noch ein Gutenachtkuss aus.

Ihr kleines großes Mädchen im Pyjama.

Matt Simons, Rihanna und ihr wollig weiches Kuschelschaf.

„Was machst du morgen, Mama?"

„Ich flieg morgen nach Florenz."

„Cool."

„Und du?"

„Ich muss erst einmal das mit Oliver verkraften."

„Klar, sowas kann dauern."

„Und dann muss ich mit Lukas reden."

„Mit Lukas?"

„Hat mir gerade eine SMS geschrieben. Echt süß. Der mag mich. Aber ich glaub, ich bin noch nicht so weit.“

ALLEGRO MODERATO

Die missbräuchliche Verwendung von Gegenständen: zum Beispiel Einkaufswagen, in denen Kleinkinder mitsamt ihren verdreckten Straßenschuhen zwischen den Regalen der Supermärkte herumgeschoben werden. Oder Kreditkarten, die zum Entfernen von zwischen den Zähnen haftenden Speiseresten verwendet werden. Beziehungsweise literarisch hochwertige Bücher, die gerade in mediterranen Gegenden zum Totschlagen diverser Insekten dienen. Und überhaupt das nicht gespitzte Bleistiftende wird quer über die Kontinente am Abend als Kauwerkzeug und Lippenstimulator, in der Früh als Löffelersatz beim Umrühren in der Kaffeetasse, in einer unbeobachteten Vormittagsminute zum Reinigen des linken sowie rechten äußeren Gehörgangs und in einer Nachmittagssitzung als Kratzwerkzeug am Kopf verwendet.

Weniger bakteriell, aber umso ordinärer geht es zu, wenn der erste Violinist des Linzer Kammerorchesters in seinem Koffer nicht nur seine von französischer Hand gefertigte Meistervioline transportiert, sondern auch ein in Papier eingewickeltes, mit pikantem Leberkäse, süßem Senf und Essiggurkerl belegtes Salzgebäck. Kein Wunder, dass dem gesamten Orchester das Wasser im Mund zusammenläuft, wenn der seinen Koffer öffnet.

Der Gipfel des Missbrauchs wird jedoch erreicht, wenn damit nicht nur eine Entweihung des ursprünglichen Verwendungszweckes, sondern auch noch ein massiver Gesetzesbruch verbunden ist. Wenn man automatisch in ein noch dazu internationales Verbrechen verwickelt wird und aus unfreien Stücken zum Mittäter avanciert.

Eine einzelne Geldbörse mit Kredit- und Bankomatkarte sowie ein paar Münzen und Scheinen ließe sich noch akzeptieren. Da sagt man nichts, da macht man mit, das lässt sich gerade noch verkraften. Aber mit falschen Fünfzigern regelrecht vollgestopft zu werden, und zwar bis über den Rand des eigentlichen Fassungsvermögens, wird als impertinent, beschämend und entwürdigend empfunden.

Da hätte man hin und wieder durchaus Lust, sich einem Zollwachebeamten zu öffnen und ihm sein Innerstes anzuvertrauen. Wie sehr mit einem Schindluder getrieben wird.

Aber unsereiner kennt weder Selbstmitleid noch Larmoyanz. Wir leben damit, dass gerade den größten Künstlern eine Tendenz zur Gier und Allmacht innewohnt. Dass sie gerade in schöpferischen Phasen weder Moral noch Ehre kennen. Und dass eine wie die Bianchi ihren inneren Teufel nicht zähmen, sondern viel lieber von der Leine lassen will.

55

Beim Verlassen der Boeing 737 am überschaubaren Flughafen in Florenz erinnerte sich Robert Worschädl sofort an den muffigen Geruch jener Gasse, in der er mit Karoline vor neun, zehn Jahren für eine Woche Quartier bezogen hatte. Dann tauchte der berückende Geschmack der *Gnocchi con Tartufo e Parmigiano Reggiano* auf, die sie mit einer Flasche Vino Rosso in einer lauschigen Trattoria am südlichen Ufer des Arno genossen hatten. Und als nächstes fiel ihm auf der Gangway Kollegin Schinagl ins Kreuz.

„Sorry, Robert, der Nieselregen."

„Kann passieren, Sabine, bei diesen glitschigen Stufen."

„Gut, dass du ein paar Kilo mehr auf die Waage bringst", meinte Schinagl und hielt sich an ihm fest.

„Du sagst es. Kein Nachteil, der nicht auch einen Vorteil in sich birgt."

„Hätte Karoline gesagt."

„Genau. Als Leichtgewicht wäre ich jetzt mit dir hoffnungslos abgestürzt. Nachdem der Flieger sicher und sanft gelandet ist."

„Superpeinlich. Vielleicht stehen die italienischen Kollegen dort oben am Flughafenfenster und hätten sich totgelacht."

Dann hätten wir die Fassung bewahrt und so getan, als ob nichts gewesen wäre. Wieder ein Leitspruch von Karoline. Laut ihr kann man missliche Wirklichkeiten verändern, indem man neue Wirklichkeiten entwirft. Mit neuen Farben, Gerüchen und Tönen.

Man musste nur Sabines Stimmung von heute Morgen nehmen. Entspannt, witzig und gelöst wie schon seit einigen Tagen nicht. Mit Kerstins Heimkehr hatte

Schinagl zu ihrer lebensbejahenden Energie zurückgefunden. Ob sich die versäumte Schularbeit in Spanisch mit einer freiwilligen Prüfung noch nachholen ließ, war im Moment nur halb so wichtig. Hauptsache war, dass Sabine ihre Tochter wiederhatte.

Die florentinische Wirklichkeit sah eindeutig nach Zeitdruck aus, weil sie von einem uniformierten Carabiniere empfangen, zügig an allen Einreise- und Zollformalitäten vorbeigeschleust und zu zwei mit rotierendem Blaulicht wartenden zivilen Einsatzwagen gebracht wurden. Dort schüttelten ihnen eine schlanke, großgewachsene Mittvierzigerin und ihr etwas jüngerer, um einen Kopf kleinerer und diensteifrig wirkender Kollege die Hand.

„Herzlich willkommen. Ich bin Arianna, und das ist mein Kollege Danilo. Ich würde euch ja gerne in mein Stammlokal in der Altstadt von Florenz einladen. Aber leider dürfen wir keine Zeit verlieren."

Während Danilo den Wagen in Richtung Autostrada lenkte, drehte sich Arianna am Vordersitz immer wieder nach Worschädl und Schinagl um und klärte sie über den aktuellen Stand der Dinge auf.

„Gut, dass ihr denen oben in Tarvis die Scans eurer gefälschten Scheine gemailt habt. Die sind dann auch bei uns gelandet. Und für uns war schnell klar, dass die aus seiner Werkstatt stammen."

„Wer ist ‚er'?"

„Bis vor zwei Tagen war uns das selber nicht bekannt. Wir wussten nur, dass es ihn geben muss und dass er seit einigen Jahren die perfektesten Fälschungen herstellt, die wir je in Händen hatten. In den Zeitungen nannten sie diesen großen Unbekannten den ‚Re dei Falsari'".

„Den König der Fälscher", übersetzte Schinagl.

„Genau“, bestätigte Arianna.

„Und ihr wusstet, dass er aus dieser Gegend stammt?“, erkundigte sich Worschädl.

„Eine Vermutung. Weil sich die Bianchis verdächtig oft hier aufgehalten haben. Die stehen unter ständiger Beobachtung ... auch in Neapel, wo sie zu Hause sind. Vermutlich seine Auftraggeber.“

„Federico und Antonio Bianchi?“

„Und ihre zwei Schwestern. Dazu gibt es auch noch die Mutter dieser Bande. Wir haben alles unternommen, um sie und den Fälscherkönig zu überführen, aber wegen fehlender Beweise ist uns das bis vor kurzem nicht gelungen.“

„War wie Phantom. Als ob nicht gibt“, steuerte Danilo in nicht ganz so perfektem Deutsch bei. „Und dann macht Fehler kleine. Zu schnell in Auto. Radar.“

„Jetzt kennen wir sogar seinen Namen: Giuseppe Bertini“, ergänzte Arianna.

„Und er hat sich einfach so verhaften lassen?“, wollte Schinagl wissen.

„Nicht einfach so. Seine Beine haben plötzlich nachgegeben. Er ist umgekippt, gestürzt und hingefallen. Auf der Straße. Die Kollegen dachten zuerst an einen Herzinfarkt“.

„War aber nix Infarkt. Nerven. Psicosomatico“, ergänzte Danilo.

„Inzwischen wissen wir auch, warum“, setzte Arianna fort. „Und jetzt ist er zu einem umfassenden Geständnis und einer ebensolchen Kooperation bereit. Weil er dringend unsere Hilfe braucht. Allerdings wissen wir nicht, wie das alles mit Ihrem Mord in Linz zusammenhängt.“

Worschädl räusperte sich: „Wir vermuten, dass Antonio Bianchi und seine Frau daran beteiligt sind.“

„Das Opfer hat wahrscheinlich auch als Geldkurier fungiert“, fügte Schinagl hinzu. „Ein Bratschenspieler. Vielleicht wollte er aussteigen oder besser bezahlt werden.“

„Ein schwerer Fehler“, meinte Arianna. „Die Bianchis setzt man besser nicht unter Druck. Diese Erfahrung muss auch Giuseppe Bertini machen.“

Worschädl und Sabine blickten sich fragend an, während Danilo mit Blaulicht die Mautstelle auf der Autostrada in Richtung Süden passierte. Die Fragezeichen wurden aber immer kleiner, als ihnen die italienischen Kollegen auf der Fahrt in die Weinhügel rund um Montepulciano die Geschichte von der Entführung von Giuseppe Bertinis Enkeltochter Nina erzählten.

Eine Autostunde später blieb einem weinaffinen Oberösterreicher wie Robert Worschädl gar nichts anderes übrig, als die Fattoria der Bertinis schon beim ersten Anblick geistig zu umarmen. Das Haus mit seinen Nebengebäuden und Weingärten, die über die Hänge zu fließen schienen, vermittelte eine toskanische Idylle wie aus dem Bilderbuch.

Viel lieber hätte er über die Kraft der Traube philosophiert, als einer heiklen Befragung beizuwohnen, dachte sich Worschädl, als er mit Schinagl aus dem Wagen stieg und hinter Arianna und Danilo die Druckerwerkstätte betrat.

Der alte Mann saß an einem Arbeitstisch und war von Polizisten umringt. Er wirkte gebrochen, seine Schultern hingen tief nach unten, seine Stimme hatte keine Kraft.

„Federico Bianchi leitet die operativen Geschäfte in Napoli“, erklärte er sichtlich mitgenommen. „Seine Firma Colori Fiori dient als Tarnung. Das Gebäude verfügt über geheime Kellerräume, in denen Falschgeld gelagert wird."

Bertini, der sein Geständnis gebetsmühlenartig und zugleich sehr konzentriert in ein digitales Aufnahmegerät sprach und alle Fragen geduldig beantwortete, wirkte ganz und gar nicht wie ein Verbrecher, sondern wie ein höflicher, feinsinniger und sogar vertrauenerweckender Gesprächspartner.

„Federicos Bruder Antonio betreibt als neues Geschäftsfeld Betrügereien übers Internet. Er sorgt außerdem für den Transport und die Verteilung der Blüten in Österreich und von dort in den west-, mittel- und osteuropäischen Raum."

„Er hat das Falschgeld also in diesem Wochenendhaus in Tarvis abgeholt?"

„Ja. Auch seine Frau Clarissa. Sie bringt die falschen Euroscheine übrigens gerne in ihrem Cellokoffer über die Grenze."

Zum Mord in Österreich oder Linz konnte Bertini keine Informationen liefern. Aber wer sich gegen die Bianchis auflehne, habe nichts Gutes zu erwarten. Und sie hätten jederzeit jemanden an der Hand, der für sie die Drecksarbeit erledigte.

Arianna hatte Bertini versichert, dass die Polizei alles nur Erdenkliche unternahm, um den Aufenthaltsort seiner Enkeltochter ausfindig zu machen. Fattorias sowie kleinere und größere Bauernhöfe wurden gerade systematisch überprüft. Außerdem beschäftigten sich Internetspezialisten hochintensiv mit jener E-Mail, die der Alte gerade erst von Nina erhalten hatte. Bis auf die Worte ‚gefährlich' und ‚Bauernhof' leider völlig unverständlich. Buchstabensalat. Nicht zu entschlüsselndes Kauderwelsch.

Auf Bertinis Arbeitstisch lagen neben dem Aufnahmegerät jede Menge an Papieren und Zetteln, auf denen der ehemalige Drucker und jetzige Winzer alle ihm noch bekannten Aufträge und Geldflüsse der letzten Jahre notierte. Einschließlich der Namen aller Verbindungsleute, mit denen er zu tun gehabt oder von deren Existenz er in irgendeinem Zusammenhang erfahren hatte.

Plötzlich bimmelte Bertinis Handy. Sofort kam große Hektik auf. Aber der Anruf kam nicht von Federico Bianchi. Das *Ambulatorio Veterinario* in Montepulciano war dran. Trotzdem ließen die Beamten den alten Mann bei seinem Telefongespräch nicht allein.

Zur selben Zeit erreichte Arianna die Nachricht, dass die Internetspezialisten die IP-Adresse jenes WLAN-Netzwerkes ausfindig machen konnten, über das Ninas Nachricht ins Internet gelangte. Die Adresse sei bereits bekannt. Ein Bauernhof und Installateur-Betrieb zehn Kilometer vor Chiusi. Ein gewisser Lorenzo Sorrentino.

Jetzt ging alles Schlag auf Schlag: Arianna forderte mit lautstarker italienischer Vehemenz eine Sondereinheit an. Worschädl und Schinagl wurden dem Assistenten Danilo mit der Anweisung anvertraut, dass sie sich strikt im Hintergrund zu halten hätten.

Im sofort einsetzenden, hastigen allgemeinen Aufbruch ging beinahe unter, dass sich Giuseppe Bertini noch einmal zu Wort meldete: „Es gibt da jemanden, der Ihnen jetzt helfen könnte.“

56

Wer in Italien, Europa und darüber hinaus im Geldfälscher-Gewerbe eine führende Rolle spielen will, muss über weit verzweigte, bestens gepflegte und absolut verlässliche Netzwerke verfügen, die im Bedarfsfall blitzschnell funktionierten.

Die Kosten dafür gab Federico Bianchi in seiner Buchhaltung als Ausgaben für Öffentlichkeitsarbeit und Marketing an. Damit waren meist teure Weine, Restaurantgutscheine, Elektrogeräte und kurze oder längere Urlaube gemeint. Abschreibposten. Honorare dieser Art konnte man dem Staat als steuermindernde Belastungen in Rechnung stellen.

Dem Beamten der *Polizia di Stato*, der ihn gerade von einem Wertkartenhandy angerufen hatte, hatte er erst kürzlich ein hyperflaches Notebook zukommen lassen. Der benötigte das für seinen Sohn, der dieses wiederum für die Schule brauchte. Sehr praktisch, wenn ein Schmiermittel für geschmeidige Beziehungen einen sinnvollen und handfesten Nutzen ergab.

Vor diesem Telefonat, während einer Lieferung von achtzehn Zierpalmen an ein nahes Hotel, hatte er gerade intensiv über seine weitere Vorgangsweise nachgedacht. Weil er die über lange Zeit so fruchtbringende Zusammenarbeit mit Giuseppe Bertini nicht unnötig gefährden wollte. Weil Bertini der Schlüssel zu einer Goldmine war, deren Abbau für kurze Zeit unterbrochen war, jetzt jedoch wieder aufgenommen werden sollte. Nicht auszudenken, wie viele Millionen sich mit der sagenhaften Kunstfertigkeit des Alten noch lukrieren ließen, solange seine Augen nicht zu schwach und seine Hände nicht zu zittrig wurden.

Kurzfristig Angst einjagen? Ja.

Mittel- und langfristig für einen schwerwiegenden Konflikt sorgen? Nein.

Keine Ahnung, was dem Alten dazwischengekommen war. Immerhin hatte er ihm schon eine SMS geschickt, in der er einen Unglücksfall als Grund für sein Nichterscheinen angab und Federico dringend bat, Nina auf jeden Fall zu verschonen.

Federico hatte nicht geantwortet, weil er den Opa noch ein wenig zappeln und dessen Sorgen um Nina ins Unermessliche steigen lassen wollte. Erst dann würde er sich melden, von seiner großzügigen Seite zeigen, bei Bertini maximale Dankbarkeit bewirken und den Fisch für die nächsten Jahre sicher an der Angel haben.

Gerade wollte Federico die Nummer von Bertini wählen und ihn von seinen Ängsten erlösen, da kam dieser Anruf von seinem Kontaktmann der *Polizia di Stato* in Florenz. Kurzer Text. Nur fünf Worte.

„Attenzione. Bertini kooperiert mit uns."

Diesmal warf Federico nicht mit Blumentöpfen. Diesmal beherrschte er seine Wut. Und fasste einen Entschluss, der einer lange gepflogenen, traditionellen Logik folgte.

Verräter sind zu bestrafen. Verrätern muss man Schmerzen zufügen. Dort, wo es sie am Schlimmsten trifft. Dort, wo es am meisten weh tut.

Deshalb tippte Federico jetzt die Nummer seines besten Kuriers in Mittelitalien in sein Handy und stellte sich dabei diesen nur notdürftig renovierten Bauernhof in der Nähe von Chiusi vor. Eine Dauerbaustelle. Die perfekte Tarnung.

„Elena? Es ist so weit. Schaltet die Säge ein."

57

Nina erwachte von einem seltsamen Geräusch. Eine Art Schaben. Es dauerte einen Moment, bis sie sich vergegenwärtigte, dass sie sich nicht mehr angekettet im Stall befand, sondern in diesem Zimmer im ersten Stock des Wohnhauses, mit dicken Schnüren ans eiserne Bettgestell gefesselt.

Nach Ninas Einschätzung kam das Schaben von der Tür, die von ihr etwa drei, vier Meter entfernt sein mochte.

Plötzlich ein metallenes Seufzen. Die Türschnalle. Jemand hatte sie bewegt. Ließ sie hochschlagen. War nahe daran, die Tür zu öffnen. Einzutreten.

Der Mann. Das Vieh. Sein verbrannter Bauch.

Die unbändige Wut, mit der er vor der Tür stand.

Ninas Pulsschlag. Hart und panisch.

Wie sie sich zusammenkrümmte. Dabei den Körper anspannte. Aufs Schlimmste gefasst war.

Erneut das Schaben. Jetzt auch ein Kratzen.

Dann wieder die Klinke.

Das metallische Seufzen. Das Hochschlagen.

Mit einem Unterschied.

Der Luftzug. Der von außen kam.

Die Tür war offen.

Der Mann musste in der Schwelle stehen.

Sah Nina vermutlich an. Fixierte sie.

Wie ein Raubtier vor dem Sprung.

Aber da kam kein verdammter Sprung. Auch keine Schritte. Nur ein Tappen. Zuerst vorsichtig, zögernd. Dann schnell.

Plötzlich die Berührung. Ninas Zusammenzucken. Ihr leiser Aufschrei. Jemand war an ihren Handgelenken. Jemand machte sich an ihren Fesseln zu schaffen.

Wollte Nina losbinden, um sie ganz für sich zu haben. Um mit ihr anzustellen, was er nur wollte.

Nein, bitte nicht, entfuhr es Nina. Entsetzlich, wie die Angst alles in ihr überlagerte. Ihr Selbstbewusstsein. Ihren Mut. Ihre Kraft. Nichts davon war jetzt noch übrig. Nichts davon ließ sich aktivieren.

Ihr Keuchen. Dazwischen die Erkenntnis, dass der Mann jetzt anders roch. Nicht nach Schnaps. Auch nicht nach diesem scharfen Schweiß. Eher nach ...

Das Wort, es fiel Nina nicht ein, wollte ihr nicht einfallen, weil sie es nicht glauben konnte, sich nicht erlaubte, es für wahr zu halten.

Bis sie die feuchte, kühle Weichheit spürte, die jetzt an ihren Handballen war, an den Finger.

Schließlich etwas Hartes, Spitzes, das ihr aber nicht weh tat oder sie verletzte, sondern sich verkeilte. In den Schnüren. An ihnen zog und zerrte.

Wolle, dachte sie endlich.

Es roch nach Wolle.

Genauer nach Haaren.

Noch präziser nach Fell.

Nach einem Fell, das sie kannte, das sie so gerne gestreichelt, in dem sie so gerne ihr Gesicht vergraben hatte.

Wenn es wirklich nach diesem Fell roch, konnte das an ihren Händen nur eine Schnauze sein. *Seine* Schnauze.

Jetzt wurde ihr klar, wer sich an den fest gebundenen und mehrfach verknoteten Schnüren zu schaffen machte.

Jetzt setzte ihr Herz aus.

Vor Freude.

Vor Erleichterung.

Sie hätte die ganze Welt umarmen können.

„Mein Gott, Haku, ich fass es nicht. Komm her zu mir, mein kleiner Spinner."

Ganz kurz schmusen. Das musste sein. Sein wunderbar kuscheliges Fell. Seine weichen Ohren. Seine flauschige Schnauze. „Mensch, wie haben die dich wieder hochgebracht? Mensch, wie hab ich dich vermisst."

Aber sie durften jetzt nicht groß Wiedersehen feiern.

Die Frau hatte nicht abgesperrt.

Hatte sich auf die Fesseln und Ninas Blindheit verlassen.

Aber das konnte sich ändern.

Sie durften keine Zeit verlieren.

„Komm, Haku, weiter, mach mich los."

Er knabberte und biss die Schnüre durch, ohne ihr weh zu tun.

Nina massierte ihre Handgelenke, stand auf und griff nach dem um seinen Hals befestigten Führbügel.

„Du bist gut ausgerüstet. Da hat also jemand mitgedacht."

Sie strich dem Hund übers Fell.

„Also gut, Haku. Wir müssen los. Bring mich hier raus."

Haku setzte sich in Bewegung und Nina folgte ihm. Vorsichtig, leise. Wie selbstverständlich. Wie schon immer.

Der Hund führte Nina aus dem Zimmer. Die Stiege hinunter in den muffigen Flur. Dort waren von draußen Stimmen zu hören.

Der Mann und die Frau. Er offenbar in seiner Werkstatt. Und sie, nein, da bestand kein Zweifel, sie ging über den Hof zum Wohnhaus. Sie kam auf Nina und Haku zu.

Aber es gab nur diesen einen Weg hinaus. Es gab nur diese eine einzige Möglichkeit. Sie mussten es riskieren.

Plötzlich wieder dieses Geräusch, dieser Lärm, der alles rundherum verdrängte und zur Seite schob. Der Nina vollkommen elektrisierte. Und der sie zu lähmen drohte.

Die Säge. Der Mann, der sie wieder packen würde.

Der unsägliche Schmerz, den er ihr bereiten würde.

Nina hinter der halb geschlossenen Haustür.

Trabte bereits am Stand.

Spürte, dass Haku bereit war.

Atmete noch einmal durch.

Jetzt.

„Los, Haku, lauf!“

Das schrille Aufkreischen der Säge. Lorenzo, dessen Bauch wie Feuer brannte. Sein ständiger Griff zur Grappaflasche.

Elenas energische Schritte aufs Wohnhaus zu. Ohne Betäubungsmittel, lautete die Anweisung ihres Auftraggebers. Und keine Finger, sondern die rechte Hand.

Kein leichter Tobak. Nicht einmal für die abgebrühte Elena.

Aber der Auftraggeber war bis zu viertausend Euro mitgegangen. Und das war fast das ganze Dach. Dafür konnte man sich ruhig überwinden und über seinen Schatten springen.

Lorenzo, der feige Arsch, sollte seine Schmerzen und seine Scheißangst ruhig mit Alkohol betäuben. Nach der Attacke mit dem Bügeleisen hätte er seine Schwester wahrscheinlich am liebsten umgebracht. Seither war er sicher keine Minute nüchtern gewesen. Völlig egal, wenn er nur dafür sorgte, dass die Säge funktionierte.

Noch acht Meter bis zur Haustür. Höchste Zeit, dass die einmal gestrichen wurde. Als die Tür plötzlich aufschlug, stockte Elena der Atem. Weil es so unerwartet kam. Weil sie mit vielem gerechnet hätte.

Aber nicht mit einem Hund.

Und nicht mit der Schnelligkeit der Prinzessin.

Schoss hinter dem Hund aus dem Haus, schlug einen Bogen um sie herum und war auch schon an ihr vorbei. In einer Affengeschwindigkeit.

Keine Chance, ihr nachzurennen. Dafür war die viel zu schnell. Wenn dieses Biest entwischt, fliegt alles auf. Wenn die entkommt, ist alles aus.

„Lorenzo! Arsch hoch! Den Wagen! Los, los, los! Sofort! Schnell!“

59

Der Weg war dilettantisch asphaltiert und wies jede Menge Fallen auf. Schlaglöcher, vom Regen ausgewaschene Rinnen, wuchernde Grasbüschel. Aber Haku tat sein Bestes. Umrundete die Hindernisse.

Nina, die den Führbügel fest in der Hand hielt, hatte nur eine vage Vorstellung, wo sie entlangliefen. Wahrscheinlich hatte Haku die ganz normale Zufahrt gewählt, auf der sie vor zwei Tagen angekommen und auf der es für sie am leichtesten zu laufen war. Aber hinter ihnen dröhnte der Motor des Lieferwagens auf. In wenigen Augenblicken hatten diese Verrückten sie eingeholt.

Nina wusste nicht, ob sie von denen beobachtet und gesehen wurden. Sie konnte auch nicht abschätzen, wie weit entfernt sie waren. Sie wusste nur, dass sie unmöglich auf der Zufahrt bleiben konnten.

„Haku, wir müssen weg hier. Bring uns fort."

Kurzes Zögern bei Haku. Nina zog und zerrte am Führbügel.

„Schnell, Haku! Wir müssen weg!"

Jetzt hatte Haku verstanden. Jetzt schlug er sich ins Gebüsch. Nina spürte Strauchwerk an ihren Füßen, stolperte über eine Wurzel, fiel der Länge nach hin, rappelte sich wieder hoch, lief weiter und feuerte Haku an.

Nur keine Rücksicht auf sie nehmen.

Nicht nachlassen.

Tempo machen.

Zweige peitschten ihr ins Gesicht, Dornen rissen ihr die Haut an Händen und Armen auf, ein Ast schlug ihr gegen die Hüfte.

Aber Haku kämpfte sich voran.

Haku bahnte ihr den Weg.

Schlug Haken, umlief Baumstrünke, suchte für Nina den besten Pfad. Und Nina verließ sich voll und ganz auf ihn. Vertraute ihm mit allen Fasern. Lief mit ihm, wie sie noch nie mit ihm gelaufen war.

In hoch unsicherem Gelände.

Mit gemeinen Hindernissen.

Aber die eigentliche Gefahr spürte sie in ihrem Rücken.

Vom Lieferwagen, der sich so wie sie durch die Büsche schlug.

Hinter ihnen her war.

Immer näher kam.

60

Die Zufahrt, die von der Hauptstraße zum etwas abgelegenen Bauernhaus des Installateurs Lorenzo Sorrentino führte, war abgeriegelt. Die Sondereinheit war gerade dabei, den Hof weitläufig zu umstellen. Italienische Funksprüche und Kommandos schwirrten durch die Luft.

Den von seiner nicht lebensbedrohlichen Schussverletzung wieder halbwegs genesenen Blindenhund namens Haku hatten sie auf der Fahrt vom *Ambulatorio Veterinario* mitgenommen. Das Tier hatte verdammtes Glück gehabt.

Die Kugel war nämlich just in dem Moment in seinen Körper eingedrungen, als Haku angesichts der drohenden Gefahr die Zähne fletschte. Und dabei auch noch sein Maul aufriss. Das erwies sich insofern als günstig, als die Kugel deswegen durch die linke Hängebacke in Richtung rechter Vorderlauf jagte. Klassischer Streifschuss. Oberflächliche Rissquetschwunde. Verursachte einen enormen Blutverlust, richtete aber sonst keinerlei groben Schaden an.

Allerdings erlitt Haku einen Schock und war für längere Zeit ausgeschaltet. Und natürlich war es der große Verdienst von Giuseppe Bertini, dass er die Blutung drastisch verringern konnte. Sobald die Wunde genäht und Haku mit Infusionen versorgt war, ging es mit ihm wieder bergauf.

Heute schien er genau zu spüren, was von ihm erwartet wurde. Kaum aus dem Wagen, lief er los. Samt dem Führbügel um seinen Hals. Ohne dieses Hilfsmittel hätte sein Einsatz keinen Sinn gehabt. Wobei keiner der Polizisten daran glaubte, dass ausgerechnet dieser

Hund, der wie der Blitz im Gebüsch verschwand, bei dem Einsatz etwas bewirken könnte.

Die österreichischen Kriminalkommissare Robert Worschädl und Sabine Schinagl kamen sich indessen vor wie auf dem Abstellgleis. Ihnen wurde der unspektakuläre Platz hinter dem ihnen schon bekannten zivilen Einsatzwagen zugeteilt, weitab vom eigentlichen Schuss, im hintersten Hintergrund, mit Danilo als Bewacher. Einerseits wollten sich die Italiener von ihren Kollegen aus dem Alpenvorland nicht ins Handwerk pfuschen lassen, andererseits hatte sich Schweitzer erst vor einer halben Stunde per Handy mit der strikten Anweisung gemeldet, unter keinen Umständen einzugreifen.

Ihr Augenmerk hatte einzig und allein Hinweisen zu gelten, die zur Aufklärung des Linzer Mordfalls beitrugen. Keinerlei Einmischung in diesen Entführungsfall! Keinerlei Aktivitäten in Sachen ‚Re dei falsari'!

„Wie ein Pensionist kommt man sich vor", murmelte Worschädl grantig und kickte einen Stein ins Gebüsch.

„Hoffentlich kriegen die das hin", nörgelte Schinagl und blickte aus Ablenkungsgründen auf ihr Handy. Keine Mail, keine SMS. Als ob man nicht vorhanden wäre.

Dennoch waren beide guten Willens, sowohl die italienischen als auch die österreichischen Anweisungen einzuhalten.

Aber was soll man bitte machen, wenn plötzlich in dreißig Metern Entfernung dieser Hund mit einer jungen Frau im Schlepptau regelrecht aus dem Dickicht bricht? Und wenn hinter den beiden das Brummen eines aufheulenden Motors zu hören ist und gleich darauf ein vom Rost befallener Lieferwagen aus den Büschen kracht und die beiden Laufenden anvisiert?

Darf beziehungsweise kann man da untätig daneben stehen, wenn noch dazu dem einem zugeteilten

Commissario Danilo im ersten Schock nichts anderes einfällt, als mit zitternden Fingern nach dem Funkgerät zu greifen?

Ja Himmel Herrschaft, junger Mann, zum Funken bleibt jetzt keine Zeit! Weil es verdammt noch einmal um den Bruchteil von Sekunden geht! Da braucht es ein perfekt eingespieltes Team, das – ohne sich groß abzusprechen – goldrichtig reagiert!

Als schneidig gekämmter, italienischer Jungspund konnte man sich an dem zur Inaktivität verdonnerten, trotzdem aber plötzlich hochaktiven österreichischen Duo getrost ein Beispiel nehmen.

Nehmen wir nur Schinagl. Die schnellte wie eine Sprungfeder hoch und raste in Richtung der Läuferin.

Zeitgleich packte Worschädl den größtmöglichen herumliegenden Stein, schoss hoch und jagte auf den Wagen zu.

In diesem Moment änderte der clevere Hund seine Richtung, die junge Frau folgte ihm, aber vor dem Wagen gab es kein Entrinnen, der machte die Wendung mit und hielt direkt auf sie zu. Vielleicht fünfzehn, sechzehn Meter noch. Höchstens noch ein paar Sekunden.

Genau dieses Zeitfenster blieb Schinagl, um sich ohne Rücksicht auf sich selbst im Laufen vom Boden abzustoßen und zu einem gewaltigen Hechtsprung anzusetzen. Um den Hund und die Läuferin aus der Fahrtrichtung des Wagens zu bringen.

Worschädl hingegen holte im Dahinhetzen weit aus und fixierte dabei die im unwegsamen Gelände auf und ab hüpfende Windschutzscheibe.

Just in jenem Moment, in dem Sabine Schinagl die um ihr Leben rennende Nina Bertini im Flug berührte und sie mitsamt ihrem Hund aus ihrer Laufbahn stieß, schnalzte Worschädls Stein wie ein Torpedo gegen die verdreckte und bereits von einem früheren Steinschlag angegriffene vordere Scheibe.

Äste scharf wie Stacheldraht, Dreck und Geröll, berstendes Glas, schlingernde Reifen. Und ein Lieferwagen, der über einen Baumstumpf rumpelte, beinahe umkippte und plötzlich eine unvorhergesehene, völlig unglückliche Richtung nahm.

Auf Schingl, Nina und den Hund zu.

Und auf Arianna, die gerade aus dem Dickicht stürmte.

Worschädl wusste in dieser Sekunde, dass es für ihn nur zwei Möglichkeiten gab. Beide würden ihn in erhebliche Schwierigkeiten bringen. Und bei beiden war der Ausgang höchst ungewiss.

Regen oder Traufe?

Pest oder Cholera?

Hauptkommissar Robert Worschädl, mit dem Rücken näher an der Wand denn je zuvor, entschied sich für Variante B.

61

Ein Himmel wie aus dem Reiseprospekt. Stahlblau und wolkenlos. Bis auf die Rauchschwaden über der VOEST. Weißer, hellgrauer Dampf. Arbeit. Industrie. Eines der Herzen dieser Stadt. Der Himmel über Linz. Ein ausgewaschener, frischer Tag.

Die Stimmung im Besprechungsraum im vierten Stock des Landeskriminalamtes Linz war vergleichsweise bedeckt. Sonnenschein sah anders aus.

„Das Schlimmste für einen Polizisten oder Kriminalbeamten ist es zweifellos, wenn man eine Kollegin oder einen Kollegen verliert“, begann der stellvertretende Bezirkspolizeikommandant Stefan Schweitzer seine kleine, vorbereite Rede und blickte mit ernster Miene in sichtlich betroffene Gesichter.

„Um das zu verhindern, kann es auch einmal nötig sein, sich über Anweisungen und Vorschriften hinwegzusetzen“, setzte Schweitzer fort. „Zum Glück hat unser Kollege Worschädl nicht unüberlegt, sondern sehr überlegt gehandelt. Und zum Glück hat das unsere italienische Kollegin auch bestätigt. Ob es notwendig war, gleich sieben Schüsse abzugeben, könnte man natürlich diskutieren.“

Sabine Schinagl, eine Schramme auf der Stirn, blickte Worschädl von der Seite an. Ihm war nicht nach Feiern zu Mute. Er hatte erstens zwei Menschen getötet, zweitens jede Menge Vorschriften missachtet und hatte es einzig und allein den italienischen Kollegen zu verdanken, dass er aus der Geschichte mit heiler Haut davonkam.

Arianna und Danilo hatten gleich nach ihrer Verabschiedung einen 6-er-Karton Sangiovese mit einer sehr herzlichen Grußkarte zur Post gebracht, und mit dem edlen Tropfen sollte jetzt angestoßen werden. Dabei war allen bewusst, dass Schinagl ohne das schnelle Handeln von Worschädl unter die Räder gekommen wäre. Arianna hätte ihr Stammlokal in der Altstadt von Florenz nie mehr besuchen können, und Nina und ihr Hund hätten ohne Schinagls und Worschädls beherztes Eingreifen wohl keine einzige Laufrunde mehr um die Fattoria Bertini gedreht.

„Grazie mille per tutti", las Schweitzer die wichtigsten Worte der Grußkarte vor. „Worte, denen nichts mehr hinzugefügt werden muss. Lieber Robert, unterm Strich ist deinem Chef nur wichtig, dass der Installateur Lorenzo Sorrentino der Fuß vom Gas und das Lenkrad aus der Hand gerutscht und alles gut ausgegangen ist."

Perfekte Inszenierung, weil Schweitzer nach dem Händeschütteln mit Worschädl auch noch ein Papiertaschentuch an seine Augen drückte, um eine nicht vorhandene Träne der Rührung wegzutupfen. Ein zukünftiger Bezirkspolizeikommandant in seinem Element.

„Einen Sonderapplaus verdient aber auch Kollegin Schinagl. Mit ihrem selbstlosen und waghalsigen Einsatz hat sie dem noch dazu blinden Entführungsopfer Nina Bertini das Leben gerettet. Hut ab und bravo!"

Die kleine Runde in Schweitzers Büro applaudierte, griff nach den schon bereitstehenden, eingeschenkten Weingläsern und prostete sich zu. Dabei lächelte Schweitzers Konterfei von der Pinnwand hinter seinem Schreibtisch herab. Dort hatte er den Vorabdruck eines morgen erscheinenden Zeitungsartikels angeheftet, der ihn als großen Helden bei der Aufdeckung einer international agierenden süditalienischen Geldfälscher-Bande präsentierte.

Darin berichtete Schweitzer auch vom mittlerweile vorliegenden Geständnis der Cellistin Clarissa Bianchi, die sich Hafterleichterung verschaffte, indem sie zugab, selbst als Geldkurier tätig gewesen zu sein. Ihren Musiker-Kollegen Markus Holl habe sie selbst angeworben und angelernt. Erst kürzlich hatte der Bratschist wieder eine ganze Menge echte Euro gegen 125.000 gefälschte eingetauscht. Die intensive Beziehung, die sich zwischen ihr und Holl ergeben habe, hätte ihr Ehemann Antonio schon alleine aus geschäftlichen Gründen toleriert.

Eigentlich sei alles bestens verlaufen, bis Worschädl beim Wochenendhaus in Tarvis auftauchte, als Clarissa und Antonio Bianchi gerade Falschgeld-Nachschub holen wollten. Deshalb blieb Antonio nichts übrig, als den Kommissar mit einem Holzscheit niederzuschlagen.

Zusammenhänge mit dem Mord an Holl habe die Cellistin vehement bestritten, wobei für Schweitzer die Bianchis und Gernot Braunschweiger nach wie vor zu den Hauptverdächtigen zählten.

„Wir feiern, obwohl wir noch immer keinen überführten Täter haben", brummte Worschädl, als er mit Schinagl vor der Pinnwand stand und den Artikel überflog.

„Schweitzer geht davon aus, dass es einer von diesen dreien ist", meinte Schinagl.

„Weil er damit sich selbst und die Presse beruhigen kann. Der Frau des Ermordeten wird das wahrscheinlich nicht genügen", antwortete Worschädl.

„Wäre doch fair, Frau Holl über den letzten Stand unserer Ermittlungen zu informieren."

„Gute Idee, Sabine. Jetzt könnte ich sie draußen am Flugplatz erwischen."

„Du möchtest dich von hier verdrücken?", fragte Schinagl und grinste.

„Richtig erkannt. Der Verdunstungseffekt."

„Nachdem es bei mir zu Hause etwas zu feiern gibt ...“

„Einen Geburtstag?“

„Ferien ohne Nachprüfung. Kerstin hat es noch hingebogen. Kein Fleck im Abschlusszeugnis.“

„Sensationell.“

„Eben. Deshalb werde ich mit dir verdunsten.“

„Dann fehlen aber die beiden, die heute hier gefeiert werden.“

„Fällt aber wahrscheinlich keinem auf.“

Kurz danach nutzten sie einen Moment, in dem Schweitzer lautstark von sich selber schwärmte, um unbemerkt zu verschwinden.

Wobei Schinagls Weg dann doch nicht direkt nach Hause führte. Weil sie eine Zeile aus Schweitzers Zeitungsartikel nicht in Ruhe ließ. Und weil sie und ihr Kollege offensichtlich eine wesentliche Kleinigkeit übersehen hatten.

62

„Gute Arbeit in Italien.“

Die Stimme kam von Stadtrat Raimund Sedlak, der sich selbst zu dieser kleinen Feier eingeladen hatte und Schweitzer mit einem Glas Sangiovese in der Hand zum gelungenen Einsatz gratulierte.

„Ja, das hat ganz gut geklappt“, übte sich Schweitzer im Unterstatement und nahm einen Schluck.

„Bei Ihrer Aktion gegen die Bianchis, ist da etwas Neues aufgetaucht?“, fragte Sedlak und ging ein paar Schritte zum Fenster.

„Was sich leider bestätigt hat, ist der extrem fahrlässige Umgang mit geheimen Daten und Passwörtern auf höchster Ebene“, antwortete Schweitzer und achtete darauf, dass seine Worte nur für Sedlak zu hören waren.

„Muss man das unbedingt an die große Glocke hängen?“, fragte Sedlak mit ebenfalls gedämpfter Stimme.

„Nicht unbedingt. Falls auch von Ihrer Seite ein konstruktiver Zugang gegeben ist …“

„Zum Beispiel in Bezug auf ganz bestimmte Karrierepläne?“

„Nur, wenn Sie auch dem Interesse der Allgemeinheit dienen. Die besten Köpfe an die besten Positionen.“

„Nach Ihren großen Erfolgen im Ausland steht für mich außer Frage, dass ich Sie empfehlen werde.“

„Tatsächlich? Etwa für die Position des Bezirkspolizeikommandanten?“

„Genau dafür. Es gibt keinen Idealeren.“

„Sehr schön, freut mich. Dann kann ich Ihnen versichern, dass Ihr Name in der Bianchi-Angelegenheit nur eine untergeordnete Rolle spielen wird.“

„Fein, dann sind wir uns ja einig.“ Freundliches Lächeln des Stadtrats.

„Vollkommen."

„Ganz wunderbar. Sehr zum Wohl, Herr Kommandant."

„Sehr zum Wohl, Herr Stadtrat."

63

Begonnen hatte der Tag mit einem Anschiss vom Leiter des Facility Managements. Weil Tanja Lindinger in der Mordnacht nicht ordnungsgemäß ausgestempelt hatte. Dieser nervige Typ hatte nicht das geringste Verständnis dafür, dass an diesem Abend alle extrem flippig waren, ununterbrochen irgendjemand etwas brauchte und auch seine Saalwartin in Sachen Mord einigermaßen überfordert war.

Als nächstes entlud sich die immer noch hypernervöse Stimmung des Orchesters in ihre Richtung. Beschwerte sich doch wirklich der Altflötist bei ihr über die mutwillig veränderte Höhe seines Notenpults. Und dann motzte auch noch die Dirigentin, weil ihr „Taktstöckele plötzlich verschwunde isch".

Zu guter Letzt brauchte Tanja noch geschlagene 20 Minuten, um im mittleren Saal einen eingetrockneten Kaugummi von einer Stuhllehne zu kratzen. Aber sie nahm das alles erstaunlich gelassen hin und hatte auch allen Grund dazu.

Einerseits durfte man so einem großen Haus mit etlichen Mitarbeitern durchaus zugestehen, dass ein Mord, noch dazu in den eigenen Reihen, so manche weitere Beben und Kollateralschäden nach sich zog.

Andererseits befand sich Tanja ganz normal in Freiheit. Während Braunschweiger und die Bianchis hinter Schloss und Riegel saßen, konnte sie in der Damentoilette friedlich auf dem Deckel hocken und mit einem dicken Ofen feiern, dass sie diese Kacke ohne großen Schaden überstanden hatte.

Sie hatte keine Zellentür und keine Gitterstäbe vor der Nase, und das hatte sie nicht zuletzt der Gutmütigkeit dieser Kripo-Beamten zu verdanken. Das waren keine, die sich jeden Eingebuchteten in den Griff ihrer Pistole kerbten. Und nachdem Tanja nichts wirklich Schwerwiegendes verbrochen hatte, wurde sie wieder heimgeschickt.

Mit Auflagen, das schon. Keine Auslandsaufenthalte. Bis zur Klärung des Falls musste sie gut erreichbar sein. Das war locker zu verkraften. Hauptsache, ihren Eltern wurde von der Polizei nicht ein weiteres Mal mitgeteilt, dass sie ihre Tochter hopsgenommen hatten.

Hätte sie gewusst, dass die Scheine in Holls Wohnung Blüten waren, hätte sie die nie und nimmer angerührt. So dumm, wissentlich mit Falschgeld zu bezahlen, war Tanja nun wirklich nicht. Wobei sie nichts dagegen hatte, dass die Begleichung für die Kosten der Bergtour gerade noch durchgegangen war. Insofern hatte sich der illegale Ausflug in die Wohnung der Holls und sogar das Verhör mit diesem Bullen ausgezahlt. Unterm Strich hatte Tanja von der Geschichte profitiert.

Als sie die Toilette verließ, hoffte sie allerdings inständig, nicht noch ins Minus zu rutschen, weil über den Gang diese lauftechnisch nicht zu unterschätzende Kommissarin auf sie zukam. Und gleich ihr erster Satz löste Alarmsignale aus.

„Frau Lindinger, Sie haben uns angelogen."

„Ach so?"

„Im Bratschenkasten von Markus Holl müssen laut der Cellistin Clarissa Bianchi nicht 100.000, sondern 125.000 Euro gewesen sein."

Tanja entschied sich sofort, dem entrüstet zu widersprechen. Welche Behauptung die Cellistin da auch immer in die Welt setze, es sei kein einziger Lappen mehr als diese 100.000 da gewesen. Kann ja sein, dass Holl selbst die fehlenden 25.000 irgendwie verbraten hat, oder vielleicht lügte die Cellistin wie gedruckt. Tanja fand jedenfalls keinen Cent mehr, als sie angegeben hat.

Der reinen Wahrheit hätte entsprochen, dass sie sehr wohl damit spekuliert hatte, die restlichen 15.000, die sie in ein Schließfach am Bahnhof sperrte, nach und nach unters Volk zu bringen. Aber nach dem ersten Verhör wurde ihr das dann doch zu heiß. Also landeten die Scheine erst letzte Nacht, in blickdichten Müllsäcken verpackt, in einer Restmülltonne.

Für die Polizei waren diese Informationen aber gänzlich ungeeignet, weil sonst Tanjas Version mit dem Fundamt wie eine Sandburg in sich zusammengebröselt wäre. Deshalb schloss sie ihre Erklärung lieber damit ab, dass sie das Leben bitter gelehrt habe, die Polizei nicht zu belügen.

Das war dann doch so dick aufgetragen, dass Schinagl dieser schlitzohrigen, wortgewandten jungen Frau nicht wirklich glaubte. Das weitaus größere Problem war aber, dass sie noch immer kein wirkliches Geständnis und damit auch noch keinen überführten Täter hatten.

„Frau Lindinger, gibt es irgendein Detail, an das Sie sich sonst noch erinnern können?“

Tanja wirkte so, als ob sie scharf überlegte. Dabei war ihr in diesem Moment etwas eingefallen, das vermutlich nicht die geringste Rolle spielte. Aber es handelte sich eben um genau so eine Kleinigkeit, und wenn Tanja die jetzt erwähnte, würde sie von der Kommissarin und ihrem Kollegen wahrscheinlich als verantwortungsbewusstes und wertvolles Mitglied der Gesellschaft in Erinnerung behalten werden.

Die Kommissarin wollte schon gehen, da fuhr Tanja mit der Hand durch die Luft, als ob sie gerade einen Gedanken einfangen hatte.

„Doch. In der Wohnung der Holls war noch ein Notizbuch."

„Ein Notizbuch?"

„Das ist so herumgelegen."

„Sie haben sich das angesehen?"

„Nur oberflächlich. Nichts als Buchstaben und Zahlen. Alles völlig unverständlich."

„Und was haben Sie damit gemacht?"

„Ich würde sagen, es hat sich mir angeschlossen, wollte aber nicht lange bleiben und hat sich bald wieder vertschüsst."

„Sie haben es verloren?"

„So ungefähr."

„Und wo?"

„Wahrscheinlich auf der Baustelle. Vielleicht sogar schon auf dem Kran. Es ist mir irgendwie rausgerutscht."

64

Meisterschaftsstimmung. Wohnwagen auf dem Freigelände, eine ganze Menge verschiedener Fluggeräte, das bis auf den letzten Platz gefüllte Restaurant, Stimmengewirr, klirrende Gläser, lautes Lachen. Am Segelflugplatz *Möwe Linz* herrschte Hochbetrieb.

Auf der Landebahn warteten mehrere Segelflugzeuge auf den Start mit Hilfe kleiner motorisierter Schleppflugzeuge. Zwei Autos zogen zwei weitere Flieger heran, die von je einem mitmarschierenden Helfer an einem der Flügel in Balance gehalten wurden.

Die Segelfluglehrerin Verena Holl war als Nächste dran und wollte gerade ins Cockpit ihres startbereiten Doppelsitzers steigen, als über die Wiese Hauptkommissar Robert Worschädl auf sie zukam.

„Frau Holl, haben Sie fünf Minuten?"

„So knapp vor dem Start leider nicht, Herr Kommissar. Außer, Sie möchten sich mit mir etwas näher an der Sonne unterhalten."

„Sie meinen, ich könnte mit Ihnen ..."

„Wir haben herrliches Wetter, einen nahezu wolkenlosen Himmel ..."

„Und was mache ich mit meiner Höhenangst?"

„Entschuldigung, wer auf einen Kran klettern kann ..."

Ein schlagendes Argument. Außerdem muss man, wie schon erwähnt, als Kommissar manchmal über seinen Schatten springen und die Komfortzone verlassen.

Es begann mit dem obligaten Anlegen des Fallschirms, bei dem ihm Verena Holl fachkundig zur Hand ging. Schließlich gab sie ihm Tipps für das Besteigen des hinteren schmalen Kopiloten-Sitzes.

Als der Kommissar Platz genommen und sich festgeschnallt hatte, erklärte ihm Verena Holl die vor ihm platzierten Instrumente: Fahrtmesser, Höhenmesser, Kompass, Funkgerät und Faden. Außerdem das Variometer, das die Steig- oder Sinkgeschwindigkeiten anzeigte und den Segelflieger bei der Suche nach Thermik unterstützte.

„Beim Segelfliegen bewegen wir uns von Thermiksäule zu Thermiksäule. Die bringen uns nach oben", erklärte Verena Holl.

„Alles klar", meinte Worschädl und lauschte der anschließenden Unterweisung, wie bei einem Unglücksfall die Cockpithaube zu öffnen, in der Luft auszusteigen und der Fallschirm zu öffnen ist.

Eine eher unlustige Perspektive, dachte Worschädl. Ihm war außerdem nicht ganz geheuer, dass sich auch zwischen seinen Beinen ein Steuerknüppel befand und dass auch er seine Füße auf den Pedalen des linken und rechten Seitenruders zu platzieren hatte.

„Der Motorflieger vor uns zieht uns ganz gemütlich hoch", erklärte Verena Holl, während ein Starthelfer das Schleppseil vorne einklinkte.

„Und was habe ich dabei zu tun?"

„Gar nichts. Sie müssen nur Ihre Beine so weit gespreizt halten, dass ich den Steuerknüppel problemlos bewegen kann. Und bei den Seitenrudern machen Sie meine Bewegungen einfach mit Ihren Füßen mit."

„Einverstanden", antwortete Worschädl, atmete tief durch und redete sich ein, dass sich Verena Holl schon unzählige Male hinter den Steuerknüppel geklemmt, das Funkgerät eingeschaltet und dem Turm (ein am Rand der Landebahn stehender VW-Bus mit Laptop und mehreren thermikkundigen Menschen) die Startbereitschaft vermeldet hatte.

Konzentration, dachte sich Worschädl. Nur dem Magen keine Kapriolen erlauben. Wäre auch nicht erwünscht gewesen, wie ihm Verena Holl knapp vor dem Start mitteilte: „Ich habe keine Sackerl dabei. Kotzen und pinkeln geht also nicht.“

Alles sehr beruhigend, alles sehr tröstlich, dachte sich Worschädl, als Verena Holl den Daumen in Richtung Turm beziehungsweise VW-Bus nach oben streckte. Das Zeichen für den Motorflieger, langsam anzurollen.

Der Starthelfer neben ihnen hielt den Segelflieger in der Waage, bis sich das Seil straffte, rannte noch ein paar Schritte mit, ließ schließlich los, und dann waren sie sich selber überlassen. Und dem Start. Ein bisschen ruppig. Aber eigentlich problemlos.

„Sie können froh sein, dass wir nicht mit der Winde starten. Da fühlt man sich wie auf einer Hochschaubahn. Weil es mit einem Zug dreihundertachtzig Meter steil nach oben geht“, rief Verena Holl.

Trotz dieser weitaus übleren Alternative war Worschädl nicht ganz wohl zu Mute.

Vielleicht, weil man in diesem dünnhäutigen Ding den Wind so deutlich pfeifen hörte.

Oder weil er sein Bachblütenfläschchen gegen die Höhenangst nicht bei sich hatte.

Womöglich lag es auch an der kleiner werdenden Donau, den zu Miniaturen schrumpfenden Hafentankern und der zunehmenden Nähe zu bauschigen, an den Rändern zerzausten Kumuluswolken.

Auch wenn die Nadel des Höhenmessers zweifelsfrei nach oben ruckte, konnte sich Worschädl nicht des Gefühls erwehren, dass es von nun an nur mehr geradewegs nach unten ging.

65

Schinagl bat per Handy zu Hause um Verständnis, weil sie sich verspäten würde. Wenig später warf sie beim Haus der Holls einen Blick auf die Tafel der hier tätigen Baufirma. Fürs Herausfinden des Namens und der Adresse jenes Mitarbeiters, der den Kran am Tag nach dem Mord lenkte, brauchte es zwei Anrufe und eine hilfsbereite Sekretärin.

Edi Seipel. Hatte laut Dienstplan heute frei. Öffnete ihr die Tür im 3. Stock eines Wohnhauses in der Kaisergasse in Jogginghose, ärmellosem Unterhemd und einer Fernbedienung in der Hand.

„Also, dass die Polizei zu mir ins Haus kommt, passiert mir zum ersten Mal, Frau ..."

„Schinagl. Darf ich? Ich halte Sie nicht lange auf."

„Freilich, bitte. Rosi, Besuch!"

„Ich komme gleich!" Die Stimme kam aus der Küche.

„Meine Frau hat im Blumengeschäft mit einer Kollegin den Dienst getauscht. Deshalb ist sie heute daheim."

Schinagl folgte Edi Seipel über den Vorraum ins Wohnzimmer. Überdimensionale Sitzlandschaft, übergroßer Flachbildschirm. Baseball-Match. *Red Sox* gegen *St. Louis Cardinals*. Der Hausherr lud Schinagl mit einer Geste ein, ihm gegenüber auf der Couch Patz zu nehmen. Er betätigte die Fernbedienung und stellte den Ton etwas leiser.

„Worum geht's denn, Frau Kommissar?"

„Um ein schwarzes Notizbuch, das in der Nacht vom ..."

„Aber nicht um das Notizbuch, das ich am Kran gefunden habe?"

So schnell kann es manchmal gehen, dachte sich Schinagl begeistert. Kein langes Drumherum, kein ewiges Hin und Her. Nägel mit Köpfen. Wunderbar.

„Genau das meine ich."

„Das muss einer von den zwei Volldeppen verloren haben, die da mitten in der Nacht ..."

„Der eine Volldepp war ein Einbrecher, und der andere mein Kollege."

„Entschuldigung, ich wollte nicht ..."

„Kein Problem. Sie haben das Notizbuch noch?"

Edi Seipel nickte.

„Kann schon sein. Da steht zwar nur lauter Blödsinn drin, aber vielleicht liegt es noch beim Altpapier."

„Nein, leider. Ich hab das schon weggegeben."

Diese Feststellung kam von einer molligen und bodenständig wirkenden Frau in blauen Jeans und grauem Sweater, die in der Tür stand und Schinagl einen entschuldigenden Blick zuwarf.

„Pech gehabt. War vielleicht ein Beweisstück in einem Mordfall, Rosi."

„Um Himmels willen. Rosi Seipel." Sie kam auf Schinagl zu und schüttelte ihr die Hand. „Tut mir leid, Frau ..."

„Schinagl. Kriminalhauptkommissarin."

Irgendetwas stimmte hier nicht, dachte sich Schinagl, weil ihr die sympathische, aber irgendwie gehetzt wirkende Frau seltsam intensive Blicke zuwarf. Beinahe beschwörend. Ein Art Subkommunikation zwischen Frauen, von der ihr Mann nichts mitbekommen sollte. Wobei sich der im Moment ohnehin einem Homerun der *Red Sox* widmete.

„Hätte ich nur geahnt, dass es um ein Verbrechen geht."

„Aber das hast ja nicht wissen können, Rosi", beruhigte Edi seine Frau, ohne den Bildschirm aus den Augen zu lassen. „Außerdem glaub ich nicht, dass es der Kommissarin weitergeholfen hätte."

„Das weiß man nie. Um einen Fall zu lösen, nehmen wir alles, was wir kriegen können", merkte Schinagl an.

„Schade, wir hätten wirklich gern geholfen", meinte Rosi Seipel und nickte Schinagl zu. „Dann werde ich Sie jetzt am besten hinausbegleiten."

„Alles klar." Schinagl erhob sich von der für sie viel zu weichen Couch. „Herr Seipel, Sie entschuldigen die Störung."

„Kein Problem. Jederzeit wieder."

Das etwas eigenartige Verhalten seiner Frau Rosi klärte sich auf, als sie Schinagl draußen vor der Wohnungstür ein schwarzes Büchlein in die Hand drückte.

„Ich will nicht, dass mein Mann das sieht. Weil es ihn kränken und mich in Schwierigkeiten bringen würde", flüsterte sie.

„Aber wieso in Schwierigkeiten?"

Rosi Seipel schlug das Notizbuch auf. „Moment. Da, sehen Sie. Verschiedene Datums- und Zeitangaben, verschiedene sich wiederholende Buchstaben- und Zahlenkombinationen und verschiedene Orte ..."

„... von denen sich einige ebenfalls wiederholen", stellte Schinagl fest und blätterte weiter. „Und was ist das hier?"

„Das war ich. Nachdem das Büchlein nur bis zur Hälfte vollgeschrieben war, habe ich hier fortgesetzt. Hier das Datum und ‚FB' für Fernbedienung."

„Und die Uhrzeit?"

„Ist der Moment, in dem ich meinem eingeschlafenen und schnarchenden Mann die Fernbedienung abgeluchst habe."

„Verstehe. Und die Einträge neben den Zeitangaben ...?"

„... sind die Titel der Sendungen, die ich mir dadurch erobert habe. Da, gestern. Zerrissene Herzen.

Super Geschichte. Aber mein Mann darf davon kein Wort erfahren."

„Weil er sich dann die Fernbedienung an seine Handgelenke kettet?"

„Das wäre das Ende meines Fernsehfriedens."

„Und das dürfen wir nicht riskieren. Frau Seipel, alles Gute."

„Ihnen auch."

Damit schloss Rosi Seipel die Tür und zog sich wieder in ihr trautes Heim zurück. Mit ihrem Kranfahrer Edi, der auch am heutigen Abend verlässlich einschlafen, schnarchen und seine Fernbedienung verlieren würde. An seine schlaue Frau, die anstelle heftiger Konflikte und aufreibender Streitereien einer gewissen Geheimhaltung und ausgeklügelten Taktik den Vorzug gab.

Verschiedene Datums- und Zeitangaben, verschiedene und sich wiederholende Buchstaben- und Zahlenkombinationen, unterschiedliche und sich wiederholende Orte. Rosi Seipels klare Zusammenfassung der Inhalte des schwarzen Notizbuches veranlasste Schinagl plötzlich, den ganzen Fall in einem völlig neuen Licht zu sehen.

Es ging nicht hinunter, sondern sogar rasant bergauf. Dementsprechend überfiel Worschädl ein regelrechtes Hochgefühl, als sie, gezogen von diesem putzigen Motorflieger, Meter um Meter nach oben stiegen.

Außerdem stellte er fest, dass die biegsamen Mikrofone, die seitlich an den Instrumentensäulen herausragten, nur fürs Funken gedacht waren. Man konnte sich trotz der stetigen Windgeräusche also tadellos unterhalten. Somit hatte der Kommissar nicht die geringste Mühe, Verena Holl zu berichten, was sich Wesentliches ereignet und entwickelt hatte.

„Aber Sie wissen noch immer nicht, wer meinen Mann getötet hat?"

„Wir sind nahe dran. Ich bin da sehr zuversichtlich."

„Mir geht das natürlich ständig durch den Kopf. Ich denke an nichts anderes. Deshalb muss ich zum Ausgleich auch hier herauf."

„Kann ich mir denken. Von hier oben sehen die Probleme da unten doch ein wenig kleiner aus."

„Ja, das befreit den Kopf", sagte Holl und drehte sich halb zu ihm um, weil sein Handy anschlug.

„Sorry, ich hab es nicht abgeschaltet. Meine Kollegin Schinagl. Es könnte wichtig sein", sagte Worschädl entschuldigend.

„Gehen Sie ruhig ran. Beim Segelfliegen kommt es ohnehin weniger auf die Elektronik als auf die Thermik an."

Eigenartig, so hoch oben über der Welt auf den grünen Knopf zu drücken und dann Schinagls Stimme glasklar zu vernehmen, als säße man nebeneinander im Büro.

„Sabine, was gibt's?"

„Kurze Frage: Weißt du, was OECPH bedeutet?"

„OECPH? Keine Ahnung."

Täuschte sich Worschädl, oder hatte sich in dieser Sekunde der Körper von Verena Holl verspannt. Ruckartig. Vielleicht hatte das mit dem Schriftzug zu tun, den Worschädl bis jetzt nicht beachtet hatte, den er aber jetzt ganz deutlich vor sich sah.

„Moment, Sabine, das steht auf dem Motorflieger, der Frau Holl und mich gerade nach oben zieht."

„Was? Du Wahnsinniger sitzt in einem Segelflieger?"

„Tolles Erlebnis. Tolles Gefühl", rief Worschädl und lächelte.

„Dann halte dich jetzt besser fest. Ich hab dieses Flugzeug-Kennzeichen im Flugbuch deiner Pilotin entdeckt. Inklusive aller von ihr aufgezeichneten Flüge. Wie, erzähle ich dir später."

„Interessant."

„Und besonders interessant ist ein Flug mit diesem Motorflieger in den Süden. Und zwar exakt an dem Tag, an dem Markus Holl mit der Cellistin in Tarvis war. Dreimal darfst du raten, wo die Holl gelandet ist. Auf einem kleinen Segelflugplatz bei Villach!"

„Na gut, Sabine, alles klar."

„Okay. Dann sieh zu, dass du da heil herunterkommst."

„Selbstverständlich."

„Und ich rase schon zum Segelflugplatz und fordere Verstärkung an."

„Gute Idee. Also dann, bis morgen!"

Worschädl legte auf. In diesem Moment wurden sie ausgeklinkt. Leichtes Absacken. Schwächer werdender Druck auf den Magen und den Brustkorb. Kein Zuwachs an Höhe mehr. Gleiten.

Der Motorflieger drehte ab, und nach wenigen Sekunden umgab Worschädl und Verena nur mehr das stetige Rauschen des Windes.

Sonst war im Cockpit kein Laut zu hören.

Sonst herrschte absolute Stille.

Die allerdings zum Schneiden war.

Und die Worschädl im Moment unmöglich unterbrechen konnte. Weil in ihm etwas hochkroch, das er jetzt ganz und gar nicht brauchen konnte. Exorbitante Höhenangst. Ab sofort durfte er nicht mehr nach unten sehen.

„Sie haben das Kennzeichen erwähnt?“, platzte es nach einer kleinen Ewigkeit aus Verena Holl heraus.

„Ein Hinweis meiner Kollegin.“

„Ein Hinweis, der Sie weiterbringt?“

„Ja, gut möglich.“

Sie spürt es, dachte Worschädl. Sie weiß alles. Offensive. Jetzt oder nie.

„Das zwischen Ihrem Mann und der Cellistin, wussten Sie das schon länger?“

Kurze Pause bei Verena Holl. Zweimal durchatmen. Jetzt lagen die Karten offen auf dem Tisch.

„Ich hatte da so eine Ahnung“, antwortete sie endlich, während sie eine langgezogene Schleife flog. „Und dann konnte ich an dem besagten Wochenende im Internet kein Konzert der *Diavolo Strings* in Würzburg finden. Das hat mich endgültig misstrauisch gemacht.“

„Und dann?“

„Bin ich ihnen sozusagen nachgeflogen. Hab von oben beobachtet, wie sie eine ganz andere Richtung eingeschlagen haben. Und wie sie in diesem Hotel an den Laghi di Fusine abgestiegen sind.“

„Daraufhin sind Sie in Villach gelandet ...“

„... hab mir ein Mietauto genommen, bin zum *Bella Vista* gefahren und hab dort erfahren, dass sich dieses Dreckschwein von meinem Mann mit diesem ordinären Weib als Herr und Frau Holl angemeldet hat.“

„Das muss ein Schock gewesen sein."

„Das hat mein Leben von einer Sekunde auf die andere auf den Kopf gestellt. Natürlich bin ich am nächsten Tag zu Hause gleich in seinen Computer. Und hab eine Mail entdeckt, in der er der Bianchi angekündigt hat, dass er mich verlassen will."

„Das brachte das Fass zum Überlaufen."

„Da hat sich in mir ein Schalter umgelegt."

„Von da an war Ihnen klar, dass Sie ihn töten."

„Es musste nur so aussehen, als hätte ihn jemand anderer umgebracht."

„Und dafür hat sich Gernot Braunschweiger ja förmlich angeboten?"

„Einen besseren gab es nicht."

„Sie sind zu Ihrem Mann in die Garderobe ..."

„Gerade, als er zum Einspielen auf die Bühne wollte. Hab ihn zur Rede gestellt. Er hat alles abgestritten. Da hab ich zugeschlagen."

„Mit der Schraubenzange, mit der Sie mich zwei Stunden später auf dem Flugplatz empfangen haben?"

„Ganz genau."

„Dann haben Sie sich vermutlich Arbeitshandschuhe übergestreift, die Saite um seinen Hals gelegt ..."

„... und zugezogen."

„Und dann haben Sie die Saite in den Spind von Braunschweiger gelegt ..."

„Der zum Glück nicht abgeschlossen war."

Ein kleines, dünnhäutiges Segelflugzeug in 800 Metern Höhe ist wohl nicht der beste Platz, um eine Verhaftung vorzunehmen. Dennoch stand für Worschädl fest, dass er auch in dieser heiklen Situation seines Amtes walten musste.

„Frau Holl, Ihnen ist hoffentlich klar, dass ich Sie gleich nach unserer Landung verhaften muss."

„Und Ihnen ist hoffentlich klar, dass ich mich nicht auch nur für eine Nacht in eine beschissene Gefängniszelle sperren lasse.“

Sehr unangenehm, dass die Ausbildungsleiterin des Segelflugvereins *Möwe Linz* diesen Entschluss deutlich unterstrich, indem sie im selben Moment das Höhenruder ganz langsam nach vorne drückte.

67

Ein Mittvierziger in der Endlosschleife. Ewig kreisend um die Schwierigkeit, Gefühle wie Trauer, Ärger oder Freude wahrzunehmen. Karolines behutsame Hinweise auf biografische Hintergründe wie den Bauernhof der Eltern, auf dem so gut wie nie über persönliche Empfindungen gesprochen, sondern vor allem gerackert und geschuftet wurde. Wo Unlust und Erschöpfung kein Thema waren, bis sich ausgerechnet der unermüdlich fleißige Vater in einer Depression verfing. Die nicht nur den Vater lähmte, sondern das Gesamtsystem. Was die Verantwortung für den ältesten Sohn drastisch erhöhte, der vermehrt mithelfen und das sinkende Schiff über Wasser halten sollte. Der aber ganz andere Pläne hatte. Die er auch verwirklichte.

Schuld. Das einzige Gefühl, das der zweifache Familienvater in den ersten Einheiten wahrnehmen und benennen konnte. Das war heute ihr sechstes Treffen. Ein nächstes, vorsichtiges Herantasten an seine mehrfach verriegelte Innenwelt. Dort, wo sich seine persönlichen Schätze und seine Verletzlichkeiten verbargen.

Millimeterarbeit. Wenn er nur zuließ, weshalb er zu ihr gekommen war. Öffnung. Damit durch einen kleinen Spalt Licht einfiel und er sich besser sehen konnte. Neue, bislang nicht gekannte Facetten. Das, was ihn außer dem Offensichtlichen sonst noch ausmachte. Wer er sonst noch war.

Der Klient gab das Tempo und den Rhythmus vor. Und Karoline durfte ihn begleiten. Einmal in seinem Windschatten, dann wieder auf gleicher Höhe, manchmal vor ihm, als Schrittmacherin, die ihn um die nächste Biegung führte. Bevor sie ihn wieder los- und ihm Zeit ließ, sich im noch unbekannten Terrain zu orientieren.

Nach den Sitzungen mit ihm war Karoline immer selbst ein wenig aus der Spur. Weil sie sich in seine so ausgetrocknete, dürftige Wahrnehmungslandschaft begeben hatte. Wüste, Steppe, dürre Disteln. Wenig, woran man sich als Therapeutin laben und wovon man sich ernähren konnte.

Da kam ihr, dachte sie, ein Anruf ihres Haudegens Bertl gerade recht. Sie stand in diesem Moment für ein paar Atemzüge am offenen Fenster ihrer Praxis, als sich das Handy meldete.

„Karoline?"

„Bertl, was gibt's?"

„Schweißausbruch. Ziegel im Hals. Totale Denkblockade."

„Klingt nach Panikattacke. Wen betrifft es?"

„Mich."

„Was? Warum?"

„Abstürzender Segelflieger. Pilotin außer Gefecht."

„Wieso außer Gefecht?"

„Ich hab sie gezielt ausgeschaltet. Beidseitiger Handkantenschlag von hinten auf den *punctum nervosum*. Nicht die feine Klinge, aber leider unerlässlich."

„Und du bist …?"

„… der handlungsunfähige Kopilot."

„Ach du liebe … ach du meine … Bertl … Himmel Herrschaft, nein!"

In diesem Moment schalteten sich in Karoline alle Alarmsysteme ein.

Aus dem Stand fuhr sie alles hoch, was ihr zur Verfügung stand.

„Robert Worschädl. Du beantwortest meine Fragen. Die aktuelle Jahreszeit?"

„Was?"

„Bertl!"

„Frühling. Frühsommer. Irgendsowas."
„Wochentag?"
„Mittwoch."
„Tageszeit?"
„Später Nachmittag. 16 Uhr 33."
„Super. Das heißt, du funktionierst."
„Aber ich ..."
„Kein Aber, Bertl. Du bist handlungsfähig. Ausreden zählen nicht. Wie fliegst du?"
„Schräg nach unten."
„Na toll! Was siehst du?"
„Mensch, Karoline ..."
„Was du siehst, verdammt?"
„Den Steuerknüppel."
„Was musst du tun?"
„Ihn hochziehen."
„Dann tu es, Bertl."
„Geht unmöglich."
„Geht garantiert. Greif dir diesen verfluchten Steuerknüppel! Du kannst es! Na los! Tu es!"
„Karo, meine Höhenangst ..."
„Kannst du vergessen."
„Was? Du sagst immer, Ängste muss man akzeptieren."
„Aber nicht bei meinem Mann! Also, reiß dich zusammen! Jammern bringt nichts! Alles klar?"
„Alles klar!"
„Nimm den verfluchten Steuerknüppel! Jetzt!"
„Ich hab ihn! Es hat geklappt!"
„Zieh ihn hoch. Langsam, Bertl."
„Es funktioniert! Ich hab mich wieder im Griff!"
„Wurde auch höchste Zeit."
„Okay. Talfahrt gestoppt. War das Hypnose?"
„Nein, das waren Befehle. Du fliegst wieder gerade?"

„Halbwegs, ja, so lala. Karoline, bitte zu keinem ein Wort über meine ...“

„Kleine Krise? Keine Sorge. Aber ich werde noch einmal verrückt mit dir. Ehrlich, mit dir dreh ich noch durch.“

„Tut mir leid. Kommt ganz sicher nie wieder vor.“

„Und was jetzt? Wie willst du landen?“

„Das ist die nächste Frage, die ich irgendwie klären muss. Aber da fällt mir schon was ein.“

68

Das Blaulicht auf dem Autodach fegte Sabine Schinagl die Straßen frei. Ganze sieben Minuten brauchte sie, um durchs Tor von *Möwe Linz* zu brettern, dort die versammelte Menschentraube am Flugfeld anzusteuern, im Schleudermodus anzuhalten und aus dem Wagen zu springen.

Noch im Fahren hatte Worschädl sie angerufen und über den Stand der Dinge informiert. Schinagl versprach ihm, dass er innerhalb der nächsten Sekunden den Anruf einer fachkundigen Person erhalten werde.

„Und Robert, bitte pass auf, dass dir die Holl nicht wieder munter wird und irgendeinen Zirkus macht."

„Danke für den Hinweis, Sabine. Wenn die ihre Augen aufmacht, werde ich ihr noch eine auf den *punctum nervosum* klopfen."

„Sehr gut. Aber bitte mit Gefühl."

Immerhin kamen bei diesem neuralgischen Punkt neben dem Kopfwendemuskel an der Seite des Halses mehrere wesentliche Nervenäste zusammen. Der eine führte hinauf zum Hinterkopf, der nächste zu den Ohren, ein weiterer quer über den Hals und ein vierter nach unten zu den Füßen. Ein zu hart ausgeführter Schlag gegen diese anatomische Verkehrskreuzung konnte ohne weiteres zum Supercrash beziehungsweise plötzlichen Reflextod führen.

Zum Glück war *Möwe Linz* nicht irgendeine verschlafene Partie, bei der hin und wieder ein Flieger abhob. Nein, da war so richtig etwas los, deshalb hatte Schinagl auch gleich Verena Holls Bierkumpanen Roland Kerschbaumer am Handy.

„Herr Kerschbaumer, ich habe Sie wegen des Alibis von Frau Holl befragt."

„Ah ja, die charmante Kommissarin."

„Bitte hören Sie mir gut zu. Der Doppelsitzer von Frau Holl ..."

„... befindet sich schräg über mir ..."

„... und wird nicht von Frau Holl gesteuert, sondern von ihrem Kopiloten. Und das ist mein Kollege, der vom Fliegen keine Ahnung hat."

„Ist das Ihr Ernst?"

„Voll und ganz."

„Ach du liebe Scheiße."

„Herr Kerschbaumer! Arschbacken zusammenkneifen! Also, was machen wir?"

„Ich funke ihn sofort an."

„Bravo. Genau das wollte ich hören. Bin gleich da."

Und dieser Kerschbaumer kniff nach Schinagls Eindruck seine Arschbacken sogar ganz fest zusammen, weil er wie ein Löwe inmitten einer vollkommen stillen, gebannt nach oben starrenden, kleinen Gruppe von Menschen stand und übers Funkgerät seine Anweisungen ganz ruhig und gelassen gab. Als befände er sich in einem gut ausgestatteten Seminarraum und hielte einen Anfängerkurs für Volkshochschüler.

„Schinagl. Kripo. Wir haben telefoniert."

Kurzes Nicken von Kerschbaumer, der Worschädl auf die Landung vorbereitete: „Beim Landevorgang müssen Sie auf den Ausschlag des Höhenruders achten."

„Welches Höhenruder?", war Worschädls Stimme zu vernehmen.

„Der Knüppel zwischen Ihren Beinen."

„Knüppel kapier ich. Knüppel ist klar."

„Sie müssen ausprobieren, wie stark Sie ihn bewegen müssen. Und Achtung. Während des Landeanflugs ist die Längsneigung tiefer, die Nase weiter unten, Ihr Flugzeug hat mehr Fahrt und wird stärker reagieren."

„Klingt logisch und nachvollziehbar."

„Sehr gut. Wichtig ist das Verhältnis von Flughöhe und Entfernung. Wenn man zu tief ansetzt, geht es zu früh und auch zu steil nach unten."

„Und wenn man zu hoch ansetzt?"

„Wird Ihnen die Piste zu kurz."

„Gute Aussichten."

„Sie schaffen das schon. Was ist mit Verena Holl?"

„Weggetreten. Aber sie wäre uns auch in wachem Zustand keine Hilfe."

„Na gut. In etwa sieben, acht Metern Höhe lassen Sie den Sinkflug flacher werden. Also langsam hochziehen und fast waagrecht zum Boden fliegen. Das Flugzeug möchte schon runter, aber Sie halten sich noch oben. Und dann setzen Sie auf. Möglichst sanft."

„Sanft wäre gut. Sehr gut sogar."

„Wie macht er sich?", fragte Schinagl, als Kerschbaumer eine kurze Pause einlegte.

„Er wirft die Nerven nicht weg. Er führt aus, was ich ihm sage. Aber die echte Herausforderung, die müssen wir erst noch schaffen."

In diesem Moment wackelte der Flieger ganz wild mit den Flügeln, als wollte er Schinagl begrüßen.

Ängstliches Raunen der Menschentraube, die sich ständig vermehrte, und die jetzt Schinagls Handy bimmeln hörte.

„Karoline!"

„Sabine, ich kann Bertl nicht erreichen."

„Wir haben seine Leitung gesperrt. Falls der Funk ausfällt. Damit er auf alle Fälle telefonieren kann."

„Okay, sehr gut. Wo bist du?"

„Auf dem Flugplatz!"

„Ich auch. Fast. Laut Navi in vier Minuten. Wo ist Bertl?"

„Über mir."

„Um Gottes willen. Hilft ihm jemand?"

„Der Allerbeste. Na also! Der Flieger wackelt nicht mehr."

„Er hat gewackelt?"

„Nur ein wenig. Wie so ein kleiner Pinguin. Hörst du die Leute ‚Bravo' rufen? Sie loben ihn. Sie sind begeistert."

„Aber er ist noch nicht am Boden. Gib mir rein gedanklich deine Hand."

„Du hast sie, Karoline, du hast sie."

„Sprich weiter. Keine Pause machen. Was ist jetzt?"

„Dein Mann setzt zur Landung an. Ich sage dir, hier atmet im Moment keiner mehr. Sogar das Gras hält die Luft an. Und dieser Fluglehrer, dieser Kerschbaumer, der ist ganz ruhig. Schweißgebadet, aber souverän."

„Was sagt er? Sabine! Was sagt der Kerschbaumer?!"

„Robert soll den Flieger nicht mit dem Tiefenruder nach unten zwingen. Den natürlichen Gleitwinkel ausnützen."

„Und was noch?"

„Bremsklappen ausfahren! Aber langsam!"

„Und?!"

„Der blaue Griff, Herr Worschädl! Der blaue Griff! Aber langsam!"

„Sabine!"

„Jetzt hat er es kapiert?"

„Der Bertl fährt die Bremsklappen aus?"

„Hoffentlich."

„Sprich weiter!"

„Guter Anflugwinkel, schreit der Kerschbaumer. Abfangen! Fangen Sie um Himmels willen den Flieger ab, Herr Worschädl!"

„Wahnsinn! Weiter!"

„Karoline, Moment ...“

„Wieso Moment?“

„Achtung!“

„Sabine!“

„Aufgetippt. Einmal ... super ... zweimal ... wie so ein kaputter Pingpong-Ball.“

„Wieso kaputt?“

„Das ist extrem positiv, weil der nicht mehr so gut springt. Aufgesetzt! Du meine Güte! Dein Mann, dieser wilde Hund, der hat jetzt wirklich aufgesetzt!“

„Alter Saukerl! Ich fass es nicht! Der reine Wahnsinn.“

„Er bremst.“

„Und?“

„Steht.“

„Ich fahr gerade durchs Tor. Ich seh den Flieger!“

„Jetzt kommt richtig Bewegung rein. Die fangen alle zu rennen an. Die laufen alle zu ihm. Die flippen alle völlig aus.“

„Und jetzt geht die Haube auf!“

„Ich hab dich, Karo. Ich seh dich aus dem Auto steigen.“

„Mein Gott, Sabine, sie heben ihn heraus. Er lacht schon wieder. Mein Bertl kann schon wieder lachen.“

„Weil er dich entdeckt hat. Karoline, kämpf dich zu ihm durch. Er braucht dich! Ich muss mich um den Kerschbaumer kümmern. Der ist gerade umgekippt.“

AL FINE

Es kommt auf den Resonanzraum an. Darauf, was in uns anklingt und in Schwingung kommt. Wir alleine entscheiden, inwieweit wir uns öffnen und was wir zur Verfügung stellen. Welche Seiten wir verkümmern lassen und welche wir zum Klingen bringen.

Und später, wenn die Zuschauerränge geleert und die Schweinwerfer erloschen sind, niemand mehr spielt und kein Tor mehr zu hören ist, wenn wir alleine in irgendeiner Ecke stehen, sollten wir wissen, wer wir sind. Woher wir kommen. Von wo aus wir gestartet sind.

Beim Holz und bei den Saiten.

Auf dem Bauernhof der Preslmayrs.

Oder als simpler, schlichter Koffer.

69

Es war ein Abend, an dem beide müde waren und zugleich noch etwas zu erledigen hatten. Karoline bereitete ein Seminar über Traumatisierung vor, während Worschädl den Bericht über den nun schon mehrere Wochen zurückliegenden Bratschenmord durch ein paar Details ergänzte.

Stimmt schon, dass man sich nicht zu viel Arbeit mit nach Hause nehmen soll, aber es hatte auch etwas Beruhigendes, wenn im Fernsehen die Nachrichten liefen, im Hintergrund Bob Dylans *Hurricane* zu hören war, am Tisch ein Teller mit Brot, Oliven und Käse und eine Flasche Rotwein standen, und sie beide zugleich abgelenkt und beschäftigt waren.

„Schau, da ist Nina", sagte Worschädl plötzlich und stellte den Ton lauter. Mit ihrem vollkommen regulären dritten Platz beim Stadtmarathon von Florenz hatte es Nina Bertini sogar in die österreichischen Abendnachrichten geschafft.

„Welche Nina?", murmelte Karoline.

„Nina Bertini. Das blinde Entführungsopfer."

„Du meine Güte", war Karoline plötzlich sehr aufmerksam und sah gerade noch, wie die junge, überglückliche Frau vom Bürgermeister von Florenz ihre Medaille entgegennahm.

„Und der hier ist Haku?", fragte Karoline, als der Bürgermeister eine kleinere Ausgabe der Bronzenen um den Hals eines sympathisch hechelnden Golden Retriever legte.

„Ja, ihr Begleiter."

„Ganz toll", meinte Karoline anerkennend.

„Finde ich auch", sagte Worschädl.

Dann wandten sich beide wieder ihrer Arbeit zu.

Gernot Braunschweiger wurde wenige Tage nach seiner Entlassung aus der Justizanstalt zum stimmführenden Bratschisten des Linzer Kammerorchesters ernannt.

Federico Bianchi gelang nur fünf Wochen nach seiner Verhaftung die Flucht aus dem berühmt-berüchtigten Poggioreale-Gefängnis in Neapel. Nach ihm wird nach wie vor gefahndet.

Stadtrat Raimund Sedlak verblieb in seinem Amt und leitete gegen eine Assistentin der Finanzabteilung ein Verfahren wegen schwerer Vernachlässigung ihrer dienstlichen Pflichten ein.

Antonio Bianchi verbüßt wegen schweren Betrugs eine mehrjährige Gefängnisstrafe.

Clarissa Bianchi kam wegen Beteiligung an schwerem Betrug mit nur einem Jahr davon und hat wieder einen vollen Konzertkalender.

Verena Holl klagte noch einige Wochen über Schmerzen an ihrem *punctum nervosum*. Außerdem verbüßt sie wegen vorsätzlichen Mordes eine 20-jährige Haftstrafe in der Justizanstalt Schwarzau.

Lorenzo und Elena Sorrentino wurden im bescheidenen Grab der Familie am Friedhof in Chiusi beigesetzt.

Giuseppe Bertini unterstützt das italienische Innenministerium in beratender Funktion im Kampf gegen die italienische und internationale Falschgeldmafia und führt daneben seine Fattoria.

Nina Bertini und Haku trainieren für den Marathon in New York.

Dank

Ich bedanke mich bei Marisa und Enzo, die meine Freunde und mich über viele Jahre in einem wunderbaren Palazzo nahe der toskanischen Stadt Chiusi willkommen hießen. Außerdem bei Alfred Pittertschatscher, der mich als versierter Erstleser beherzt und klug durch diese Geschichte begleitet hat. Der großartigen Lektorin Christina Kindl danke ich für ihre äußerst freundliche Genauigkeit und Übersicht. Den Überblick bewahrte auch der überaus kompetente und engagierte Pilot Daniel Feilmeier von der Flugsportgruppe Union Linz, mit dem ich einen sicheren und aufschlussreichen Segelflug absolvieren durfte.

Alfred Komarek
Alt, aber Polt
Kriminalroman
200 Seiten, € 9.95
HAYMON taschenbuch 235
ISBN 978-3-7099-7880-1

Der neueste Band in der vielfach ausgezeichneten Krimi-Reihe rund um Simon Polt: Der ehemalige Gendarmerieinspektor ist zwar schon im Ruhestand, aber deswegen keineswegs aus der Welt. Aus seiner Weinviertler Kellergassen-Welt, um genau zu sein, denn Polt ist jetzt selber unter die Weinbauern gegangen. Nach einem dörflichen Sonntagstreffen wird Polts nächtlicher Heimweg unvermutet zu einem Schauspiel, das Polt gleichermaßen fasziniert und bedrückt. Als er tags darauf vom schrecklichen Ausgang dieses Spiel erfährt, steht er vor einem Rätsel, dessen Lösung er sich eigentlich nicht mehr zutraut. Aber er will Klarheit, jetzt erst recht!

Alfred Komarek spürt mit jeder Zeile klar und kraftvoll dem Lebensraum Weinviertel nach. Mit Leidenschaft setzt Polt sich für seine geliebten Weinviertler Dörfer und die Menschen dort ein – auch dann noch, wenn es wehtut oder zum Fürchten ist.

„Und nun ist Polt wieder da. ... Es gibt Wein und Wahrheit. Es gibt schöne Bilder. Es ist voller Poesie im Weinviertel.“
DIE WELT, Elmar Krekeler

„Bei niemandem gelingt das Gruseln so heimelig wie bei Alfred Komarek. Seinem Feingefühl verdanken wir die Untiefen der Gemütlichkeit und einen wie den Polt, der weiß, wie einfach kompliziert das Leben im Weinviertel sein kann. Der neue Polt gehört gelesen!“
Kurier, Barbara Mader